EU

TE AMEI

EM

OUTRA

VIDA

EU
TE AMEI
EM
OUTRA
VIDA

Tradução Guilherme Kroll

DAVID ARNOLD

Título original: *I Loved You in Another Life*
Copyright © 2023 por David Arnold

Direitos de edição da obra em língua portuguesa no Brasil adquiridos pela Livros da Alice, selo da Editora Nova Fronteira Participações S.A. Todos os direitos reservados. Nenhuma parte desta obra pode ser apropriada e estocada em sistema de banco de dados ou processo similar, em qualquer forma ou meio, seja eletrônico, de fotocópia, gravação etc., sem a permissão do detentor do copirraite.

Editora Nova Fronteira Participações S/A
Av. Rio Branco, 115 – Salas 1201 a 1205 – Centro – 20040-004
Rio de Janeiro – RJ – Brasil
Tel.: (21) 3882-8200

Dados Internacionais de Catalogação na Publicação (CIP)

A752e Arnold, David

  Eu te amei em outra vida / David Arnold; traduzido por Guilherme Kroll. — Rio de Janeiro: Livros da Alice, 2024.
  280 p. ; 15,5 x 23 cm.

  Título original: *I Loved You in Another Life*

  ISBN: 978-65-85659-04-8

  1. Literatura infantojuvenil. I. Kroll, Guilherme. II. Título.

                                              CDD: 869
                                              CDU: 82-31

André Queiroz – CRB-4/2242

Conheça outros livros da editora

Para Wingate, cujo coração reflete meu brilho.
Para Stephanie, cujo amor é minha neve de Lofoten.
E para Steven Spielberg, cuja resposta para mim foi "Não".

Este livro contém referências a ataques de pânico e alcoolismo.

Por favor, **leia com cuidado**.

PARTE
·UM·
RÉQUIEM

EVAN
um pássaro na árvore à noite

Meu irmão mais novo gosta dos cantos. Ele gosta de ficar quieto no canto, e eu só queria que as pessoas entendessem que ficar quieto em um canto não é um código universal para *estou triste, solitário, por favor, me salve.* Tudo que significa, na verdade, é que ele é um garoto quieto no canto, que gosta de ficar sentado quietinho lá, e que tal não atribuirmos nossos próprios conjuntos de valores às crianças quietas em cantos do mundo? Não é como se isso nos custasse alguma coisa. Não é como se estivéssemos usando aquele canto para começar. E olhe, tenho certeza de que há algumas crianças quietas em alguns cantos que estão tristes e solitárias e precisam ser salvas. Só estou pedindo para não supormos que *todas* as crianças sejam assim. Silêncio e tristeza não são a mesma coisa. Só gostaria que mais pessoas entendessem isso.

— Tá bom — responde Ali, e ela segura meu cabelo para que eu não vomite nele, e mesmo que não possa vê-la, sei que ela está com aquele olhar, o suave, aquele que ela só usa quando quer que eu saiba que sou visto. E então divago sobre crianças quietas, e ela sabe que estou falando do meu irmão, Will. Ela sabe disso porque ela me vê.

— Você não vai mais me amar depois disso — digo.

— Ah.

— Não tem como você me amar depois disso.

— Bem, é principalmente você quem me ama, de qualquer maneira.

Eu rio entre os acessos de vômito e sinto o súbito desejo de mostrar o meu caráter.

— Você sabe que isso não significa nada.

— Eu sei — diz Ali.

— Sou praticamente um adulto responsável.

— Só respira, Evan — diz ela, e eu me pergunto se Ali estava na festa quando Heather disse aquilo sobre todas as coisas importantes da vida serem fáceis. Por exemplo, como nossos corpos respiram sozinhos, mesmo quando dormimos, e como nossos corações continuam batendo, não importa o que aconteça, e foi aí que tive que sair da festa. Você estava lá,

Ali? Você sabe por que eu tive que sair da festa? Saí porque o coração é um músculo. Saí por causa do que acontece com os músculos que não são usados por longos períodos, e mesmo que aquele porão estivesse cheio de gente, tudo que eu podia ouvir eram vozes manchadas, tudo que podia sentir eram mãos cruéis, tudo que podia ver eram olhos famintos.

Você entende, Ali? Saí da festa por causa do atrofiamento. E se eu pensar muito sobre isso agora, tenho medo de parar de respirar. Se eu pensar muito sobre isso, temo que meu próprio coração pare de bater, e então o coração de quem vai brilhar para Will?

— O meu coração vai brilhar para Will — diz Ali. — E, de qualquer maneira, não foi por isso que você saiu da festa.

— Não foi?

— Não. Você saiu pelo mesmo motivo que bebeu três vodcas e meia com tônica. O que, para uma constituição tão delicada quanto a sua, é mais ou menos o equivalente a injetar veneno de cobra o suficiente para derrubar um filhote de alce. — Ali junta uma mecha solta do meu cabelo e gentilmente a coloca em sua mão atrás da minha cabeça. — Você ficou bêbado e fugiu por causa do que Heather disse a respeito de Will.

Eu limpo a boca com as costas da minha mão e me endireito. Estamos no parque no fim da rua da casa de Heather Abernathy, que é o mais longe que pude chegar antes de meu estômago tentar anexar meus órgãos internos.

— Heather Abernathy é uma escrota — xinga Ali. — E o nome dela deveria ser ilegal, é impossível dizer essa merda.

Ah, Ali Pilgrim! De olhos suaves e raciocínio rápido, cujo coração é puro, cuja amizade é feroz e cujo martelo nunca errou a cabeça de um prego. Ninguém entende a gente, a nossa amizade. Não está em livros ou filmes. Eu nunca ouvi uma música e pensei: *Ah, é como Ali e eu.* Quando duas pessoas passam a maior parte do tempo juntas, é inevitável que as pessoas interpretem de forma errada, embora não seja surpreendente, dada a preocupação mundial com o tesão adolescente. É como se nunca tivesse ocorrido a ninguém que eu poderia amar minha melhor amiga simplesmente por ela ser incrível. (E, para deixar claro, eu estou sempre com tesão, mas não por Ali.)

De qualquer forma, eles não escrevem sobre nós, apesar de existirmos em todos os lugares.

— Tá tudo bem? — pergunta ela.

— Eu sinto que meu estômago deu um soco na minha garganta pelo pau. Ali assente.

— Acho sua metáfora biologicamente acrobática apropriada.

Além das lágrimas, a cabeça latejante, a ânsia de vômito furiosa, também é final de agosto em Iverton, no Illinois, uma combinação exclusivamente deprimente para qualquer pessoa propensa a suar na virilha (sinceramente), então, sim, eu sou uma bagunça abençoada, basicamente.

O parque está em silêncio.

Um pássaro pousa em uma árvore próxima, nos observando.

— Você já viu isso?

Ali se vira para olhar.

— Sim, eu já vi um pássaro antes.

— Certo, mas eu li uma vez sobre um cientista no século XVII que acreditava que os pássaros migravam para a Lua, porque seus pássaros favoritos desapareciam na mesma época todos os anos. Ele até calculou quanto tempo levaria para chegar à Lua, o que aparentemente coincidiu com os ciclos de migração, e como a ciência nos anos 1600 não estava exatamente cheia de dados cósmicos (diante da pressão atmosférica no espaço), quando ele teorizou que os pássaros eram sustentados pelo excesso de gordura em sua viagem interestelar, e quando ele disse que eles dormiam durante a maior parte de sua jornada de dois meses para a Lua, todos ficaram como: *Pode crer, deve ser isso aí.*

— Você é um bêbado bem falante. — O olhar de Ali pula do pássaro para mim. — Muito embora a maioria das pessoas fique *menos* articulada.

— Eu nunca vi um assim. À noite. Parado desse jeito.

Imagino esse pássaro voando pelos confins do espaço, sozinho e adormecido, e é a imagem mais pacífica em que já pensei.

Uma música toca em uma das casas ao redor do parque; é um som quieto mas cheio, um belo tipo de tristeza. Fecho os olhos e ouço a mulher cantando, imagino as notas flutuando de uma janela próxima, quicando em volta dos equipamentos do playground, das árvores. Sua voz é um eco sussurrante, íntimo e torturado, e mesmo que a letra seja inaudível, não é preciso percebê-la para conhecer sua dor.

Com algumas músicas, a cicatriz é óbvia, mesmo que a ferida não seja.

— Estou preocupada com você, Evan.

Quero falar para ela que não é necessário. Que minha antiga vida é um prédio desmoronado, minha nova, uma triste composição feita de escombros. Porém, antes que eu consiga colocar as palavras para fora, a náusea turva tudo novamente, e preciso voltar para os arbustos. Ali retoma sua postura de proteção, puxando meu cabelo para trás enquanto solto minhas entranhas e penso em como Heather Abernathy estava errada: respirar não é fácil, não para mim; talvez eu não precise dizer ao meu coração para continuar batendo, mas ele é um trem desgovernado hoje em dia;

e, principalmente, Heather Abernathy estava errada quando disse aquela coisa sobre meu irmão.

— Heather Abernathy é uma escrota — digo, e agora estou chorando enquanto vomito, e Ali meio que me abraça com um braço enquanto protege meu cabelo com o outro.

A música ecoa pelo parque; o pássaro está empoleirado no alto, quieto.

— Sou praticamente um adulto responsável — digo.

Ali diz que sabe, e me pergunto como é possível amar alguém de forma tão absoluta e odiá-la tão completamente por ela me enxergar por inteiro.

SHOSH
uma manhã como outra qualquer

O NASCER DO SOL de verão estava especialmente vibrante, uma explosão de tons de rosa e roxo tão brilhantes que qualquer um que tivesse a sorte de estar acordado agora deveria sentir suas cores até nos dentes. Ou, pelo menos, foi o que Shosh pensou, de pé ao lado da piscina, absorvendo tudo. Era o tipo de nascer do sol que evocava vastas ideias de seu lugar no curso da história, de propósito, de vida e morte e vida novamente: o tipo de espetáculo em que uma pensadora existencial como ela podia ver toda a linha do tempo do universo e, após uma inspeção mais detalhada, reconhecer seu próprio lugar infinitesimal na ordem das coisas; o tipo de nascer do sol que...

— A fodona da Greta Gerwig, *tô* certa?

Arrancada de seu devaneio sobre o nascer do sol, Shosh se virou e deu de cara com uma garota de biquíni e um olhar de indiferença perpétuo.

— Quê? — indagou Shosh.

A garota tinha um telefone em uma das mãos e uma cerveja na outra, que ela bebia com a autoridade comedida de um verdadeiro bebedor de cerveja ao nascer do sol, como se dissesse *Sim, eu sei lidar com uma maldita lata de alumínio*.

— *Lady Bird* — disse a garota. — *Adoráveis Mulheres*. Quer dizer, prefiro a Jo da Winona do que a da Saoirse, mas, sejamos honestas, todo mundo só foi ver o filme pelo cabelo do Chalamet. — Ela brindou com sua lata na garrafa de Shosh como se fossem parceiras de um crime. — Você gosta de filmes *mumblecore*, certo?

— Eu não te conheço — disse Shosh.

— Ah. Eu sou a Heather.

Shosh calculou as probabilidades de haver várias Heathers na festa.

— Abernathy?

A garota sorriu para a piscina.

— Ela mesma.

Antes que Shosh pudesse pensar no que dizer, a primeira e única Heather Abernathy — cuja piscina elas estavam ao lado, e cuja festa Shosh havia efetivamente obliterado apenas momentos antes — começou a vender seu roteiro original.

— Claro, são dragões e tronos, mas é mais como se Wes Anderson estivesse invadindo o Porto Real de Westeros. Muito radical.

A casa da família Abernathy (não muito diferente da própria Heather) era uma exibição propositalmente chamativa: tudo era luxuoso em exagero, simétrico a ponto de ser desagradável; a piscina, um largo oito, era iluminada de baixo para cima; havia uma pérgula de dois andares, um gazebo de jardim, uma fonte em cascata. Quase todo mundo já tinha ido para casa, mas ainda havia alguns retardatários em vários estágios de nudez, desmaiados ou dormindo como soldados caídos na batalha menos nobre do mundo. A irmã de Shosh, Stevie, falava que aqueles eram os *três estágios da festa... Os que imploram pra entrar, fazem de tudo para aparecer e acabam de ressaca.*

Aquela memória despertou um leve sorriso enquanto Shosh levantava sua garrafa para o nascer do sol — *saúde* — e bebia a última gota de uísque.

— Quer dizer, olhe para você — disse Heather, estendendo a mão, esfregando a bainha da manga do casaco de Shosh. — Você seria perfeita.

— Pra quê?

— Para o papel principal. — A mão de Heather subiu pela manga do casaco encharcado de Shosh. — Do meu filme.

— Certo. Os Targaryen Tenenbaums.

— Você é até engraçada. Além do mais, você parece a personagem. — Os olhos de Heather navegaram por Shosh como turistas ansiosos. — Quem usa casaco no verão e sai impune?

Se estilos fossem fenômenos climáticos, o de Shosh Bell seria um tornado da alta-costura. No momento, ela usava uma camiseta, que dizia fodam-se as armas, enfiada em shorts de cintura alta, botas de cano baixo e seu casaco de lã xadrez favorito, uma peça enorme da Stella McCartney que ela tinha encontrado no ano anterior em um brechó que não sabia o tesouro que tinha nas mãos. Como qualquer ser humano razoável, tendo descoberto o casaco perfeito, Shosh considerou o item mais um apêndice do que uma peça de roupa. Como tal, obviamente permaneceria ligado ao corpo da moça durante todo o tempo dela na Terra. Na opinião de Shosh, se você não podia dizer quem era com suas roupas, não fazia muito sentido sair da cama de manhã.

Infelizmente, no momento, todo o conjunto estava uma bagunça encharcada.

— Soube da sua irmã — disse Heather, voltando-se para a piscina.

— Uma merda.

Shosh ergueu a garrafa agora vazia.
— Tem mais bebida na casa?
Heather entregou a ela o resto de sua cerveja.
— Estou falando sério sobre o meu filme. Nós deveríamos conversar. Me passa o seu número?
— Eu realmente não faço mais isso.
— Dar o seu número?
— Atuar.

Heather lamentou, depois falou algo sobre elas se seguirem nas redes sociais, como tinha parecido que aquela noite havia aproximado as duas, mas Shosh não estava mais escutando. Um pássaro tinha capturado o seu olhar, voando direto para o nascer do sol, e não era o pássaro em si que chamava tanta atenção, mas a *impressão* do pássaro, a maneira como suas asas se esticavam, sem bater, só um voo completamente sem esforço. O tempo desacelerou e o pássaro parecia ser a beleza multiplicada, elevada a algo sacrossanto. Observando, Shosh sentiu-se elevada com isso.

— Você sabe que Chris chamou a polícia, certo? — disse Heather.
— Sim.

Quando ficou claro que isso era tudo que Heather teria como resposta, ela disse:
— Ok, bem. Boa sorte, eu acho.
E então se virou para a casa.
— Ei! — chamou Shosh.
— Sim?

Pingando, mais furacão do que tornado, Shosh disse:
— Por que você acha que eu fiz isso?
— Não sei. Mas você é a porra de uma lenda agora.

Somente depois que Heather desapareceu dentro da casa, Shosh avistou a pequena horda de rostos amontoados ao redor da janela saliente. Meses antes, ela estava na escola com aqueles palhaços, quando sua vida era uma estrela em ascensão com Los Angeles no horizonte. Então ela se formou, e a estrela entrou em colapso, e a vida dela se tornou uma nuvem de poeira pairando sem rumo no espaço. Ela ergueu o braço como se fosse acenar para a multidão, então virou a mão no último segundo e levantou o dedo médio.

Tropeçando em direção à piscina, podia sentir o estado caótico em que se encontrava. Você bateu em uma parede, não foi? Chegou a um ponto em que está no pior estado de caos em que jamais esteve, então por que parar? Na beira da piscina, ela se sentou na borda, balançando suas botas de cano curto na água. No horizonte, o sol estava mais alto agora, um pouco menos de fogo de arco-íris, um pouco mais de sol monótono.

O pássaro tinha partido, e ela sentiu a tristeza que segue a ausência da beleza conhecida brevemente:

— Melancolia — disse ela.

A tristeza nunca soou tão adorável.

Shosh lançou a garrafa de uísque vazia na piscina, observou-a flutuar por alguns segundos antes que a água começasse a enchê-la e arrastá-la para baixo. Alguém na casa havia ligado o som. A melodia flutuou por uma janela aberta, encontrou-a ali à beira da piscina, uma música tão perfeitamente triste que ela pensou que a cantora devia entender sua melancolia em um nível molecular. Com o tempo, outras vozes se elevaram sobre a música, vozes severas acompanhadas por pesadas botas. *Podem vir*, pensou ela. Os policiais não poderiam infligir punição pior do que aquela que o destino já havia lhe dado.

Enquanto esperava, ela observou a garrafa afundar e parar ao lado do pneu dianteiro do Chevy Tahoe de Chris Bond, que, momentos antes — assim que o sol começou sua explosão de cor-de-rosa e roxos —, Shosh dirigiu diretamente, e com grande velocidade, para dentro da piscina da família Abernathy.

— Parece melhor lá embaixo, você não acha? — perguntou ao policial quando ele a colocou de pé. — Todo iluminado pelas luzes subaquáticas.

EVAN
a dicotomia de Will Taft

ACORDAR DE MANHÃ parece uma explosão em câmera lenta.

Qualquer trovão que desencadeei nos arbustos desavisados do parque ontem à noite não é nada comparado ao relâmpago em meu crânio esta manhã. De forma bem lenta — até mesmo gentil —, avanço até a beirada da cama, giro, ponho os pés no chão. O relógio na mesa de cabeceira marca meio-dia. A luz do sol através da janela é quase beligerante. Lá embaixo, mamãe está cozinhando ou construindo uma casinha de metal. Honestamente, não sei dizer.

Ah, vodca com tônica! Sereia noturna, por que me atormentas?

Verdade seja dita, esta é minha primeira ressaca, e tenho que me perguntar por que alguém chega a ter uma segunda. Tipo... sua primeira ressaca, tudo bem, você não tinha como saber. Mas outra ressaca depois disso? Aí o problema é você.

Meu telefone vibra no chão. Eu pego para encontrar uma série de mensagens de Ali...

>**Ali:** Dia! Alô! Bom dia, flor do dia!
>Pule da cama e cante uma melodia!
>O sol está brilhando, pássaros estão cantando
>O mundo está esperando
>Pule, pule, venha brincando!

>>**Evan:** Nossa
>>O que tem de errado com vc?

>**Ali:** EVAN, meu garoto!
>Deixa eu adivinhar... você acordou esta manhã e imediatamente desejou não ter acordado

>>**Evan:** Parece que tem uma festa de gorilas gritando na minha cabeça

Ali: Que legal pra você
Pelo menos sua mãe não está levando você
à papelaria para...
Saca só...
COMPRAS DE VOLTA ÀS AULAS

Evan: *Non*

Ali: *Oui*

Evan: Certifique-se de pegar durex o bastante

Ali: Sempre vou estar no terceiro ano na cabeça dela

Evan: Você sempre pensa que tem durex o bastante e acaba

Ali: Eu poderia dividir um átomo e ela me daria um picolé

Evan: Ei
Obrigado

Ali: ??

Evan: A noite passada foi um desastre
Mas meu cabelo felizmente estava sem vômito

Ali: ♥

Evan: ♥

Ali: Divirta-se com seus gorilas

Evan: Duas palavras: PACOTE ECONÔMICO

Dividir o banheiro com uma criança de sete anos significa desentupir o vaso pelo menos uma vez por semana. O entupimento desta manhã é especialmente resistente, e só depois de dar descarga é que encontro o Post-it no balcão. Rabiscada com a caligrafia de Will está uma única palavra — *desculpa* — e duas setas: uma aponta para o vaso sanitário e a outra aponta para os resquícios de pasta de dentes secos na pia.

De certa forma, meu irmão é o estereótipo de um garoto de sete anos: ele é desorganizado de forma exagerada, seu quarto é uma placa tectônica de brinquedos em movimento; onde quer que ele vá, há um rastro de embalagens e lenços de papel sujos; sai de casa e deixa a porta escancarada, as luzes ficam acesas em todos os cômodos, ele se esquece de fazer o dever de casa e de tirar os sapatos enlameados.

Ele tem sete anos. Então a lista a extensa.

Porém, de outras maneiras mais difíceis de definir, Will é um ser humano absolutamente singular. E talvez este banheiro, mais do que qualquer outro lugar da casa, resuma essa dicotomia. Ele pode deixar uma bagunça na pia e o vaso entupido, mas com certeza vai deixar um bilhete se desculpando por ambos. Nossa lata de lixo geralmente está cheia de embalagens de Band-Aids, mas (a) ele pagou por esses Band-Aids com sua própria mesada, e (b) os Band-Aids são um mecanismo de enfrentamento autoidentificado, então vou desentupir muitos vasos e vou raspar uma montanha de pasta de dentes da pia antes de proferir uma palavra de reclamação.

Escovo os dentes, tomo um banho rápido e, quando desço, mamãe está jogando no lixo os restos do que poderia generosamente ser chamado de "café da manhã", resmungando baixinho:

— Fiquei presunçosa, foi o que aconteceu. Os waffles da semana passada foram um sucesso, e dei um passo maior que a perna.

Fora a caçarola de taco e o espaguete com almôndegas picantes, mamãe é uma cozinheira notoriamente péssima, embora isso nunca a impeça de tentar. Gentilmente, tiro a frigideira de sua mão, coloco-a no balcão e a abraço.

— Oi, mãe.

É uma coisa estranha ser mais alto do que a pessoa que literalmente me criou. Não sei quando aconteceu e não parece certo, mas aqui estou, sentindo a respiração de minha mãe em meu ombro enquanto o corpo dela relaxa em meu abraço. O verbo *abraçar* me parece inerentemente solitário: você pode abraçar alguém que não o abraça de volta. Já o substantivo, *abraço*, implica participação mútua.

Ela suspira...

Eu sinto seus braços nas minhas costas, lentamente transformando o verbo em um substantivo.

— Tá tudo bem? — sussurro.

Ela assente, sai do abraço, enxuga os olhos. Depois de nossa conversa algumas noites atrás, eu não tinha certeza se algum de nós teria mais lágrimas, mas cá estamos nós.

— Tentei preparar o café da manhã pra vocês.

Ela aponta para a lata de lixo.

— Ok.

— Eu sei que você dormiu tarde. Achei que poderia ser legal.

Dou de ombros.

— Café da manhã é algo superestimado.

Ela abre a geladeira, olha fixamente para dentro.

— Como foi a festa?

Eu considero a variedade de analogias que posso usar para transmitir minha noite heroicamente de merda: horrível como pozinho de salgadinho nos dedos? Horrível como um textão no Facebook? Se alguém ligando quando poderia ter mandado uma mensagem fosse uma noite, seria essa.

Em vez disso, respondo com a única coisa positiva que consigo pensar:

— Ali estava lá.

— Que bom — fala minha mãe, e mesmo que pareça uma resposta descartável, sei que ela entende. Ali é o tipo de amiga que também é uma resposta.

Sento-me no balcão da cozinha enquanto mamãe faz sanduíches. Ela pergunta sobre a inscrição em Headlands, se já comecei a escrever a redação, o que não aconteceu, então mudo de assunto. Sugiro que ela largue um de seus empregos, dadas as circunstâncias, mas ela não vai fazer isso, então ela muda de assunto. Quando fica claro que nenhum de nós está disposto a ceder, mamãe diz:

— Não acredito que meu bebê vai para o último ano do ensino médio.

E me pergunto sobre essa aparente epidemia de adultos que não conseguem lidar com a passagem do tempo.

— Adivinha onde Ali está agora? — falo.

— Onde?

— Foi com a mãe fazer as compras de volta às aulas.

Minha mãe sorri por um segundo e então:

— Ah, que merda! *Merda!*

— O que foi?

Ela dá meia-volta e coloca as duas mãos na cabeça.

— Eu me esqueci do material escolar. Mandaram a lista, e eu... *droga...* Preciso chegar ao trabalho em uma hora...

— Pode deixar que eu levo ele.

— ... é minha única manhã livre na semana...

— Mãe, deixa que eu levo ele.

Suas mãos caem para os lados e seu rosto se inclina.

— Leva mesmo?

— Vamos hoje. Sem problemas.

Ela se inclina sobre o balcão, coloca a mão na minha bochecha e fica com aquele olhar que me diz que as lágrimas foram acionadas e estão a caminho.

— Não é grande coisa, mãe.
— Você não deveria ser tão bom.
— Ok.
— Mas estou feliz que você seja.
— Mãe? Eu literalmente não tenho mais nada pra fazer.
— Obrigada.
— Ele está no quarto?
— Desapareceu na nave dele de manhã — diz ela. — Levou o cereal. Não o vi desde então.
— Pode ir se arrumar para o trabalho. Vou limpar tudo aqui e levá-lo.

Depois de mais uma rodada completa de abraços e agradecimentos e "onde eu estaria sem você?", mamãe vai para o quarto. Sozinho na cozinha, mando uma mensagem para Ali para saber se ela ainda está fazendo compras.

Ali: Ai, sim
Mamãe não vai nos deixar sair até encontrarmos algo chamado "trapper keeper"
Que droga de vida

Evan: Pega um durex pra mim, estamos a caminho!

São em manhãs como essa que eu questiono se devo ir para Headlands. Custos financeiros e inscrições à parte, não posso viajar do sudeste do Alasca para Iverton, em Illinois, todas as vezes que minha mãe marcar dois turnos no mesmo dia ou se esquecer de outro turno de trabalho. Uma coisa que aprendi desde que papai partiu: quando você é mãe solteira, as obrigações não são divididas ao meio, mas multiplicadas exponencialmente. Pouco importa que eu esteja de olho no programa de Headlands há anos, que esteja obcecado pela ideia de ir para o norte desde que me dou por gente ou que toda vez que vejo uma foto de montanhas cobertas de neve eu sinta o desejo irrefreável de desenhá-las em tudo o que possuo. Pouco importa que meu pai tenha se oferecido para pagar metade dos custos se eu entrar. Um pai ausente que paga tudo é como um matemático cultivando um tomate: tomates são ótimos, mas que tal você resolver a porra do x? Por mais que nossa situação financeira esteja precária (e está *precária*), dinheiro nenhum resolve o problema que ele criou por não estar aqui.

Eis o dilema de Headlands: mesmo se eu for aceito — mesmo se eu me qualificar para a bolsa de estudos mais generosa —, não consigo imaginar um mundo em que eu vá para Glacier Bay, no Alasca, na próxima primavera, deixando mamãe sozinha com Will por seis meses.

E isso *antes* da bomba de dois dias atrás.

Guardo o sanduíche, limpo as migalhas do balcão e, quando abro a tampa do lixo, os restos da tentativa de café da manhã de mamãe me cumprimentam como um crustáceo preguiçoso. Nossa casa é pequena; posso ouvi-la em seu quarto agora, música alta, gavetas abrindo e fechando enquanto ela se prepara para um trabalho que não deveria ter que manter. E me ocorre que a comida, a música alta, o segundo emprego — tudo isso — são ótimas maneiras de evitar os cantos mais escuros da mente.

Subindo a escada, percebo que a música que vem do quarto dela é a mesma que ouvi no parque ontem à noite.

O parque onde vomitei porque bebi demais em uma festa a que nunca quis ir.

Talvez mamãe não seja a única evitando cantos escuros.

SHOSH
homônimo imperfeito

— Aqui cheira a sapato abafado. Como aquele cheirinho de pé no verão, sabe? Tire as meias e aí... — Shosh fez um barulhinho com a boca e simulou uma explosão com a mão abrindo e fechando, para demonstrar uma nuvem de odor nocivo liberada no ar, enquanto apoiava o telefone no joelho com a outra. — Pelo menos da última vez, eu tinha uma daquelas salas de entrevistas só para mim. Você deveria ver a sala de espera deste lugar, é um show de merda.

— Mas você não está presa? — perguntou a sra. Clark.

— Não. — Shosh suspirou. — Apenas detida.

Além do cheiro, sua principal reclamação contra a delegacia de Iverton era a situação dos assentos: o estofamento de couro grudava em suas pernas, então toda vez que ela se mexia soava como um peido discreto e, mesmo sendo totalmente inocente, não dava para culpar a cadeira, pois isso só a tornaria mais culpada aos olhos da sala.

E como aqueles olhos escrutinavam.

Na tela, a sra. Clark ajudava seu filho — um adorável menino de três anos chamado Charlie — a quebrar um ovo no canto de uma tigela.

— E você tá bem? Apesar do cheiro de sapato?

— Tô bem. Apesar do cheiro de sapato.

Não havia palavras para o que a sra. Clark era para Shosh. Desde o primeiro dia na turma de teatro, quando ela entrou na sala para encontrar sua professora de pé em uma cadeira na postura da árvore, olhos fechados, cantando a palavra *equilíbrio* repetidamente, como um bizarro monge beneditino, ficou claro que a sra. Clark não era uma professora típica. E seja por causa do talento de Shosh, motivação ou qualquer outra coisa, a sra. Clark a colocou sob sua tutela durante o ensino médio.

Parte de Shosh ainda estava lá.

— Não vejo um poema há algum tempo — disse a sra. Clark.

Shosh levantou uma sobrancelha e então girou o telefone 360 graus.

— Sim, tenho estado um pouco ocupada. Ou talvez você não esteja sabendo.

— Frost diz que a poesia é uma forma de pegar a vida pela garganta.
— Você ouviu aquela sobre o poeta Jedi?
A sra. Clark olhou para ela sobre a grande tigela de misturar o bolo.
— Que a metáfora esteja com você?
— Então isso é um sim.
— Shosh...
— *Tá bom*. Vou mandar outro. Nossa! Eles mal são poemas, apenas coisinhas sem sentido...
— Tudo o que você faz é parte de você. Isso é sagrado, ok? Embora as massas possam menosprezar...
— Seremos grandes. Entendi.

Como estudante, a vida de Shosh tinha sido o teatro. Muito apropriado, então, que a maior parte do que ela aprendera no teatro se aplicasse à vida, uma educação que sua ex-professora parecia decidida a continuar da cozinha dela do outro lado da cidade.

— Você terá críticos suficientes sem se adicionar ao montante — disse a sra. Clark. — Mas os críticos não são criadores. Eles não podem tocá-la, não realmente. — Então, para Charlie: — Ainda não, querido, a massa ainda está crua.

Perplexo e se sentindo traído, Charlie disse:
— Você me *deixô cozinhá*.

Se a fofura fosse um bufê, um aparelho de jantar empilhado, Charlie seria um pratinho pequeno no topo da pilha. Entre suas bochechas e suas pronúncias infantis, o garoto era uma verdadeira ameaça à sociedade.

— O que você está fazendo, Chuck? — perguntou Shosh.
Charlie enfiou o rosto no telefone:
— Bolinho de frutinha!
Shosh queria se fundir na tela, fazer parte dessa pequena e linda família.
— *Et voilà!* — disse a sra. Clark, colocando a bandeja no forno enquanto Charlie desaparecia da sala, uma nuvem de farinha em seu rastro. — Olha... — continuou ela, colocando o telefone em outra parte da cozinha. — Você tem muitas pessoas em sua vida para apontar todas as suas falhas. Então, eu só vou apoiar você. Mas não pense por um segundo que isso significa que eu endosso seu comportamento ou que não vou pedir que você se recomponha, Shosh. Falando nisso, ainda estou em contato com o reitor da USC...

— Não, obrigada, já falei que pra mim isso já era.

A sra. Clark suspirou, e matava Shosh pensar em quanto tempo sua professora havia investido em um futuro que agora era inexistente. Cartas escritas, telefonemas feitos, relacionamentos formados, tudo em favor de

Shosh... tudo para nada. Shosh às vezes se perguntava se sua decisão de abrir mão da USC havia prejudicado mais a sra. Clark do que a ela própria.

— Uma coisa sobre ela? — disse a sra. Clark.

Nenhuma das duas conseguia se lembrar de quando havia começado, mas suas ligações sempre terminavam com Shosh relembrando uma memória específica sobre a irmã.

— Ela escolheu o meu nome — disse Shosh.

— Eu não sabia disso.

— Saí do hospital sem nome. Mamãe e papai não concordavam em como me chamar e, depois de um ou dois dias, Stevie estava me chamando de *Shosh*. Ela tinha dois anos, não é como se ela estivesse falando frases inteiras. Quando perguntaram de onde ela tirou o nome, ela disse que tinha sonhado.

Silêncio por um segundo, enquanto os olhos verde-pinheiro da sra. Clark começavam a lacrimejar e ela abria a boca para dizer algo...

— *Stevie Bell?*

O celular de Shosh escorregou para o chão.

— *Merda.*

Ela se abaixou, agarrou o aparelho e olhou para cima para encarar um policial franzindo a testa para ela.

— Você é Shosh Bell? — perguntou o oficial.

Na vida, Stevie e Shosh muitas vezes eram confundidas uma com a outra. Desde a morte de Stevie, aquela confusão parecia ter penetrado no cérebro de Shosh: não era a primeira vez que ela ouvia o nome da irmã quando alguém dizia o dela.

— Sim — disse ela. — Sou Shosh Bell.

— Sua assistente está aqui. Assim como sua mãe.

Na tela, uma preocupada sra. Clark perguntou:

— Que assistente?

— Assistente social designada pelo tribunal — respondeu Shosh, imaginando quando ela aprendeu a terminologia daquele lugar. — Tenho que correr. Te mando uma mensagem mais tarde.

Shosh seguiu o policial até a mesa na frente, onde duas mulheres esperavam com expressões sombrias: Audrey, a assistente social (ou Aubrey, ela nunca conseguia lembrar qual), e a primeira e única Lana Bell.

Shosh olhou para a assistente social.

— Olá... Aubrey?

— É Audrey.

— Hmm, mas e se não for?

Audrey não achou graça.

Shosh virou-se para a mãe.

— E... você é?

Um dia antes de sua irmã morrer, Shosh olhou para um corredor de supermercado, com os olhos vidrados.

— Tudo parece igual.

— A ilusão da variedade — tinha dito Stevie na ocasião. — Não importa quantas opções pensamos que temos, são apenas versões diferentes da mesma safra. — Ela pegou uma caixa de granola na prateleira, revisou os ingredientes na parte de trás. — Milho.

— Espera, sério?

Stevie jogou a caixa no carrinho e, em uma façanha de virtuosismo indiferente, acenou com o braço no ar como um apresentador demonstrando leões saltando por arcos de fogo.

— Milho! Até onde a vista alcança.

— Como você sabe dessa merda?

Silenciosamente, como se quanto menor o volume, mais legítima a afirmação:

— Eu vi em um documentário.

Stevie e Shosh Bell tinham dois anos de diferença e eram totalmente inseparáveis. Desde os campos de futebol de sua juventude, quando Stevie mentiu sobre sua idade para que pudesse jogar no time mais jovem de Shosh, até cada pista de dança desde o ensino médio, que elas orgulhosamente frequentaram como acompanhante uma da outra, elas eram um pacote, e todo mundo sabia disso. Aonde uma ia, a outra ia junto, incluindo o supermercado.

— O que é isso? — Stevie enfiou a mão no carrinho e tirou uma fatia de queijo embrulhada em um papel de cera vermelho.

— O que é o quê? — indagou Shosh.

Elas andaram de um lado para o outro nos corredores pelos últimos 15 minutos, jogando itens no carrinho, verificando as coisas à medida que avançavam, tentando (e falhando) não pensar no milho, em como o milho havia sido transportado, transformado, transmogrificado em literalmente tudo que todos ingeriam em todos os lugares, então, quando chegaram à seção de queijos da delicatéssen, era como se tivessem tropeçado em um deserto varrido por milho, apenas para chegar a um oásis sensato e nutritivo.

— Isto. — Stevie ergueu a fatia de queijo como um promotor apresentando uma prova incriminatória. — O que é isto?

— Gouda.

— Hã, não.

Shosh levantou a lista.

— Você que escreveu. Olha aqui!

— Quero dizer *não*, como *isto não é gouda*.

Shosh pegou o queijo da mão de sua irmã.

— Literalmente está escrito *gouda* na embalagem.

— É macio. — Stevie escolheu uma fatia diferente do visor, lendo atentamente o rótulo. — Gouda não é mole.

— Esqueci que você é especialista em queijo.

— Em outra vida, posso ter sido uma *fromager*.

Shosh olhou ao redor da loja, como se alguém por perto pudesse ajudar a explicar o que diabos estava acontecendo.

— Tudo parece um sonho...

— Uma *monja do queijo*, se preferir.

— ... em que nada é o que parece ser.

— Embora *fromager* tenha o apelo onomatopaico.

Shosh semicerrou os olhos.

— Não tenho certeza se você pode fazer isso com essa palavra. De qualquer forma, você estará de volta a Loyola amanhã. Por que você se importa com o queijo que comemos?

Stevie pegou o queijo da mão de Shosh.

— Vamos só colocar isso de volta aqui para algum outro pobre coitado.

— Talvez eu *goste* de gouda molenga.

— Em primeiro lugar, você não gosta, mesmo que pense que sim. — Stevie estudou as pilhas de queijos com um brilho nos olhos, como se estivesse escolhendo uma aliança de casamento ou um sedã de luxo. — Em segundo, eu me importo o suficiente com minha família para não deixar que comam queijo que não seja queijo de verdade.

— Sabe, você provavelmente deveria ir transar.

— Lá vamos nós. — Stevie pegou uma embalagem comprida de algo com uma etiqueta em que se lia "Explore a Holanda". — Envelhecido em uma caverna por mil dias.

— É uma droga que você precise voltar tão cedo.

— Sinta isso. Viu?

— É verão, Stevie. Época das férias de verão.

— É *assim* que um gouda deveria ser.

— Somos jovens e atraentes e é verão.

— Cristalização perfeita.

— Você sabe o que você deveria fazer? Fuja das aulas de verão. Em vez disso, fique aqui comigo. Vamos ser jovens e atraentes juntas neste verão.

— Bem duro. Um sabor maduro de nozes que derrete na boca. E você sabe qual é o ingrediente secreto?

— Insinuações sexuais veladas?

Com mais reverência do que o necessário, Stevie colocou o gouda no carrinho. Ela se virou para a irmã, colocou as duas mãos nos ombros de Shosh e, fora o cabelo — os cachos castanhos de Stevie, a explosão de ondas escuras e a franja desfiada de Shosh —, os rostos delas pareciam espelhados.

— *Tempo*, mana.

Cavando fundo, Shosh encontrou a única coisa verdadeira:

— Não vá.

— Você sabe que não tem nada no mundo que eu adoraria mais do que passar o verão com você. Mas as aulas de verão significam formatura antecipada. O que significa que posso me juntar a você em Los Angeles mais cedo ou mais tarde. Certo?

No próximo corredor, Shosh jogou uma embalagem de salgadinho de queijo no carrinho, e Stevie a chamou de bárbara, e, assim, provaram o princípio básico da vida encantada: só é encantada enquanto você não sabe que é.

No dia seguinte, Stevie carregou o carro com roupas recém-lavadas e uma assadeira com a lasanha da mãe, e quando as irmãs se abraçaram, elas disseram "Eu te amo" e só. Não havia necessidade de dizer adeus; elas iriam, é claro, falar ao telefone naquela mesma noite...

De acordo com o relatório da polícia — que havia sido entregue a seus pais e que Shosh havia surrupiado e levado até o banheiro, tirado uma foto e memorizado logo depois —, o homem se chamava Phil Lessing. Tendo sido demitido naquele dia, ele decidiu que o melhor a fazer era encher a cara no bar. Lá, ele teceu para si um pequeno casulo de tristeza, até que, pronto para sair como um perigo para a sociedade, Phil pegou suas chaves, cambaleou até o estacionamento e sentou-se ao volante da sua resistente picape Ford F-150.

Shosh nunca soube se os detalhes ajudavam ou prejudicavam. Ela *queria* saber que o F-150 havia provado seu slogan e ficado sem nenhum arranhão enquanto o carro de Stevie tinha ido parar no canteiro central como uma bola de papel-alumínio amassado? Será que ela *queria* saber que o relógio estilo anos 1980 da irmã tinha voado para cerca de uns vinte metros do acidente? Ela *queria* saber que os socorristas não conseguiram diferenciar imediatamente o que era sangue e o que era o molho da lasanha que havia explodido?

Sem a irmã, Shosh evoluiu para algo sem objetivo. Como um daqueles vermes de cerdas bioluminescentes flutuando no breu do fundo do mar: se havia um propósito na vida, ela não conseguia mais sentir; se havia direção, ela não conseguia ver; sua irmã havia sido seu hábitat natural e, quando isso lhe foi tirado, Shosh foi forçada a criar um novo. E assim ela teceu seu próprio casulo de tristeza. Seu pai tinha uma grande coleção de uísques no porão. O freezer deles era um carvalho, com as garrafas de vodca como bolotas no inverno. Ela estava longe de ser a única bebedora da família; esses recantos medicinais eram sempre reabastecidos, e se seus pais fizessem perguntas a ela, teriam que fazer perguntas a si mesmos.

Ela ainda podia sentir as mãos de Stevie em seus ombros, o modo como cada uma se perdia nos olhos da outra. "*Tempo*, mana."

Cavernas, casulos, cristalização: o tempo mudou as coisas em um nível molecular. Talvez Shosh só precisasse de um lugar para passar mil dias e, como um queijo gouda holandês ou uma borboleta, ela pudesse emergir como algo novo e extraordinário.

Ou só inteira novamente seria o suficiente.

Shosh encostou a cabeça na janela do lado do passageiro do carro de sua mãe. Seu cabelo estava apenas meio seco do mergulho daquela manhã na piscina de Abernathy; suas roupas e casaco ainda cheiravam a cloro. Pela janela, o centro de Iverton passou como um borrão, e ela imaginou alguma outra versão de sua vida, uma em que vivia em uma cabana nas montanhas, perto da água, sob a neve, talvez na Finlândia ou na Noruega, em algum lugar frio.

O rádio estava ligado. Tocava a mesma música triste que ela ouvira de manhã na piscina.

— Eu vim de um jeito diferente desta vez — disse a mãe. — Cortei caminho por Pasadena, economizei cinco minutos na estrada. Não é engraçado?

— O que é engraçado nisso?

— Conheço o caminho mais rápido de nossa casa até a delegacia. Que piada hilária.

Se Shosh era um tornado da alta-costura, não era segredo de onde ela havia herdado o tornado: Lana Bell sempre foi um pouco caótica, propensa a deixar as coisas para trás e se esquecer de tomar banho por alguns dias. Ela era professora do primeiro ano do fundamental, então sempre foi uma peculiaridade que funcionou. Sua classe tinha a quantidade ideal de excentricidade e diversão que se almeja de uma turma de primeiro ano. Mas desde a morte de Stevie, essa excentricidade se transformara em algo mais sombrio, o tipo de volatilidade de olhos vazios que faz as pessoas atravessarem a rua.

Mas agora a família Bell era cheia de sombras, não é?

Espaço humano negativo.

— Não sei o que fazer com você — disse a mãe-sombra.

Com a testa colada na janela, Shosh assistiu a um pássaro voar alto no céu.

— Você vai me contar *por que* jogou o carro daquele garoto na piscina da sua amiga?

— Ela não é minha amiga — respondeu Shosh, tentando decidir se aquele era o mesmo tipo de pássaro que ela tinha visto ao nascer do sol.

— Você tem alguma ideia de como isso poderia ter sido ruim? Se alguém tivesse se machucado ou se outra pessoa estivesse com você no carro? Aubrey diz que temos sorte por eles não prestarem queixa...

— Audrey.

— Que seja! O pagamento dos danos vai sair direto da sua conta, pode apostar nisso. Eu nem mesmo... todos estamos *lidando* com isso, sabe? Não é só *você*, Sho, *todo mundo* está triste aqui, e eu nem mesmo... *por que* você *faria* uma coisa dessas?

Não. Definitivamente não era o mesmo tipo de pássaro.

— Quero ir morar na Noruega — disse Shosh bem baixinho.

Um pouco depois:

— Você está *bêbada*?

Shosh respondeu que sim, provavelmente ela estava mesmo, e enquanto a mãe-sombra reclamava, a jovem delinquente observava pássaros, e essa era sua vida agora, não um esquema lógico, mas uma convergência bizarra de seres fazendo coisas. "*Você tem sangue em suas mãos, um pássaro seria melhor*", era o que a voz cantava no rádio, aparentemente onisciente, e não importava se ela estava sóbria agora, mais tarde ou nunca. Como poderia? Como qualquer coisa poderia importar quando ela nunca teve um adeus?

Uma palavra que ninguém queria, mas da qual todos precisavam. Uma palavra que aparentemente doía dizer, mas ela sabia a verdade: você só pensa que o adeus é doloroso se você já teve a chance de dizê-lo.

Naquela noite, enquanto a família Bell comia uma refeição que tinha sido pedida para viagem na frente da TV, Lana Bell perguntou a Jared Bell se eles poderiam trocar de carro no fim de semana seguinte.

— Tenho uma conferência de professores em Milwaukee — contou ela, e o pai de Shosh assentiu sem comentar.

— Há algo de errado com o seu carro? — perguntou Shosh à mãe.

— O rádio está com problema há meses. De jeito nenhum vou viajar em silêncio.

Mais tarde naquela noite, Shosh ficou acordada na cama, olhando para as pás giratórias de seu ventilador de teto. E enquanto imaginava pássaros cantores voando alto e montes de neve noruegueses, ela cantarolava a melodia de uma canção que a perseguira o dia todo, uma canção que agora caía sobre ela como uma colcha quente. Uma música que ela estava começando a pensar que poderia existir apenas em sua cabeça.

PARIS
· 1832 ·

Ela viera do norte com uma canção no coração e sangue nas mãos. A primeira era um murmúrio constante de vingança; o último, prova de pecados cometidos em seu nome.

Ao redor, empurrando e disputando, carregadores e cocheiros gritavam em línguas confusas. Ao observar aquelas pessoas, ela entendeu que os homens estavam perguntando sobre bagagem e passaporte. Sølvi esticou as mãos vazias.

— Paris — disse ela, a única coisa que ela possuía era aquele sonho de uma única palavra.

Um cocheiro balançou a cabeça e apontou para o chão.

— Le Havre — falou ele, então apontou para um ponto vago no horizonte. — Paris.

Exausta e sem dinheiro, Sølvi virou-se para encarar o oceano sem fim, o porto fervilhando de pessoas embarcando e desembarcando em navios monstruosos. Ela ficou na sombra do navio que a trouxera até ali — seu balanço constante certamente assombraria seu sono pelos próximos anos —, abriu a boca e envolveu a fria comoção ao seu redor na quente colcha de retalhos da música.

Étienne muitas vezes se perguntava se ele estava sozinho porque pintava, ou se pintava porque estava sozinho. *Tant pis*, pensou ele. *Je peins parce que je peins.*

Eu pinto porque pinto.

Nas manhãs o encontravam nas galerias do Louvre, trabalhando em cópias com outros alunos. Étienne morava em um confortável apartamento de um quarto perto da Sorbonne, herdado de seus falecidos pais. Onde ele uma vez encontrara prazer na vida — almoço no Jardim das Tulherias, passeios ao pôr do sol na Ponte Neuf — agora ele sucumbia a uma sensação cada vez mais profunda de falta de objetivo. A obra de arte mais medíocre poderia manter seu interesse por muito mais tempo do que qualquer pessoa que ele conhecesse; ele estava entediado com todos. E quando você está entediado com todos, é apenas uma questão de tempo até que todos estejam entediados com você.

O tédio era impossível com o estômago vazio. Tendo se contrabandeado para Paris na parte de trás de uma diligência, levou apenas alguns dias para Sølvi descobrir que quem ela tinha ido matar — o desgraçado do pai dela — estava morto havia anos.

Ela não falava francês, não tinha dinheiro, mas aprendia rápido. Logo estava cantando nas ruas, descobrindo quais cafés toleravam sua presença, quais hotéis atendiam aqueles que jogavam uma moeda para ela. À noite, ela se encolhia entre os ratos e os itinerantes, mas durante o dia ela cantava. Não mais uma canção de vingança, a dela era uma canção do norte, de lugares congelados e familiares, de luzes dançantes no céu, e, embora ninguém entendesse a letra, suas canções assombravam os corações de todos que as ouviam.

Uma noite, bem tarde, Sølvi se viu seguindo um pássaro até uma ponte. Uma ave do norte como ela, concluiu, inteiramente à vontade no frio. Com cuidado para não perturbar a criatura, Sølvi se sentou na mureta ao lado dela, sem pensar na altura ou no rio Sena gelado abaixo.

— Hej — sussurrou, estendendo a mão, e se ela havia começado a cantar então, ou se estava cantando o tempo todo, já não tinha certeza. Era uma canção como nenhuma outra, um canto de pássaro, um canto selvagem, como se ela fosse muitas Sølvis, cantando várias partes em harmonia.

Sentaram-se assim, pássaro e mulher, musa e artista, suas vozes atravessando o rio, até que:

— *Aimez-vous aussi les oiseaux?*

Ele não tinha a intenção de assustá-la. Atraído primeiro por sua voz, depois por sua aparência — empoleirada em uma mureta, roupas esfarrapadas, cabelo louro-claro balançando ao vento —, Étienne foi totalmente seduzido pela primeira vez na memória recente.

Sølvi examinou os olhos dele. Seu rosto era bastante agradável, mas os olhos dos homens eram sinopses: ela podia lê-los e saber exatamente o que eles queriam.

— *Aimez-vous aussi les oiseaux?* — perguntou ele de novo.

Dias depois, ela traduziria essa pergunta usando o livro que ele comprou para ela. *Aimez-vous aussi les oiseaux?* "Você também gosta de pássaros?" E ela ia sorrir e tropeçar em sua resposta em francês:

— *Oui* — diria ela. — *J'aime les oiseaux.*

Mas, por enquanto, ela afastou o cabelo do rosto e tocou o peito.

— Sølvi.
Ele sorriu, e o pássaro voou.
— Étienne.
Nas semanas seguintes, eles passaram todos os momentos juntos. Ele a retratou em seu apartamento, os contornos do corpo dela ganharam vida sob seu pincel. Ela cantava enquanto posava, canções do norte que se fundiam em canções de amor que ultrapassam a língua, e, assim, eles aprenderam a linguagem dos corpos um do outro: as noites se tornaram dias, eles deitaram e levantaram da cama, vestiram e despiram as roupas e, enquanto pintavam e cantavam, seu plural se tornava singular, cada alma se tornava mais ela mesma na presença da outra.

O amor deles era uma metalurgia nova e estranha: antes, eles eram ferro bruto; um no outro, eles encontraram o fogo.

As tatuagens foram ideia de Sølvi. Ela estivera em algumas prisões, embora Étienne nunca fosse saber disso. (Para alguns lugares, é melhor não voltar, mesmo na memória.) A pintura mais recente — ela nua perto da janela, asas gigantes cheias de penas brotando de suas costas — tinha colocado a ideia na cabeça dela. Seu francês estava melhor agora, embora ainda rudimentar; quando ela lhe contou sua ideia, ele perguntou por que eles deveriam marcar seus corpos, visto que não eram criminosos nem da realeza. Diante disso, ela jogou os lençóis para longe, subiu em cima dele, encostou os lábios em seu ouvido e disse:

— *C'est pourquoi.*
Foi motivo suficiente para ele.

Eles encontraram um homem em um porão que possuía as ferramentas e o treinamento adequados. Ele alertou sobre grande dor e demora na cicatrização. Em resposta, Sølvi abriu o livro que trouxera — *Histoire des oiseaux* — e apontou para o pássaro que ela havia escolhido para eles.

— *Ç'est de la folie* — disse o homem.
— *Oui* — respondeu Étienne, sentando-se na cadeira do homem e colocando o braço na mesa. — *Une folie à deux.*

Naquela primavera, à medida que o conhecimento de francês de Sølvi continuava a melhorar e as tatuagens estavam quase cicatrizadas, ela ficou doente. O que começou como cólicas e vômitos se transformou em convulsões e agonia insuportável. Étienne correu com ela para o Hôtel-Dieu, um hospital em Île de la Cité, e quando chegaram, ele também não estava bem. Durante meses, rumores sobre a cólera se espalharam por Paris como fogo; agora que a doença tinha chegado, ela se espalhou ainda mais rápido. Em camas adjacentes, Sølvi e Étienne foram piorando, assim como todos ao redor no Hôtel-Dieu, lotado de pessoas como eles.

— Sølvi.

Étienne esticou a mão trêmula para ela. Uma única asa tentando voar. Ela encontrou a mão dele entre as camas. As duas asas se juntaram, o pássaro ficou inteiro. Étienne sorriu... então soltou a mão dela de repente, virou-se e vomitou no chão.

Em um francês baixinho e incerto, ela contou a ele a história de uma garota que havia sido abandonada, abusada e trancafiada. Ela contou a história de uma janela alta, pássaros empoleirados entre as grades, e como essa garota se imaginava na companhia deles, indo e vindo quando quisesse. A cada noite, a garota afogava a miséria lamentável daquele lugar em músicas, jurando vingança contra aqueles que a deixaram lá para morrer. E assim que surgiu uma chance, ela a aproveitou. Quando um barco veio em sua direção, ela o pegou também. Ela sabia pouco sobre seu verdadeiro passado, mas havia uma palavra, um lugar escondido nas profundezas da sua memória: *Paris*. E então a garota que viera para matar o próprio pai apenas descobriu que ele já estava morto. E o lugar em seu coração que antes estava cheio de vingança foi preenchido com um amor surpreendente e insuperável.

— *Fin* — disse ela para encerrar a história.

Porém os olhos de Étienne estavam vidrados e inertes.

Acima de suas camas, o sol brilhava através de uma janela alta, o céu mais azul do que o próprio azul. E enquanto ela se perguntava o que a esperava na morte, se ela poderia viajar além do azul, uma nova canção entrou em seu coração, não de vingança ou amor, mas uma promessa. Sua cabeça caiu para um lado, encarando a concha vazia de Étienne.

— *Je te trouverai* — cantou ela, "Vou te encontrar", e aquela alma deu seu último suspiro como Sølvi do norte.

PARTE
·DOIS·
NOTURNO

EVAN
kafkiano

Quero contar à Maya sobre mamãe. Quero contar a ela sobre o pássaro no parque e o que aconteceu na festa na semana passada, e não sei o que ela poderia fazer a respeito disso, mas contar as coisas a ela é o objetivo, não é?

— Você parece... — Maya inclina a cabeça, estuda meu rosto de um jeito que me faz pensar no que pareço. — ... alegre — conclui ela.

Uma ruga inesperada.

— Eu?

— Sim.

Eu dou de ombros.

— É terça-feira.

— Ah. *E.T.* e pizza?

— Vimos *E.T.* em sete terças seguidas. Vou defender vermos *Wall-E* ou *O fantástico sr. Raposo*, e no que diz respeito à pizza, obviamente a Jet's é a melhor, mas preciso examinar os cupons semanais. Pode ser uma semana de Domino's, dependendo.

— Papa Johns costuma ter bons cupons.

Eu faço um lance de dilatar as narinas e as pessoas em todos os lugares sabem que estou falando sério.

— Claro, ok, Papa Johns. Quer dizer, eu tenho um pneu velho de bicicleta na minha garagem. Poderíamos colocar um pouco de queijo derretido nisso e economizar dinheiro.

Sento-me no silêncio que se segue ao estrondo de uma piada contada com confiança: aí reside uma vulnerabilidade estranha e aterrorizante.

Inevitavelmente, conversamos sobre a escola e, obviamente, sobre como está indo minha primeira semana do último ano. Tenho duas disciplinas com Ali, consegui os bons professores (ou seja, os professores cujos olhos e vozes ainda não esgotaram as baterias), além de um segundo ano em escrita criativa com o sr. Hambright. Dito isso, eu deveria estar em êxtase. Eu deveria estar dando piruetas. Mas falar sobre o último ano do ensino médio sempre leva a falar sobre o que acontece *depois* do ensino médio, e hoje em dia, prefiro fazer piadas que não funcionam do que falar sobre "o meu futuro brilhante".

Quando fica claro que meu coração não está nisso, um silêncio pesado cai sobre a sala.

Lá fora, uma nuvem paira no céu; dentro, as sombras viajam pelo tapete. Um êxodo lento segue outro.

Nunca entendi as pessoas que se sentem desconfortáveis com o silêncio, mas devo pensar que elas não se sentiam muito à vontade em primeiro lugar. A ausência de barulho é a presença da mente, o lugar do corpo para respirar. O silêncio é uma grande parte do que fazemos aqui. Em alguns dias, nossas sessões se estendem diante de nós, um vasto e remoto deserto onde nenhuma conversa poderia crescer. Em alguns dias, penso: *Eu literalmente não tenho nada para falar*, e não conversamos sobre nada, e ainda me sinto melhor do que antes de começarmos. Na maioria das vezes, porém, a hora começa e a conversa floresce, radiante e surpreendente, e, no final, estou com metade do meu tamanho e cheio de ar, correndo o risco real de ser levado por uma leve brisa.

Isso é o que a terapia é, eu acho: trabalhar em direção à gravidade zero.

— Vai fazer um ano — afirma Maya.

— O quê?

— Quase um ano desde que seu pai foi embora. Como você está lidando com isso?

— Não sei. Melhor que a mamãe.

— De que maneira?

— Pelo menos eu posso falar sobre isso. Posso dizer em voz alta o quanto o odeio. Ela tenta fingir que não é grande coisa.

— Ela ignora — diz Maya.

— Ela menospreza isso.

— Como assim?

Quando você pensa a respeito, a maioria das famílias se resume aos mesmos elementos principais: geografia (esta é a nossa casa); biografia (isso é quem somos); e filosofia (é por isso que estamos aqui). Mais do que uma fundação, é um acordo mútuo. Um código. Então, quando alguém com quem você mora vai embora, é mais do que uma partida, é a chegada de um novo código. Nossa família lidou com esse código de maneiras diferentes: Will se retirou para seu próprio mundo; eu comecei a ter tempestades; e mamãe...

— Ela chama a data de *inversário* — digo.

— O que ela chama assim?

— O marco de um ano da partida do meu pai. Como um *aniversário inverso*.

— Ah.

Mamãe é uma campeã, digo a Maya.

Ela diz que sabe.

Meu pai é um maldito de merda.

Ela não diz nada por um segundo e então pergunta se eu tive alguma tempestade recente.

— Não, a última foi há semanas.

— Isso é ótimo, Evan. Estou muito orgulhosa de você.

Pela janela, vejo um pássaro pousar em um galho; em uma das salas adjacentes, alguém começa a tocar uma música, a mesma música que ouvi no parque naquela noite e no quarto de mamãe na manhã seguinte.

— Evan?

Quero contar à Maya sobre mamãe. Quero contar a ela sobre o pássaro no parque, mas, por alguma razão, quando penso naquela noite, meu cérebro se torna uma pena, meus pensamentos, trinados, e minha boca, um bico inútil.

— No que você tá pensando? — pergunta ela.

Outra nuvem sem rumo se desloca no céu. Observo o lento êxodo das sombras pelo carpete, lembrando-me daquele dia com detalhes irritantes.

— Na formação da Terra — respondo.

Quando meu pai falou que estava partindo, pensei que se referia ao trabalho. Quando percebi que ele se referia a nós, fiz a única pergunta lógica:

— Por quê?

— É como... a Pangeia — respondeu ele, e eu me perguntei se ele sempre tinha sido um baita mentiroso ou se isso era uma novidade. — Lembra? Aquele projeto escolar em que te ajudei? O mundo está sempre mudando, Evan. Com o tempo e sem nenhum motivo em especial.

Lá fora, o sol brilhante mentia sobre que tipo de dia aquele seria.

— Então você está indo embora sem nenhum motivo.

Papai suspirou, como se eu fosse a pessoa que tivesse começado aquele lixo de conversa.

— É mais complicado do que isso.

Mas não era. Meu pai tinha um motivo, e esse motivo era uma morena chamada Stacey. De acordo com o Facebook, Stacey tinha uma falha nos dentes, um poodle que parecia uma batata murcha e um filho quase adulto chamado Nick. Nick trabalhava em uma papelaria e tinha uma namorada de longa data chamada Ruth. Ruth era motorista de Uber e tinha um jeito de sorrir para a câmera como se estivesse prestes a comer a lente. Era essa a família pela qual ele estava trocando a nossa.

Mas eu só ia saber disso mais tarde.

Naquele dia, ouvi papai tagarelando sobre a Pangeia, confundindo suas próprias escolhas de vida de merda com inevitabilidades, enquanto mamãe pairava na porta da cozinha, uma taça enorme de vinho na mão, tão parte da conversa quanto ela era parte do ambiente.

— E quanto a Will? — perguntei, esperando que papai pudesse identificar a pergunta sob a pergunta: *Que tipo de monstro se despede de bom grado do presente cósmico que é essa criança?*

O olhar do meu pai pulou para o topo da escada, e, por um instante, fiquei preocupado de Will estar ali, que pudesse ter ouvido tudo. Mas ele não estava. Em um movimento que então entendi ter sido bem orquestrado, meu irmão tinha ido passar o dia na casa de um amigo.

— Seu irmão vai ficar bem — foi a resposta do meu pai, e então voltou a falar sobre o quanto ele nos amava, como nada mudaria isso, como não era nossa culpa, como se a noção de que eu pudesse ser o culpado tivesse sequer passado pela minha cabeça.

Enquanto falava, ele se ajeitou no sofá, e eu pensei: *Vamos ter que comprar um sofá novo*. E quando ele bebeu um gole de café da sua caneca favorita da NASA: *Vamos ter que comprar canecas novas*. E na estante sobre seu ombro, vi a primeira edição de Salinger que ele havia me dado no meu aniversário de 16 anos, que, é claro, também teria que ir. E me ocorreu que um lar não é apenas uma casa ou as pessoas com quem você mora, é também as coisas que essas pessoas usaram. As coisas têm um jeito de absorver parte da vida das pessoas ao seu redor, então quando alguém na casa te trai, é uma traição multiplicada em perpetuidade: seu livro favorito vira besteira; café em parafernália espacial, intragável; sofás, impossíveis de sentar. E quando o traidor sair pela porta da frente pela última vez, você vai ter que cavar um túnel embaixo da casa, ou sair pela chaminé, porque foda-se essa porta.

— Sei que é muita coisa — falou meu pai, no sofá que tinha morrido para mim. — Fale comigo, Eve. No que tá pensando?

Contei bem devagar até vinte mentalmente.

Mamãe estava na porta; ela tomou um longo gole e depois piscou para mim por cima da taça, e era difícil saber se eu sempre a amara mais do que papai ou se nossa situação atual já havia reescrito toda a minha história.

Nós dois sabíamos o quanto ele odiava o silêncio.

Depois de mais uma lenta contagem até dez, caminhei até a estante, peguei a primeira edição de Salinger. *O apanhador no campo de centeio* era um livro legal e tal, mas eu preferia a família Glass. Eu tinha uma edição antiga de *Franny & Zooey* lá em cima no quarto, mas *Erguei bem alto a viga, carpinteiros* sempre tinha sido meu favorito, valendo a pena exibi-lo em nossa biblioteca da sala de estar. Significou muito quando papai me deu: prova de que ele sabia do que eu gostava e queria me fazer feliz. Quando o desembrulhei pela primeira vez, sabia que era velho — era uma cópia usada da biblioteca, sem sobrecapa —, mas não sabia que era uma primeira edição até que ele me disse para verificar a primeira página. E quando agradeci, foi o tipo de agradecimento que você oferece quando se sente realmente visto.

Só que agora...

Olhando para trás, não pude deixar de pensar em alguns detalhes. Como nas notas tristes na voz da mamãe quando ela tinha lido recentemente sobre o sebo que estava fechando. Ou em como o papel de embrulho, que eu tinha rasgado com tanta ansiedade, tinha sido aplicado de maneira imaculada, até mesmo nos cantos, e quando tentei pensar em uma ocasião em que papai embrulhou um presente, tudo que consegui pensar foi ele pagando alguém no shopping para fazer isso por ele.

— A decomposição de elementos radioativos — falei baixinho, olhando para a capa desbotada em minhas mãos enquanto o conhecimento de suas origens tomava conta de mim. E eu me perguntei quantos outros bens valiosos continham duas histórias: uma dentro, outra fora. — E o calor residual da formação do planeta.

Quando olhei para cima, mamãe estava chorando na porta, mas sorrindo também, e palavras como *tectônica*, *manto* e *núcleo* vieram à minha cabeça, e eu sabia que ficaríamos bem.

— Não sei se entendi — respondeu meu pai.

Entreguei o livro a ele, desejando que sentisse o peso extra de sua história. Da história.

— Pangeia — eu disse. — Quando todo o seu mundo se desfaz, sempre há uma razão.

SHOSH
mensagens de lugares congelados

SHOSH OLHOU PARA O CÉU ACINZENTADO, ouvindo a música que cantava para ela. Quando sua mãe entrou, Shosh não se virou. Na opinião dela, bater na porta era um pré-requisito para ter sua entrada reconhecida.

— Shosh. Meu Deus. Algum dia você vai acabar caindo da janela.

Não muito tempo atrás, Shosh percebeu que as janelas de seu quarto estavam alinhadas com a altura de sua cama. Naturalmente, ela empurrou a cama contra a parede, então agora, quando ela abria a janela, ela podia se reclinar na cama com as pernas penduradas para fora. Em algumas noites, ela ficava lá, a centímetros do ar livre, observando as estrelas aparecerem no céu. Às vezes, ela observava as estrelas desaparecerem na luz enquanto o sol nascia.

— Seu pai pediu comida. Vai chegar em vinte minutos.

— Tudo bem — disse Shosh enquanto pensava que *cinza*, em qualquer tom, não era a cor certa para o céu.

Sombrio era uma cor?

— Sho...

— Já falei que tudo bem, mãe.

Shosh tomou um gole do seu refrigerante diet — metade do qual havia sido substituído por vodca de uma garrafa que ela mantinha debaixo da cama — e ouviu o clique suave da porta se fechando às suas costas, o som arrastado das meias de Lana Bell no corredor.

Nos dias que se seguiram ao incidente na festa de Heather, seus pais a ignoraram. Os dois tinham trabalho e, como ela já havia se formado, eles realmente não sabiam o que fazer com ela. Em outro mundo, seu quarto já estaria arrumado, seu carro cheio de roupas e luminárias de mesa e artigos diversos de dormitório. Ela deveria estar chorando e abraçando os pais, saindo da garagem, seguindo para as luzes brilhantes de um futuro promissor na Costa Oeste.

Shosh tomou outro gole e olhou para o céu. Ela teve uma imagem repentina de anos atrás, uma aula infantil da escola dominical, talvez, de anjos e trombetas e nuvens se abrindo. E ela se perguntou se era daí que vinha aquela música, alguma versão perversa do divino.

Durante a última semana, ela ouviu nada menos que três músicas distintas, como se o desastre contínuo que era a sua vida exigisse uma trilha sonora. Ela não podia negar que eram o acompanhamento perfeito: etéreas e chorosas, pareciam segui-la aonde quer que fosse, uma nuvem de chuva audível. Às vezes ela conseguia entender a letra, mas na maioria das vezes eram silenciosas e distantes, a ponto de ela ocasionalmente se perguntar se havia uma explicação lógica — música da casa de um vizinho, talvez, ou uma falha em seu telefone.

Como se o celular estivesse escutando, ele zumbiu em seu bolso. Ela o sacou para ver uma mensagem da sra. Clark: **Ainda esperando, sra. Frost...**

No gráfico de pizza da vida de Shosh, sua maior fatia sempre tinha sido atuar. A música vinha em segundo lugar, mas como uma combinação dos dois indiretamente arruinara sua vida, ela estava farta de tudo isso agora. Semanas antes, quando ela disse isso à sra. Clark, sua professora tinha dito:

— Então o que é que você vai fazer?

Shosh estava meio bêbada, sentada no balanço de um parque próximo.

— Não entendi a pergunta.

— É bem simples, Shosh. Pessoas como nós fazem coisas. Quando não o fazemos, preenchemos essa parte de nossa alma com coisas menores. Vodca, por exemplo. Então o que eu gostaria de saber é: *o que é que você vai fazer?* Não exijo muito, mas posso dizer que o nível da minha paciência para essas conversas bêbadas tarde da noite é diretamente proporcional à sua resposta. Então pense bem.

— Eu não estou bêbada.

— Dobre a aposta, então. Veja aonde isso leva você.

Depois de pensar por um minuto, Shosh disse uma única palavra:

— Poesia.

Não era atuar, não era música — pelo que ela podia dizer, ninguém sabia ao certo o que era. Uma coisa ela sabia agora e gostaria de ter sabido antes: ser uma artista era difícil; ser poeta era quase impossível.

Bebendo em sua janela, ela foi para o Instagram e rolou suas fotos salvas de "paisagens de inverno". Recentemente, ela tinha visto a foto de um bangalô rural na Noruega numa publicação sugerida e, antes que percebesse, seguira esse perfil e uma dezena de outros semelhantes. Agora seu *feed* estava cheio de cabanas na neve, repousando precariamente no topo de montanhas escarpadas, encravadas entre enormes sempre-vivas, numa paleta de tons gelados desbotados, tudo isso remetendo à essência de uma palavra que era ao mesmo tempo direção e lugar: *norte*.

Infelizmente, o deserto remoto era idílico apenas na medida em que o Instagram permitia. Obviamente, ela não poderia fazer as malas e se mudar para uma dessas cabanas cobertas de neve — não importa o quanto seu coração thoreauviano quisesse —, então por que não transformá-las em arte?

Para esse dístico em particular, ela escolheu uma cabana laranja amena enterrada na neve, banhada pelo brilho fraco do crepúsculo. O céu era algo profundo — não exatamente roxo, mas o que o roxo sempre tentava ser. Uma árvore coberta de musgo pairava sobre a cena, seus galhos brancos congelados como a barba de um gigante.

— Existe um lugar que gostamos de ir — sussurrou ela, e mesmo que as palavras parecessem familiares, Shosh as digitou na tela, assim que a segunda linha surgiu em sua mente...

Existe um lugar que gostamos de ir
Onde segredos se escondem em árvores de neve

A chave estava no posicionamento do texto. Linha de cima, casualmente fora do centro, na fonte certa. No canto inferior, ela digitou **dístico da cabana n.º 6** e postou.

Havia muitas coisas na vida de Shosh que ela não conseguia controlar. Como quantas vezes seus pais teriam que buscá-la na delegacia, ou quantas garrafas de vodca desapareceriam misteriosamente do freezer, ou quantos veículos ela poderia derrubar em piscinas. Só o tempo diria. Mas ela conseguia encontrar belas cabanas em seu *feed*, juntá-las com poesia medíocre e fazer a postagem como uma maldita profissional. No que diz respeito às obsessões, essa era facilmente a menos tóxica dela.

EVAN
tempestades

Observo o app da pizzaria, estudo cada cupom como se fosse o dever de casa de álgebra. Se uma pizza de oito pedaços custava 12,99 dólares, podíamos acrescentar *breadsticks* por 4,99 dólares, dado que x = impostos e y = taxa de entrega, gorjeta e taxa de conveniência?

— Taxa de conveniência — digo em voz alta para ninguém, na minha minúscula cozinha, e olho ao redor: acredito muito na ideia de que as palavras importam. Você não pode simplesmente jogar uma palavra na frente da outra para que ela signifique o que você deseja. Como um tratamento de canal agradável ou um funeral animado, todos os adjetivos positivos do mundo não tornarão sua taxa de conveniência conveniente.

A porta da frente se abre, o som familiar da mochila de Will batendo no chão, e, em segundos, ele adentrará a sala com aquele moletom vermelho que usa todos os dias, os olhos brilhantes e o rosto corado de ter vindo de bicicleta para casa. Vamos conversar sobre os planos para o jantar (Jet's versus Domino's), planos de entretenimento (*E.T.* versus literalmente qualquer outra coisa), e então espalhar nosso dever de casa na mesa da sala de jantar até que as glórias das Noites de Manos comecem.

— Os cupons da pizzaria Jet's tão bem fracos, mano — falo da cozinha. — Podemos pegar *breadsticks* se formos lá buscar, ou ficar sem *breadsticks* e eles fazem a entrega, o que você acha?

Mas Will não responde. Em vez disso, ouço o som de seus passos subindo a escada, a porta de seu quarto abrindo e fechando, as maquinações internas do meu cérebro, engrenagens girando nessa reviravolta sem precedentes.

Ao pé da escada, olho em direção ao patamar superior, que é uma amostra bastante precisa do resto da casa: apertado, carpete descolorido e paredes precisando desesperadamente de uma nova camada de tinta. Do outro lado do quarto de Will fica a porta do meu quarto, com um lavabo entre os dois. Quaisquer que sejam as partes da casa que mudaram quando papai saiu, o andar de cima permaneceu alegremente *nosso*.

As Noites de Manos haviam começado anos antes, quando Will tinha dois anos e as coisas ainda eram coisas boas em cada canto. A noite de pôquer do papai caiu na mesma noite do exercício em grupo da mamãe no clube e, de repente, as noites de terça-feira se tornaram "Noites de Manos" (mano é a palavra de Will para *irmão*). Eu era jovem, mas velho o suficiente para ficar no comando por algumas horas. Toda terça-feira à noite, pedíamos pizza, assistíamos a um filme e basicamente corríamos pela casa inteira.

As coisas são diferentes agora. Meu pai se tornou menos "pai", *per se*, e mais como um cachorro com a cabeça pendurada para fora da janela de um carro em movimento. O clube é um luxo do passado, e, no ano que se seguiu à partida do meu pai, minha mãe arrumou um segundo trabalho como atendente no El Sombrero, um restaurante mexicano na rua de nossa casa. Costumávamos ser clientes frequentes do El Sombrero, mas não mais. (Veja: luxos do passado.) Tudo isso para dizer que, embora Will e eu corramos pela casa todas as noites, hoje em dia a santidade das Noites de Manos permanece intacta. As terças-feiras sempre foram, e sempre serão, pizza, filmes e magia.

No topo da escada, bato levemente na porta de Will.

— Pode entrar!

O quarto do meu irmão é uma bagunça permanente de bichos de pelúcia, livros do Homem-Cão, conjuntos de LEGO, trilhos de trem, Minions espalhados e bonecos de *Star Wars*.

— Ei — digo e, mesmo que não possa vê-lo, sei exatamente onde ele está.

No canto, de algum lugar nas profundezas de uma caixa de papelão enorme, vem um som abafado:

— Oi, Evan.

No ano passado, compramos uma geladeira nova e, de verdade, não tenho certeza de quem ficou mais extasiado: mamãe, com a máquina de gelo automática, ou Will, com a caixa gigante em que ela veio. Depois de saquear da casa todas as lanternas e rolos de papel-alumínio e, em seguida, anexar esses itens em lugares estratégicos na caixa da geladeira, ele acabou construindo uma reprodução impressionante da espaçonave do E.T. Para grande consternação de mamãe, ele então pegou uma caneta e desenhou duas palavras grandes nas paredes ao lado de sua nova nave espacial: TELEFONE e MINHA CASA.

O garoto viveria em uma caixa de geladeira se deixássemos.

— Will, você se importaria em sair da nave por um segundo?

Ouço um farfalhar prolongado vindo do fundo do foguete de papelão. Por fim, a cabecinha dele sai por uma das janelas: pele branca e fina, cabelos castanhos desgrenhados que ainda não consigo descobrir para que lado dividir, olhos azuis brilhantes e cílios longos que induzem algo semelhante a amor à primeira vista em quase todas as pessoas que ele conhece. Olhar para Will é experimentar em primeira mão que as pessoas geralmente são boas, que a vida é um belo presente. Logo de cara, você sabe que ele é um garoto doce, um garoto bom demais para este mundo, e não estou dizendo isso apenas porque ele é meu humano favorito na Terra (ele é), mas há uma luz em seu rosto, um olhar que de alguma forma parece feliz e triste ao mesmo tempo, pesado e leve, como uma vela queimando no fundo de um poço, e ele pode deixar uma bagunça por onde passa e, ocasionalmente, se esquecer de parar de falar, mas eu o amo mais do que qualquer outra coisa.

— Aí está você — eu digo.
— Aqui estou eu.
— Senti sua falta hoje, mano.
— Também senti sua falta.

E de repente eu noto: sem Band-Aids.

Eu tento esconder minha surpresa, fingir que a ausência de *Band-Aids* não é grande coisa.

— Não sei se você me ouviu falar dos cupons. Estou pensando em pular os *breadsticks* hoje à noite e pedir para entrega. Não estou com vontade de ir buscar, sabe?

Espero por alguma coisa, qualquer coisa, mas ele fica parado, olhando para mim, sem *Band-Aids*.

Hora de dobrar a aposta.

— Além do mais, tô muito no clima para ver *E.T.* hoje. É o que parece certo, sabe?

Will vira a cabeça.

— Pensei que você tinha dito que precisava de um tempo de *E.T.*
— Mudei de ideia.

Para deixar claro: Will tem paçoquinhas na mesa, usa um casaco vermelho todos os dias e provavelmente é o único aluno do segundo ano do fundamental que vai de bicicleta para a escola. É apenas um quarteirão e meio, mas, ainda assim, mamãe levou algum tempo para ser convencida antes que concordasse. O que a convenceu foi quando ele declarou: "Sou uma criança E.T., mamãe. Crianças E.T. andam de bicicleta."

Crianças E.T. andam de bicicleta. Como discutir com isso?

— O que acha? — pergunto. — Devo colocar o *E.T.*?

Ele faz uma coisa de balançar um pouco a cabeça e fechar os olhos, como se tudo dependesse da resposta a essa pergunta.

— Não... — E então, baixinho: — Eu já chorei hoje.

Ele me dá um meio sorriso e volta para dentro da espaçonave. Eu só fico lá, com o coração apertado.

Depois de alguns segundos ouvindo-o se mexer dentro de sua caixa de papelão gigante, eu digo:

— Ok. — E depois com a única coisa que tenho em mim: — Vou estar bem aqui.

Tem uma cena em *E.T.* na qual o menino, Elliott, corta o dedo em uma lâmina. Uma pequena gota de sangue. Ele o segura e diz: "Ai", e o E.T. levanta o próprio dedo, todo iluminado como um vaga-lume, e cura o corte de Elliott só de tocá-lo. Ao fundo, a mãe lê *Peter Pan* para a irmãzinha de Elliott: Tinkerbell está morrendo, e a única maneira de salvá-la é bater palmas e dizer que acredita.

Uma semana depois que papai foi embora, Will saiu do banheiro coberto de *Band-Aids*. Mamãe e eu ficamos preocupados, obviamente, mas ele agia completamente normal, como se estar coberto da cabeça aos pés com bandagens minúsculas fosse uma decisão perfeitamente razoável. Mais ou menos um ano depois, ele se referiu a eles apenas algumas vezes, e nunca como *Band-Aids*, sempre como "escudos de ais".

Não tenho medo de um grande amor. E talvez seja estranho para um garoto de 17 anos pensar assim, mas às vezes me preocupo com o tipo de pai que serei. Eu me preocupo porque um pai deveria amar seu filho mais do que qualquer outra pessoa no planeta e, no que me diz respeito, essa posição está preenchida. Eu me preocupo porque, quando abraço Will, sinto a fragilidade de sua vida e o imagino como um passarinho de ossos minúsculos no meio de uma tempestade furiosa e gostaria de poder salvá-lo batendo palmas e dizendo que acredito, mas eu não posso. Gostaria de dizer para ele que seus "escudos" vão protegê-lo, mas também não posso fazer isso. A verdade é que coisas frágeis raramente se dão bem no mundo; é mais comum que o mundo se dê bem em cima delas.

A tempestade começa na boca do estômago.

Pavor esmagador, tão tangível quanto imprevisível.

Então, subindo lentamente do estômago para o peito, aumentando de tamanho e alcance, me prendendo ao chão, roubando minha respiração, meu movimento. A partir daí, a tempestade se espalha em todas as direções, uma explosão repentina se estendendo por meus ombros, braços, mãos, formigando e vivo como algo saído de um pesadelo, e meu rosto fica quente, meu coração batendo forte...

Respire...

Só respire.

Preciso me sentir vivo.

Sentir o que é real e o que não é.

Agora em meu próprio quarto, fecho a porta e, ao redor, o ar se transforma em névoa; atravessar o chão até minha cama é um exercício de resistência, mais como nadar do que caminhar. Sento-me na beira do colchão, a falta de ritmo do meu coração é como fogos de artifício enquanto as imagens de Will aparecem em flashes: ele está em sua caixa de geladeira; desenhando em sua mesa de arte; consumido no frenesi febril de criar algo novo. Seus desenhos aleatórios, a maneira como ele grampeia as páginas para fazer um livro, a maneira como ele ama as coisas que ama, como uma pessoa que se afoga ama uma boia salva-vidas, como ele acha que a limonada se chama "lemolada", e entre a falta de *Band-Aids*, não querer ver *E.T.* e pular os rituais de terça-feira, algo está *errado*, algo está errado, algo está *erradoerradoerradoerradoerrado...*

Respire...

Preciso me sentir vivo.

A tempestade leva a outras tempestades: ter uma leva a ter uma que leva a ter uma que leva a ter uma...

Respire...

— Cinco coisas que estou vendo — digo, e olho ao redor da sala: violão empoeirado no canto, um; o velho toca-discos do papai, dois; o rádio mais antigo do vovô, três; sofá de venda de garagem, quatro; bloco de desenho na mesa de cabeceira, cinco. — Quatro coisas que posso sentir. — Lençóis, um. Computador, dois. Telefone no meu bolso, três. Lápis, quatro.

Três coisas que posso ouvir...

Duas coisas que posso cheirar...

Quando pego uma bala de menta na gaveta da minha mesa de cabeceira (*uma coisa que consigo sentir o gosto*), a tempestade retrocede, os fogos de artifício terminam, o céu do ambiente começa a clarear.

Fico onde estou, esperando. Algumas tempestades vêm em ondas. Algumas tempestades atingem você com força e deixam apenas destruição em seu rastro. Está muito cedo para saber de que tipo é esta.

Quando elas começaram, há um ano, eu as tinha o tempo todo. Naquela época, mamãe falava ao telefone constantemente — com meu médico e, por fim, com Maya. Foi uma temporada de escuta, de aprender novos termos: *técnicas de aterramento*; *descatastrofizando*; *atenção plena*. Maya tem me ensinado a falar a língua das tempestades, ensinando-me como reagir para que não venham com tanta frequência ou me acertem com tanta força.

Uma das primeiras coisas que eu disse a ela foi como o termo *ataque de pânico* parecia errado.

— Em que sentido? — perguntou ela, e eu expliquei como *pânico* parecia uma palavra muito fraca e *ataque* parecia muito familiar.

— Não deveria ser chamado do que é, deveria ser chamado de como eu me *sinto* — falei.

Quando Maya perguntou como eu me sentia, respondi com a única palavra em que consegui pensar que chegava perto de descrever a vasta natureza incontrolável do que estava acontecendo dentro do meu corpo:

— Tempestade.

Maya assentiu e disse:

— Vamos chamá-las assim, então.

E foi aí que comecei a confiar nela.

Exausto, caio de costas na cama, olho para as pás do ventilador de teto girando lentamente. Eu me pergunto sobre a ausência de *Band-Aids* e o que isso pode significar. Eu me pergunto o que devo fazer com a minha noite, visto que esta é minha primeira terça-feira sozinho em anos. E me pergunto se existe mais de um tipo de tempestade: algumas que parecem ataques de pânico e outras que parecem caixas de geladeira.

SHOSH
anfíbios perdidos

As histórias de Rã e Sapo estavam entre as primeiras memórias de Shosh. Ao contrário dos inúmeros personagens, filmes e brinquedos de pelúcia que passaram da obsessão ao sótão em um piscar de olhos, Rã e Sapo permaneceram baluartes firmes do relacionamento das irmãs ao longo dos anos.

— Eu super sou o Sapo — Stevie tinha dito tarde da noite perto do Dia de Ação de Graças do ano anterior.

Por tradição familiar, elas passaram três dias se empanturrando, não apenas de comida, mas de toda a coleção de filmes de *Star Wars*. Agora, em um esforço para limpar a paleta, as duas estavam esparramadas na cama, no meio de uma das primeiras temporadas de *Project Runway*.

— Até parece — respondeu Shosh. — De jeito nenhum que você é o Sapo!

— O Sapo é muito sedento de atenção.

— Exato. Por isso claramente sou eu.

Elas tinham a coleção inteira dos livros de Arnold Lobel, sabiam de cor todas as histórias, mas a favorita delas era uma chamada "Sozinho". Nela, Sapo chegava à casa de Rã para descobrir que ele tinha sumido e deixado um bilhete dizendo que queria ficar sozinho. Perturbado, Sapo procura por Rã e, depois de encontrá-lo em uma pedra no meio de um rio, corre para casa para preparar um piquenique de sanduíches e chá gelado. Ao voltar para o rio, ele manda uma tartaruga carregá-lo até a rocha. A tartaruga sabiamente aponta que, se Rã quer ficar sozinho, talvez Sapo devesse deixá-lo sozinho, o que, claro, deixa Sapo em parafuso, e assim que ele começa a gritar pedidos de desculpas para Rã por todas as coisas irritantes que faz, ele cai das costas da tartaruga e cai no rio. No fim, Rã diz a Sapo que acordou feliz e que só precisava de um minuto para sentar e pensar em como sua vida era encantadora. As linhas finais da história são: "Rã e Sapo comeram sanduíches úmidos sem chá gelado. Eles eram dois bons amigos sentados sozinhos juntos."

— Eu me comprometi a me mudar para onde quer que você vá para a faculdade — disse Stevie. — Isso é uma merda patologicamente sedenta de atenção. Total coisa do Sapo.

Elas tiveram uma versão da mesma conversa por anos, como um videogame que você nunca termina, só salva onde parou e volta mais tarde. No que diz respeito a qual irmã era mais parecida com qual anfíbio antropomórfico, isso só importava na hora de decidir que tatuagens iriam fazer: uma irmã faria Sapo; a outra, Rã; as duas tatuagens diriam *sozinhos juntos*.

— Rã é um mestre Jedi — disse Shosh, sentando-se na cama. — Eu mal sou o Luke em um bom dia.

— Se George Lucas usasse adjetivos superlativos, eu ficaria com Padawan Mais Patética.

— Se Jar Jar tivesse uma filha com Salacious Crumb e ela ficasse bêbada? Essa seria eu.

— Sou tão inútil quanto a capa do Darth Vader.

— *Por que* ele usa capa?

— Por que *qualquer um* usa capa?

— Capas são bregas.

— Sabe quem não é brega? Arnold Lobel.

Shosh beijou dois dedos, depois jogou-os para o céu.

— Que ele descanse em paz.

— Disfarçando conteúdo *queer* desde os anos 1970.

Na tela, Heidi Klum tinha acabado de terminar um solilóquio de três minutos sobre seus próprios seios quando Stevie pausou o episódio.

— Você já pensou sobre o começo de "Sozinho"? Rã acorda e decide que quer passar um tempo em uma pedra no rio. E qual é a primeira coisa que ele faz?

— Deixa um bilhete — disse Shosh.

— Não é como se eles tivessem *planos*. Mas ele deixou um bilhete. Porque sabia que o Sapo ia aparecer.

Muitas vezes parecia que as irmãs estavam escondidas sob o mesmo cobertor, vivendo suas vidas em um mundo secreto que ninguém mais podia ver.

Alguns minutos depois, durante um dos discursos de olhos marejados de Tim Gunn, uma irmã disse:

— Tim Gunn é muito Rã.

E a outra respondeu:

— O mais Rã de todos.

E quando aquele episódio terminou, elas deixaram o próximo começar, e embora nenhuma delas tivesse falado qualquer coisa, ambas sabiam que não importava qual delas era Sapo e qual era Rã; o que importava era o mundo secreto delas debaixo do cobertor e a certeza de que mesmo quando estavam sozinhas, elas estavam sozinhas juntas.

EVAN
dispositivos noturnos

ERA SETEMBRO. UMA DESSAS noites de fim de verão, quando os insetos saem pelos portões do inferno, como se pudessem sentir o clima, seu tempo na Terra quase acabando, tendo que agir enquanto as coisas ainda estão boas.

Eu sempre gostei de desenhar à noite. Nosso quintal é uma mistura extensa de colinas em miniatura e arbustos crescidos, uma macieira centenária no canto mais distante, tudo rodeado por uma cerca de arame. Quando papai ainda estava por perto, nós quatro escolhemos itens pequenos mas significativos e os enterramos em uma cápsula do tempo sob a macieira.

Metáfora das metáforas, a árvore parece estar apodrecendo agora.

Eu me sento na grama macia com meus fones de ouvido — conectado, mas em silêncio, aguardando a música —, o bloco de desenho bem diante da minha cara, e é quase como se eu nem estivesse aqui. Como quando Will era um bebê e brincávamos de esconde-esconde, e ele fechava os olhos pensando que se não podia me ver, eu não poderia vê-lo. Invisibilidade voluntária. Mamãe está de cama há dois dias. Eu faço companhia a ela quando chego em casa da escola, distraio Will. Decidimos contar a ele *algumas* coisas, mas não *todas* as coisas. Mamãe não quer que ele se preocupe, mas também não queremos mentir descaradamente. Ela teve a ideia de enquadrar tudo no contexto da amigdalectomia dele.

— Lembra como você se sentiu depois? — perguntou ela a Will. — Com a cabeça girando?

— A cabeça giratória foi divertido.

— Ok, certo, depois da diversão, você ficou dolorido por alguns dias, mas estava bem, certo? Estou passando por um procedimento semelhante, mas vou ficar bem, assim como você.

— Que tipo de procedimento? — perguntou ele, distraído.

Eu olhei para ela fazendo uma cara de: *Eu falei.*

— Do tipo que não é da sua conta — respondeu ela, e então explicou que não seria capaz de pegá-lo no colo por um tempo, ou abraçá-lo normalmente, e então coloquei *E.T.* para a gente ver antes que ele tivesse a chance de perguntar qualquer outra coisa.

Tenho passado muito tempo com minha mãe esses dias. À noite, jogamos Scrabble no quarto dela. Tento convencê-la a desistir do segundo turno no El Sombrero. Afinal, o seguro-saúde vem de seu trabalho diário como secretária jurídica, mas ela diz que precisamos do dinheiro, além do que o restaurante tem sido muito compreensivo — estão dando a ela todo o tempo de que ela precisa —, então ela vai ficar com os dois trabalhos. Falamos sobre a escola, mas dá para ver que ela está com a cabeça cheia, porque passamos disso para o debate das regras do jogo e agora estamos falando da educação religiosa que ela recebeu quando mais nova.

— Passei a maior parte dos meus vinte anos estabelecendo verdades — ela me conta. — E a maior parte dos meus trinta anos refutando tudo. — Mamãe diz que sua fé evoluiu, mas isso não a torna menos verdadeira, importante ou real. — É menos sobre ter certeza e mais sobre encontrar conforto na incerteza — diz ela, e respondo que faz sentido, mesmo que claramente não faça, e me pergunto como a mortalidade afeta a linguagem, todas essas grandes ideias em lugares pequenos, como uma cena ampliada com um roteiro em close.

Eu direi o seguinte: valendo apenas cinco pontos, esperemos que a palavra de Deus valha mais na vida do que no Scrabble.

Sinto uma brisa no rosto.

Os insetos continuam fazendo o que os insetos fazem.

Já se passaram duas semanas desde aquela noite no parque com o pássaro quieto e a música triste. No dia seguinte, ouvi a mesma música vindo do quarto da mamãe; já ouvi outras vezes na escola, no consultório de Maya, no meu quarto, no carro. Alguns anos atrás, Ali me apresentou uma artista chamada Julianna Barwick, e essas músicas me lembram dela: etéreas e com várias camadas, vocais como uma sacola de supermercado perdida ao vento. Em sua maioria, são canções à capela, embora uma música tenha um piano que soa como se tivesse sido gravado no fundo de uma caverna, tudo brilhante e fora de alcance.

Não há um padrão discernível em suas idas e vindas. Se a tempestade começa no estômago, abrindo caminho para fora, as músicas são exatamente o oposto, começam no éter e abrem caminho até a minha alma. Intangíveis, invisíveis, enfurecedoras, como uma chuva torrencial caindo de um céu azul-claro. Tento lembrar que a música está em todo lugar o tempo todo: carros passando, janelas abertas, telefones nos bolsos, mas quando me convenço de alguma explicação lógica, ouço a música novamente, em toda a sua ilogicidade.

Há alguns dias, tive a ideia de gravar a música no celular, mas quando a reproduzi, não passava de estática. Estudei os rostos das pessoas ao meu redor, procurei sinais de que elas também estavam ouvindo, mas nada.

Hoje em dia, o sono é um corredor com portas infinitas.

E então eu saio, sento-me na grama com os insetos noturnos e desenho. Preocupo-me com mamãe em sua cama, Will em sua caixa e o cérebro em minha cabeça. E quando a música finalmente chega, ela vem de forma constante, quebrando como uma onda em câmera lenta, a voz se elevando e quebrando suavemente, me encharcando até os ossos em sua salmoura espumosa.

— O que está acontecendo comigo? — pergunto à lua de verão.

Como ela não responde, troco sua luz pela luz de um dispositivo mais responsivo: abro o Apple Music; toco a primeira coisa alta; desenho, desconecto, desapareço.

SHOSH
reflexões matinais

Shosh estava no corredor do andar de cima, a centímetros de uma porta que não era aberta havia meses.

Era tarde demais para ser chamado de noite ou muito cedo para ser chamado de manhã — não que isso importasse. Não muito tempo antes, o amor tinha corrido por aquela casa como sangue corre por uma veia. As manhãs não eram nada além de uma prova disso: a receita secreta de waffle do pai; a maneira como a mãe corria para todos os cômodos como se fosse convocada pelo sol nascente, abrindo as cortinas, cantando canções inventadas sobre as gloriosas possibilidades do dia. O mundo deles não era perfeito, mas tinha o verniz da perfeição, um brilho reservado para aqueles cujas vidas estavam intactas, cujos entes queridos eram saudáveis e felizes. Na época, Shosh tinha fingido estar aborrecida com tudo isso, mas a verdade era que, agora, toda vez que seu alarme tocava, acordando-a para um quarto vazio, toda vez que ela enfiava um waffle congelado na torradeira, ela sentia o resíduo persistente de sua antiga vida, uma casa sem amor, embalsamada com uma variedade de paliativos decepcionantes.

Porém, de alguma maneira — em algum lugar além daquela porta fechada —, o calor do amor permanecia.

Ela estendeu a mão e passou um dedo pelo vinil envolto em vidro. Stevie encontrou o disco em uma venda de garagem e, quando Shosh a lembrou de que ela não possuía um toca-discos, ela dissera:

— É um disco do *Pet Sounds*, Shosh. Você não deixa uma porcaria dessas pra trás.

E, no entanto, aqui estava, apesar dos melhores esforços de sua irmã, deixado para trás.

Pelo menos uma vez por dia, Shosh pairava ali. Ela nunca tinha aberto a porta. Até onde ela sabia, estava fechada desde a morte de Stevie, todas as suas coisas exatamente como ela as havia deixado. Esse espaço era tudo o que restava, não apenas de uma casa que um dia fora preenchida com amor, mas de uma crença de que o amor impulsionava o universo. Claro,

Shosh sabia melhor agora como a vida funcionava. Embora o amor tenha obrigado as irmãs a formular um plano para ficarem juntas, o universo usou esse plano para mantê-las separadas.

Encarando o vinil emoldurado, sua capa verde borrada, Shosh viu seu próprio reflexo no vidro.

— Você se esqueceu de deixar um bilhete — sussurrou, e imaginou sua irmã na vida após a morte, sentada em uma pedra no rio, sozinha...

Um despertador tocou no quarto de seus pais.

Era manhã, então.

Shosh levantou sua latinha em saudação, esvaziou o resto da vodca diet e, pela primeira vez em muito tempo, sentiu vontade de cantar.

EVAN
os apetrechos de Gordon Walmsley

No primeiro dia do terceiro ano, Ali e eu entramos no refeitório, e ela estava tipo:
— Não aguento isso aqui.
— Pois é — disse eu.
E ela respondeu:
— Tem o cheiro de uma fábrica de fermento administrada por uma família de texugos doentes.
E eu falei:
— Então tá.
E assim, nosso horário de almoço foi realocado para a biblioteca. Visto que nenhum de nós é louco por mudanças, aqui estamos, mais de um ano depois, almoçando entre os literatos, sem nenhum texugo doente à vista.

Ali está esparramada em um sofá, as botas apoiadas no braço como se ela fosse a dona do lugar, comendo um sanduíche de pasta de semente de girassol com mel enquanto finge ler *Para o lado de Swann*. Não me lembro de quem foi a ideia, mas desde o início decidimos passar os almoços na biblioteca lendo os livros mais pretensiosos que podíamos encontrar.
— Como está o seu livro? — pergunto, sabendo muito bem que ela não passou da primeira página.
— Ótimo, dã.
Eu tenho uma teoria de que as únicas pessoas que realmente entendem Proust nunca admitiriam isso. E olha, eu sei que não há como explicar o que uma pessoa gosta ou não gosta, e isso é justo, mas também sei que requer um conjunto de habilidades muito específicas, não para *ler* Proust, mas para *gostar* de Proust.
— Me lembra do que se trata esse?
Ali dá uma mordida gigante, olha para mim por detrás do livro aberto.
— Isso não é realmente importante, certo? Proust está acima de tudo isso.
— Como enredo e personagens e tal.
— Exatamente.
— Mas se você tivesse que resumir...

— É muito... *surreal* — responde ela, balançando o sanduíche pela sala como se para demonstrar o quão surreal. — Acho que é a respeito de um homem que tem uma relação difícil com o sono. Como a ideia de dormir realmente o acorda.

— Interessante.

— É mesmo — diz Ali.

— Essa é literalmente a primeira página.

Proust cai na barriga dela.

— Você já *leu*?

— Eu li a primeira página. O que foi o suficiente para saber que eu não queria ler mais.

Se alguém tropeçasse na corda desgastada de minha amizade com Ali e a seguisse até suas origens mais antigas, essa pessoa se encontraria em uma apresentação de ginástica da terceira série do fundamental, em um dos bastidores mal iluminados, durante um breve intervalo.

É uma linha tênue, a diferença entre crianças fazendo ginástica e um bando de macacos selvagens balançando em cipós na selva, uma distinção amplamente despercebida por meus colegas. Eu era apenas um garotinho, mas estava começando a identificar coisas assim, começando a questionar o *porquê* das coisas. Como a trave de equilíbrio de 15 centímetros de altura. Mesmo aos oito anos, eu pensei: *Estamos realmente fazendo isso?* E não teria sido grande coisa, exceto que, na semana anterior, eu tinha construído uma Estátua da Liberdade imaculada com LEGO e ninguém deu a mínima. E como não tínhamos notas naquela idade, depois de receber "padrão satisfatório" (o que quer que isso significasse) em todas as matérias, usei o Google para avaliar meus próprios testes.

Só nota dez. Mais uma vez. Ninguém deu a mínima.

Mas cinco cambalhotas consecutivas? Bingo! Uau! Elogios desenfreados. Uma audiência de outrora adultos razoáveis pirou completamente. Lembro-me de dar a última cambalhota, ouvir os aplausos estrondosos e olhar para o meu uniforme, imaginando se tinha algo a ver com as calças legging ou as faixas de cetim que todos éramos forçados a usar. E de repente me ocorreu que o traje obrigatório parecia desproporcionalmente essencial na busca da excelência na ginástica.

No momento em que saí do palco à esquerda, eu já tinha entendido tudo.

E a pior coisa em entender tudo não é a bobagem em si, mas o medo de você ser o único a ter entendido tudo.

Tudo isso quer dizer que eu estava em um estado de espírito bastante existencial quando meu companheiro macaco-de-legging Gordon Walmsley puxou seu canivete suíço novo e brilhante e começou a exibi-lo.

— Tem um monte de apetrechos — Gordon ficava dizendo, como se tivesse acabado de aprender a palavra *apetrecho* e estivesse louco para usá-la.

Antes daquele dia, a única coisa que eu sabia sobre Gordon Walmsley era que ele tinha dentes enormes e seu hálito cheirava a comida mexicana, ou seja, eu geralmente evitava a cabeça de Gordon Walmsley.

— Ei, Evan — chamou Gordon.

Eu podia sentir o cheiro de tacos vindo dele.

— Você tem que ver isso — disse ele.

Aposto que não.

— Tem palito, viu?

Há uma certa responsabilidade que vem com entender tudo.

— E uma lixa de unha, só por precaução.

Não é que eu *quisesse* socar Gordon Walmsley na cara; ele merecia um soco, e, como eu era o único macaco autoconsciente, cabia a mim fazer isso acontecer.

Gordon Walmsley puxou uma das lâminas maiores.

— Mas *este* é meu apetrecho favorito.

E eu dei um soco nele. Bem nos seus dentes gigantes.

Como percebi depois, esses dentes exigiam uma cabeça bulbosa para abrigá-los, que exigia um pescoço grosso para embalá-la, o que exigia um físico parecido com um tronco de árvore: Gordon Walmsley era enorme e eu estaria frito se não fosse por um pequeno tornado em forma de criança que veio do nada e *derrubou o cara*.

De lá para cá, Ali Pilgrim me salvou mais vezes do que posso contar. Ela é uma *consigliere* de guerra, uma força da natureza e, acima de tudo, minha melhor amiga no mundo inteiro.

Ela joga *Para o lado de Swann* em uma mesa, abre um saco de batatas fritas e acena com a cabeça para o livro que estou lendo.

— Achei que você odiasse Melville.

— Eu odeio *Moby Dick* — digo, virando a capa do livro para ela. — Este é *Bartleby*.

— É sobre o quê?

Eu coloco o livro para baixo, pego meu bloco de desenho.

— Prefiro não.

— Você é impossível.

— Não, quer dizer... é disso que o livro trata. — Enquanto desenho, explico a filosofia do personagem de Bartleby, como toda vez que seu chefe lhe pede para que faça alguma coisa, Bartleby apenas diz: "Prefiro não."

— Prefiro não — diz Ali, experimentando a frase, e é nessas horas que não consigo deixar de pensar no próximo ano. Quer eu acabe em Headlands ou não, quem sabe onde Ali vai parar. De qualquer forma, provavelmente não estaremos na mesma cidade, e me pergunto como será sentir saudades dela. A calça jeans rasgada e os coturnos, camisetas estampadas e camisas de flanela; do jeito que ninguém além de mim realmente a conhece e, ainda assim, quando ela entra em uma sala, todos se inclinam ligeiramente em sua direção.

Lá no terceiro ano do fundamental, quando ela derrubou o macaco com bafo de taco, senti o que seria o sentimento infantil de *esta é a garota pra mim*. À medida que crescemos, percebi que ela não gostava de mim assim, e então ficou claro que ela não gostava de garotos assim, ou talvez de qualquer um assim, e é onde estamos agora, e eu a amo muito. Amo como ela ama *Arquivo X, Schitt's Creek* e todas as coisas da Terra-média: descaradamente. Amo como ela ama fofocas de celebridades: assumidamente. Amo como ela ama comida mexicana: avidamente. Acima de tudo, amo como ela se ama: incondicionalmente. Há uma espécie de propriedade que vem de ter uma melhor amiga como ela, uma pequena coleção de entendimentos que você mantém como amuletos em uma pulseira. *Eu te conheço. Aqui está a pulseira para provar isso.*

Eu penso meus melhores pensamentos quando desenho, mesmo quando os desenhos em si não são muito atraentes.

— Toma — digo enquanto rasgo a página do meu bloco de desenho e entrego para ela. — Pra você se lembrar de mim.

Ali pega e sorri de imediato. O desenho é uma representação grosseira de nós dois em um refeitório cercado por texugos vomitando.

— Evan.
— Ali.
— Você sabe que pode me contar qualquer coisa, certo?
— Sim?
— Bom. Porque você passou a tarde toda compulsivamente prendendo o cabelo atrás das orelhas.
— O quê?
— É o que te entrega.
— Não me *entrega*. Sempre faço isso.
— Você raramente faz isso, a menos que haja algo em sua mente.

Eu acho que é o problema de ter a pulseira de outra pessoa: ela também tem a sua.

— Eu só estava pensando no ano que vem — eu digo. — Quanto vou sentir saudades disso.

— Não, não é isso. — A suavidade habitual em seus olhos é substituída por avidez. — Aquela noite no parque. Acho que meu subconsciente tem rastreado sua estranheza desde então, mas só agora comunicou os dados ao meu cérebro.

— Seu subconsciente deveria checar melhor as fontes.

— Você tem estado esporadicamente distante desde a festa de Heather.

— Esporadicamente distante?

— Não faça isso.

— O quê?

— Isso aí. Que você repete calmamente as últimas palavras da minha frase porque não quer responder a... Vamos lá, cara. Me conta logo.

— Ali, olha...

— Ahá! — Ela aponta para minha mão, que, para meu desgosto, está no meio de uma presilha de cabelo. — Estávamos na casa de Heather — diz ela. — Você bebeu meia dúzia de vodcas com tônica...

— Foram só três.

— ... Heather falou um bando de merda a respeito do seu irmão. Você foi embora, eu fui atrás, você vomitou no parque... — Ali faz uma pausa, pensando. — O que estou perdendo?

— Ali.

— Você sabe que vai acabar me contando.

Primeiro Maya, agora Ali, e não sei *por que* é tão difícil falar em voz alta a respeito da minha mãe. Parece que, contanto que eu guarde a notícia para mim, há uma chance de não ser real.

— Evan...

— Eu ouço músicas — digo, como se as palavras estivessem tentando se espremer em um elevador antes que as portas se fechassem. E antes que meu cérebro tenha a chance de analisar as maneiras pelas quais estou usando as músicas para evitar falar da minha mãe, mergulho naquela noite no parque, como ouvi a primeira música na época e tenho ouvido mais músicas parecidas em todos os lugares a que eu vou, um poeta sussurrante cantando segredos em meu ouvido.

— Isso é perturbador — diz Ali.

— Obrigado.

— Você tá ouvindo alguma música agora?

Um segundo, ouvindo...

— Não.

Ela balança a cabeça lentamente, de forma deliberada.

— Bem. Não que você precisasse de motivos extras para ficar bêbado, dada a coleção inadequada de moléculas que é a maldita da Heather

Abernathy. Mas, se eu estivesse ouvindo uma música que ninguém mais pudesse ouvir, provavelmente também iria querer abafá-la.

Não esclareço o mal-entendido de Ali. Se as músicas pudessem servir para justificar o meu comportamento bêbado, melhor ainda.

— Sobre o que elas são? — pergunta Ali.

— Eles são muito baixinhas e ecoam. Acho que há uma sobre árvores na neve. Mas eu realmente não sei.

Ali afunda o rosto nas mãos.

— O quê?

— Você está ouvindo músicas que ninguém pode ouvir, e você nem está *prestando atenção*? Já pensou que você as está ouvindo por um motivo? Que o universo, ou Deus, ou algum grande Olho Cósmico, ou *você mesmo* de outra realidade...

— Eu mesmo de outra realidade?

— Já pensou que alguém pode estar tentando dizer algo?

Considerei a possibilidade de que Ali pudesse pensar que eu tinha enlouquecido. Eu não tinha considerado a possibilidade de uma boa bronca por não *prestar atenção*. Explico a ela como, quando tento gravar o áudio, o celular apenas capta estática, mas ela olha para mim, de braços cruzados. Por sorte, o sinal sonoro toca antes que ela possa reclamar ainda mais sobre minha falta de habilidade para lidar com aquela situação.

Saímos da biblioteca, entramos na corrente oceânica de conversas e movimentos do corredor.

— Você acha que eu tô louco?

Ali se vira para mim, coloca as duas mãos em meus ombros e, de repente, parece que formamos nosso próprio casulo no mar.

— Acho que você deveria começar a acompanhar as letras. Veja o que as músicas têm a dizer antes de se preocupar com a origem delas. E quem sabe? Talvez elas desvendem os mistérios do universo. Nada é impossível.

— Exceto para catamarangotango.

Ali enfia o dedo na minha cara.

— Só porque o catamarangotango não aconteceu, não significa que não seja possível.

— Ali.

— Quer dizer, só a envergadura...

— Alison Pilgrim.

— Você não acha que um orangotango poderia comandar uma embarcação em condições de navegar?

— Você não tá ouvindo o que você mesma tá falando.

— Digamos que você esteja de férias em algum resort de luxo e você reserva um catamarã para uma tarde de prazer marítimo.

— Isso não parece algo que eu faria.

— Diz pra mim se você não iria *morrer* se você subisse a bordo e descobrisse que um orangotango era o capitão do navio.

— Provavelmente, todos morreríamos.

Viramos as costas um para o outro, saímos do casulo e enfrentamos a correnteza furiosa.

— A sua música-fantasma — diz Ali. — Isso é tudo? Isso é o que você não me contou, certo?

Eu nunca vou me entender. Por que é tão difícil falar sobre coisas importantes com as pessoas que te veem? Ou talvez seja por *isso* que é difícil. Talvez fosse mais fácil contar a Maya sobre as músicas se ela não fosse tão boa em me ver. Talvez fosse mais fácil contar a Ali sobre minha mãe se ela não me conhecesse tão bem.

— Sim — respondo, imaginando como seria mentir para Ali. — Essa foi a única coisa que eu não contei para você.

Todas essas palavras são como vidro quebrado na minha boca.

SHOSH
o que eu seria sem você

O PIANO ERA MENOR do que ela se lembrava. E também mais empoeirado.

Shosh sentou-se sozinha no auditório silencioso, roçando levemente os dedos nas teclas pretas e brancas. Ela poderia fingir o quanto quisesse, mas a verdade era que ela sentia falta disso. Tudo isso. Do piano e os bastidores à sala do coro — até aquele cheiro almiscarado do medo: o cheiro do palco. Fechando os olhos, ela podia sentir a pontada de terror que vinha nos segundos prolongados antes que as cortinas se abrissem, e a onda de alívio quando elas finalmente se abriam.

Naquele momento, a vida fazia sentido.

Atuar sempre foi o único tipo de coisa difícil que ela gostou. Quando criança, ela construía palcos improvisados na sala de jantar, usando caixas de papelão e estofados, e reinventava seus filmes favoritos tendo ela mesma como protagonista. Com o tempo, essa mímica se transformou em engenhosidade, e Shosh estava apresentando peças originais de um ato só, geralmente com Stevie ou um de seus pais no piano, apresentando um roteiro escrito por ela. *Um talento natural*, era o que todos diziam, e, naturalmente, era um talento que precisava ser cultivado: aulas particulares nos fins de semana, livros sobre método e história do teatro, audições para o personagem simbólico da Criança Prodígio no teatro comunitário, então, quando Shosh chegou ao ensino médio, ela já era uma estrela em ascensão.

Ela sempre foi confiante, motivada, obstinada. Com a ajuda da sra. Clark, Shosh aprendeu a canalizar essa obstinação sem deixar que isso a consumisse. Ela era Cinderela em *Caminhos da floresta*, Bela em *A Bela e a Fera* e estrelou meia dúzia de outros musicais, até que finalmente percebeu uma coisa: ela sabia cantar, sim, e dançar, claro, mas era a atuação o que ela mais amava. A vivência de outras vidas. Shosh fez *The Wolves* e *As bruxas de Salem*. Ela leu *A preparação do ator*, de Stanislavski, e *Técnica para o ator*, de Uta Hagen, e por tudo isso, Shosh aprendeu a mergulhar tão fundo nas personagens que não parecia mais atuar, apenas viver.

O cultivo de seu talento levou a uma pergunta inevitável: *Para qual universidade iria?* Depois de incontáveis horas pesquisando programas, vasculhando depoimentos e reunindo-se com a sra. Clark, a Universidade do Sul da Califórnia tornou-se a escolha certa. Los Angeles parecia assustadora, mas menos após saber que sua irmã se juntaria a ela no ano seguinte. Formada em história da arte em Loyola, Stevie aproveitou as aulas de verão e estava a caminho de se formar um ano antes e depois se mudar para Los Angeles para ficar com Shosh.

— Você não deveria estar aqui — disse uma voz.

Shosh se virou para encontrar uma garota no corredor às suas costas, toda cabelo azul, tênis de cano alto, braços cruzados pra caralho. O auditório estava vazio quando Shosh chegou, e ela pensou que não tivesse ouvido ninguém entrar, pois estava perdida em seus próprios pensamentos.

Shosh pegou sua garrafa, deu um gole e olhou em volta.

— Sabe... pensei que era só o piano. Mas todo esse lugar parece menor.

— Menor que o quê? — perguntou a garota.

— Menor do que eu me lembrava.

A garota inclinou a cabeça, como se estivesse estudando Shosh de um ângulo diferente.

— Como você chegou aqui?

— Como você sabe que eu não deveria estar aqui? Talvez eu seja uma substituta.

Os olhos da garota se desviaram para a parede ao lado da escada que levava ao palco, onde nada menos que quatro quadros estavam pendurados, cada um representando fotos ou recortes escolares da joia do teatro de Iverton High, a própria Shosh Bell.

— Você entrou na *USC* — disse a garota. — *E desistiu*.

— Isso mesmo.

— Quer dizer... Eles te *aceitaram*.

— Pode crer.

— E você falou: *Não, valeu*.

— Pra ser precisa, eu só não falei nada.

A garota olhou para a saída, e ocorreu a Shosh que seu tempo provavelmente era limitado. Ela arregaçou as mangas do casaco e se voltou para o piano. Podia parecer menor, mas era o mesmo de sempre.

— Então... se não vai para a USC — disse a garota de cabelo azul —, o que você vai fazer?

Shosh pousou as duas mãos nas teclas e fechou os olhos.

— Só Deus sabe — respondeu ela, e então, baixinho, começou a tocar a música "God Only Knows". Ela conhecia bem, tinha cantado muitas vezes com Stevie. Durante o primeiro verso, sua voz encheu o auditório como tinta na água, lenta e pura, e parecia que ela nunca havia saído daquela sala, apenas continuou apresentando uma música, uma peça, uma linha após a outra.

Em algum lugar atrás dela, a porta do auditório se fechou, mas ela não parou de cantar. E quando ouviu a porta se abrir de novo — e de novo, e de novo —, ela apenas cantou mais alto, não mais pura, mas cheia de arrependimento e fome e as mil fúrias inomináveis da perda. Ela cantou a música até as vigas, envolvendo a sala em uma maravilha hipnótica, e mesmo que ela não pudesse ver a multidão reunida atrás dela, ela conhecia um público cativo quando o tinha. E então ela cantou essa música que era ao mesmo tempo uma pergunta e uma resposta, essa música que ela e sua irmã adoravam, mesmo que seu potencial as aterrorizasse. E ela não se perguntava mais o que seria sem Stevie. Ela sabia exatamente o que havia se tornado.

EVAN
221b

— TÁ FALANDO SÉRIO? — pergunta Sara.
— Você *não pode* estar falando sério — afirma Yurt.
Sara olha para Ali.
— Ele está brincando, certo? — Então, para mim: — Você está brincando.
— Pequeno brincalhão — diz Yurt.
— Não — eu digo. — Quer dizer... sim, estou falando sério. E não, não estou brincando.
Sara se recosta, cruza os braços; Yurt observa de perto, imita-a ao máximo.
Escrita criativa é uma aula notoriamente difícil de entrar. Não por motivos relacionados à escrita, mas porque é sabido que o sr. Hambright não dá a mínima para a maneira como as coisas são feitas. "Confiança", ele nos disse no primeiro dia de aula, naquele tom monótono hipnotizante. "Nesta aula, falaremos sobre processo, formato, voz. Não estou aqui para ser babá. Eu não me importo com suas pontuações nas provas. Literalmente não me importo. Vocês são jovens *adultos* e tenho *confiança* que farão o trabalho com o melhor de suas habilidades. E, se não fizerem, serão expulsos da minha turma."
A cada poucos meses, circulavam rumores de que o sr. Hambright estava prestes a perder o emprego, sendo o consenso geral de que o que o homem falava fazia muito *sentido*.
— Como as meninas estão hoje? — pergunta Hambright, caminhando em direção ao nosso pequeno círculo.
Primeira semana do primeiro ano, nós quatro — Ali, Sara, Yurt e eu — escrevemos juntos uma *fanfic* intitulada The Golden Gilmore Gossip Girls que misturava um monte de coisas. Recebeu uma leve risada de Hambright (o maior dos elogios), bem como um apelido que pegou: desde então, somos "as meninas".
Damos a Hambright um rápido resumo de onde estamos em nossas respectivas histórias, intencionalmente usando palavreado aprovado por

Hammy (*deixando o rascunho ferver e ficando com as notas*), e então, para minha eterna consternação, Sara diz:

— Evan está apaixonado pela mesma garota desde sempre e é covarde demais para contar a ela.

Eu a encaro.

— Que mudança de assunto, hein, Sara.

— Eu falo a verdade — diz ela.

— A verdade machuca, cara — emenda Yurt.

Jason Yurt é um parasita de conversas, agarrando-se a qualquer frase de quem estiver falando perto dele e ficando nisso. Ele transformou isso em uma arte, no entanto. Em mãos menos capazes, essa merda iria irritar, mas é o jeito dele, e chegou a ponto de toda a escola o amar por isso.

Além disso, estamos todos bastante convencidos de que ele é discretamente apaixonado por Sara.

— Deveríamos estar criticando a escrita uns dos outros — eu digo, tentando mudar o assunto. — Não nossas vidas amorosas.

— Duas faces da mesma moeda — diz Hambright. — Você deseja que isso desapareça agora, mas a rejeição romântica é um fator motivador por trás de muitos trabalhos importantes. A rejeição se transforma em isolamento, e então você está na terra de Hemingway e das irmãs Brontë. Sem mencionar Cervantes, que se acreditava estar na prisão quando concebeu pela primeira vez *Dom Quixote*.

— Levanta a cabeça — diz Sara. — Você tem a prisão pela frente.

— Presidiário, cara.

Mãos nos bolsos, Hambright fala, inexpressivo:

— Posso perguntar quem é o destinatário indigno do amor não correspondido do sr. Taft?

Nesse ponto, estou prestes a perder a cabeça.

— Eu só vou... rapidinho... — Eu puxo o capuz do moletom sobre minha cabeça, puxo os cordões apertados. — Aí vamos nós.

Ali mergulha na história de como me apaixonei por Sherlock Holmes no quinto ano.

— Você estava vestido como um Teletubby, se bem me lembro — diz ela.

— *Eu estava de Sonic* — corrijo, e todo mundo some quando as memórias daquele dia fatídico me inundam, de quando Riley Conway veio para a escola no Halloween vestida de Sherlock Holmes, como ela realmente se esforçou também, com um terno de lã xadrez, um chapéu autêntico e cachimbo. No final das contas, meu coração pré-adolescente (assim como outras partes) achou esse nível de compromisso com o herói fictício totalmente irresistível. Nos anos que se seguiram, posso ou não ter tido um sonho recorrente no qual uma discussão acalorada entre Holmes (Riley) e Watson (eu) leva a um encontro carnal inevitável que pode ser mais bem descrito como uma mistura urgente de sexo onírico com clima *steampunk* espalhafatoso.

Naquele dia, nosso professor do quinto ano disse a Riley que adorou o comprometimento, enquanto eu só podia rezar para que ela não tivesse notado a fantasia de Sonic de segunda mão observando furtivamente por trás da tabela periódica. Eu era uma causa perdida, tanto naquela época quanto agora.

— Corte para três semanas atrás — diz Sara, tomando as rédeas da conversa. — O Cervantes aqui está em uma festa, se aconchegando no canto com Sherlock...

— Não estávamos nos *aconchegando* — falo, mas minha cabeça está escondida em um casulo feito de capuz e não tenho certeza se alguém me ouviu.

— ... quando ele se levanta e *some* — continua Sara. — Não só da amada no canto, mas some de toda a festa. Eu tinha *imaginado*, até *agora*, que a razão pela qual Evan fugiu foi porque Riley tinha rejeitado os seus avanços.

— Foge, cachorrão, foge — diz Yurt.

— Acho que não foi isso que aconteceu — afirma Hambright.

— *Ele não convidou ela pra sair* — diz Sara.

— Em defesa de Evan — Ali se intromete —, e por razões que não vamos abordar no momento, ele precisava sair daquela festa.

Salve Ali Pilgrim! Heroína e tesouro nacional!

— *Entretanto* — continua ela.

Fora Ali Pilgrim! Traidora da nação!

— Eu não acho que ele realmente goste tanto assim de Riley.

Eu posso literalmente *sentir* Sara se inclinar para a frente.

— Continue — diz ela, e Yurt também está com uma cara de "Vá em frente", e, juro, até o velho Hammy arrasta uma cadeira e se senta, e agora me retraí tanto nas profundezas do meu moletom que estou em perigo real de rasgar o tecido.

Ali mergulha em um discurso psicológico sobre como Riley é uma substituta para uma garota fantasiosa que não existe.

— Ela é como um fantasma perfeito — diz Ali. — Ela não é real, então ninguém pode ser tão bom quanto ela.

Tudo fica quieto por um segundo; Hambright pigarreia e fala em voz baixa:

— Vou dizer uma coisa agora.

O ar muda em um instante. Saio do meu moletom como uma marmota tímida e, quando olho em volta, percebo que não sou o único. Algo está acontecendo.

Hambright ri baixinho, e eu poderia jurar que ele murmura *fantasma perfeito* antes de continuar:

— Quando você é criança, seus amigos são aleatórios. Crianças em sua classe, crianças na vizinhança, crianças cujos pais são amigos de seus pais, pessoas que por acaso estão em sua órbita. Mas depois você envelhece e começa a olhar em volta, percebendo que seu grupo de amigos é muito menor do que costumava ser. Não é uma coisa ruim, apenas... mais intencional. Menos pessoas em sua órbita. Não estou dizendo isso para toda a turma, porque não é verdade para todos. Mas acho que há uma boa razão para vocês serem amigos. Não é aleatório, e isso é raro na sua idade. Não se esqueçam disso, ok?

Outro grupo pede ajuda. Hambright se levanta, sorri e se afasta.

— E assim — diz Ali —, de forma tão misteriosa quanto chegou...

Nós o observamos atravessar a sala, com as mãos nos bolsos, instruindo calmamente o outro grupo.

— Qual é a dele? — diz Sara, e Yurt, numa surpreendente demonstração de autonomia, opina:

— Ele rega as raízes.

Qualquer admiração que nosso grupo tenha dirigido a Hammy agora se volta para Yurt.

— Sabe, nem sempre as coisas que você fala fazem sentido — conta Sara a ele. — Mas quando fazem sentido, fazem bastante sentido.

Yurt, sentindo o momento, decide capitalizar colocando as duas mãos atrás da cabeça e inclinando-se tanto para trás na cadeira, que ele cai.

— Foi bom enquanto durou — diz Ali, e a conversa se volta para a faculdade, para planos para o futuro, uma conversa que eu poderia recitar enquanto dormia: Sara vai tentar entrar na DePaul; um amigo do pai de Yurt trabalha no setor de admissões da Duke, então o clã Yurt está cruzando os dedos das mãos e dos pés; Ali fala pouco sobre o assunto e, como sempre, presumimos que ela vai parar nas artes, talvez cinema ou fotografia. Quando chega a minha vez, eles perguntam como está indo a inscrição para Headlands, e respondo que é muito cedo (*verdade*) e que eu não estou totalmente decidido por um ano sabático no Alasca (*falso*), e mesmo que fosse, provavelmente não tinha o *je ne sais quoi* para entrar no programa da Glacier Bay (*justo*).

— E mesmo se eu entrar, provavelmente não vou conseguir a bolsa de estudos. E sem ela, não adianta nada.

O grupo me encara enquanto fervo em um ensopado de autoconfiança.

Felizmente, o sinal toca, salvando-me de mais humilhação. Arrumamos nossas coisas, vamos para a porta e, assim que saímos da aula de Hambright, fica claro que algo está acontecendo. Os corredores estão cheios de atividade, todos correndo na mesma direção. Quando Ali pergunta o que está acontecendo, uma garota que passa diz:

— Shosh Bell está no auditório.

E agora estamos correndo pelo corredor com o resto da multidão. Assim que entramos no auditório, o barulho se acalma, o burburinho dos corredores diminui, todos os olhos se voltam para a frente.

Eu nunca conheci Shosh Bell, mas eu a reconheço dos corredores e basicamente de todos os musicais da escola. No palco, ela toca piano pra caramba, cantando a plenos pulmões. A música é familiar, mas nunca a ouvi cantada assim: como se a música tivesse enganado a cantora, e agora ela está se vingando.

— Eu *mataria* pelo cabelo dela — sussurra a garota do meu lado. Dadas as circunstâncias, parece uma coisa estranha de se dizer, mas eu meio que entendo.

Shosh Bell atualmente se assemelha a uma explosão controlada: ela usa um casaco xadrez enorme, botas, uma camiseta com OVNIs; seu cabelo é rebelde, longo e escuro, contrastando com a pele branca pálida.

— Fera *chic*— sussurra Sara, e Yurt murmura:

— Não tem como saber o *que* o cabelo dela fará a seguir.

Do outro lado do palco, como se esperasse nos bastidores, a professora de teatro está à sombra de uma cortina, observando com um olhar que não consigo interpretar.

Ficamos ali parados durante a música, hipnotizados, até que finalmente ela termina e — na quietude ecoante do auditório — alguém começa a bater palmas. Agora todos estão batendo palmas, e quando Shosh olha para cima, mesmo daqui, posso ver seus olhos: azuis como gelo polar, grandes e tristes. Não é o rosto de alguém que acabou de fazer uma performance virtuosa; é o rosto de alguém subindo à superfície para respirar.

SHOSH
a mariposa

— E ENTÃO...
— Sim — disse Shosh. — Foi totalmente normal, né?
A sra. Clark assentiu.
— Totalmente.
Juntas, elas se sentaram na beira do palco, olhando para um mar de assentos vazios. Mais do que uma segunda casa, aquele era seu santuário, o lugar onde passaram incontáveis horas vivendo outras vidas.
— Você não tem aula para dar?
— Ah — disse a sra. Clark. — As crianças podem se virar sozinhas.
— Então é sua hora de almoço?
A sra. Clark puxou uma maçã de sua bolsa, deu uma mordida gigante. Shosh sorriu, não disse nada. Não ia ser ela a começar a falar.
— O que você está fazendo, Shosh?
O que ela estava fazendo? Ela estava parada no corredor de casa, olhando para o disco dos Beach Boys na porta da irmã, quando sentiu uma vontade repentina de cantar. Mas em vez de pegar o violão em seu quarto ou se sentar ao piano no andar de baixo, ela tinha ido até ali.
— Eu não sei — respondeu Shosh.
A sra. Clark deu outra mordida, mastigou, olhou para a maçã.
— Construímos um deque neste verão. Ou, sabe, *contratamos* alguém pra fazer isso. Há uma lareira e uma pérgula com pequenas luzes penduradas por toda parte. É pacífico, você deveria dar um pulo lá para ver. Uma noite na semana passada, Charlie notou várias mariposas voando direto para as luzes. Ele ainda fala como bebê, sabe? "Puquê elas se queimam, mamãe?" — A sra. Clark sorriu do jeito que um pai sorri para a fofura benigna de seus filhos. — Naturalmente, ele quer saber *por que* elas voam direto para a luz, e, naturalmente, eu não tinha ideia. Então eu pesquisei. *Fototaxia*, como é chamado. A resposta de um organismo à luz. As baratas são negativamente fototáticas, elas fogem da luz, as mariposas são positivamente fototáticas. Ninguém sabe o motivo, mas há uma teoria associada à migração de mariposas.

— As mariposas migram?
— Algumas. E elas usam a Lua para a navegação. Toda a sua orientação depende de quão brilhante estiver o céu em relação ao solo. À medida que a Terra gira, a Lua se move no céu e as mariposas recalibram suas trajetórias de voo. Mas elas não conseguem diferenciar a luz de uma lâmpada e a luz da Lua, então, nesses momentos, a lâmpada se torna a Lua delas. E quando chegam muito perto, isso as deixa completamente desorientadas.
— A sra. Clark deu mais uma mordida na maçã e olhou para a escuridão do auditório. — Eu me lembro de uma garota. Confiante, ambiciosa, diligente. *Vívida*. Ela não tinha muitos amigos, mas ela era leal aos que tinha. Quando ela chorava no palco, você chorava. Quando ela ria, você ria. Ela sabia o que tinha e sabia o que custava. Sabia para onde estava indo e como chegar lá. Essa garota tinha uma rota de voo perfeitamente calibrada.
— Então eu sou a mariposa, é o que você tá dizendo. E o teatro é a minha lua?

A sra. Clark olhou para a maçã na mão dela, e Shosh sabia o que ela ia dizer antes mesmo de ela dizer.
— Stevie era a sua lua, Shosh. E correndo o risco de destruir a metáfora, você está indo direto para a lâmpada.

Shosh sentiu o metal frio da garrafa no bolso do casaco e se perguntou quanto tempo levaria para drenar o que restava. *Eu poderia ir embora*, pensou ela, *beber pelo resto do dia*, mas então o braço da sra. Clark estava em volta dela, e Shosh estava apoiando a cabeça no ombro da professora. Escondida na segurança da asa do cisne.
— Sinto saudade deste lugar — disse Shosh. — Mas eu gostaria de não sentir.
— Se ao menos pudéssemos escolher as coisas de que sentimos saudade.

Shosh uma vez leu que a natureza da atuação era transacional. O ator oferece pequenas partes de sua alma e, em troca, o público dá a ele a única coisa que realmente importava: atenção plena. Talvez fosse por isso que ela voltava para aquele lugar. Para ver se ainda tinha alguma coisa dela para dar.
— O que é a sua lua, sra. Clark?
— Drogas, definitivamente. Usar drogas, vender drogas, qualquer coisa com drogas, na verdade.

No coquetel das crises existenciais, o riso era um tônico.
— De verdade.
— De verdade? — A sra. Clark suspirou. — Dar aulas. Nunca teria pensado nisso quando era mais jovem, mas aí está.

Um minuto ou mais se passou assim, as duas no palco, e Shosh se perguntou quantas vezes aquele lugar poderia se reinventar: sala de aula, lar, santuário, farol.

— Uma coisa sobre ela? — disse a sra. Clark.

Shosh respirou fundo e uma coisa se tornou sete, as memórias de Stevie se multiplicando como as primeiras estrelas da noite.

EVAN
o big bang

— Entre isso e a façanha na casa da Heather neste verão, temos um pedido de ajuda bastante óbvio — diz Sara.

— S.O.S., cara.

Após a performance improvisada de Shosh, toda a escola está fazendo alguma versão da mesma pergunta: como a garota que se formou com honras na primavera passada — uma verdadeira fanática pelo teatro, pronta para ir para a USC no outono, com fama e fortuna no seu futuro — aparece no auditório, possivelmente chapada, definitivamente bêbada, cantando "God Only Knows", dos Beach Boys?

— Que façanha na casa da Heather? — pergunta Ali.

— Ah, qual é. Eu sei que você foi embora antes de acontecer, mas está em todas as redes sociais. — Sara conta como Shosh jogou o carro de Chris Bond *dentro* da piscina de Heather Abernathy. Ela complementa a história com evidências fotográficas postadas por um monte de gente que esteve na festa, e agora todos ao meu redor estão pegando seus celulares e procurando o perfil de Shosh, comentando o quão descolada ela é. Ali diz que seu casaco se parece com o que Kaley Cuoco usava em *A comissária de bordo*. Yurt não sabe quem é Kaley Cuoco, e quando Sara conta que ela era de *The Big Bang Theory*, Yurt inventa um novo apelido para Shosh que acaba sendo ignorado: Big Bang Cuoco.

Essas são as coisas que acontecem, embora eu mal as registre. Concordo com a cabeça e sorrio, mas não estou pensando na interrupção de hoje ou na linda garota que fez isso.

Estou pensando em uma apresentação diferente, uma que começou no minuto em que a de Shosh acabou.

Até agora, a misteriosa cantora se contentou em ficar no fundo da minha vida, silenciosa e esparsa. Mas agora tudo mudou. Começando no auditório, e agora pelos corredores — neste exato momento —, ela canta em meus ouvidos, dando-se a conhecer de maneiras novas e volumosas, ondulando, vibrando, dobrando uma letra sobre a outra, até que sua música seja um oceano e eu seja arrastado por sua corrente.

EM ALGUM LUGAR DO ATLÂNTICO NORTE
· 1885 ·

Seu pensamento recorrente é um pássaro canoro que ninguém pode ouvir.
Você canta do mesmo jeito, do começo.
O devaneio infantil conheço —
— de amor e terras distantes.
(O sentimento de serem a mesma coisa é uma constante.)
A música sinuosa, canções fervendo sob a língua.
Estudos em segredo — geologia,
latim, botânica e filosofia.
Aprender a aprender a amar.
Não é lugar de garota, dizia o pai.
Negociações no espelho...
Quem é você?
E, na igreja, aquela luta constante.
Pedindo por um sinal, mesmo que simbólico.
Por favor, alguma coisa, qualquer coisa, mas coisa alguma.
E então...
Uma Voz na escuridão.
Levando você para Massachusetts, até você mesmo.
Para Amherst, a adorável Amherst.
A Academia Amherst, florescendo, meninos bobos crescendo em árvores.
E naquele dia no gramado, observando os pássaros.
Os pássaros lembram o céu, disse ela.
Você se vira para vê-la, terminando assim o seu Antes.
Eu amo pássaros, você falou. *Eles podem ir para onde quiserem.*
Sorrisos, avaliações, apresentações.

Sou Emily, disse ela.
Siobhan, você respondeu.
Assim começa o seu Depois.
Fale de Deus e da morte, fale de arte e imortalidade, e agora...
Observação de pássaros com Emily.
Ler com Emily.
Cantar com Emily.
Tudo com Emily.
Sua voz é um sonho que tive, diz Emily sobre suas canções ferventes.
Você se pergunta qual é o tom das suas bochechas avermelhadas.
Não está em seu "círculo de cinco" — que assim seja.
Segredo é melhor.
Você tem mais, você tem Pássaros e os Pássaros têm asas.
Mas o Tempo também voa.
Amherst acaba — Emily se foi.
(Pássaros para sempre arruinados.)
Você se casa com William — um homem decente.
Porque o mundo é o mundo — é o Jeito Que É.
Uma grande viagem de lua de mel, você sugere. *Em algum lugar ao norte, com neve e gelo.*
Talvez o amor viesse em uma terra distante.
(Os dois ainda eram a mesma coisa.)
Depois, diz William. *Primeiro, filhos.*
Instalando-se em Nova York, esperando pelo Depois.
E quando não há filhos, você sabe por quê.
Quando William fica doente, você sabe por quê.
Quando você o enterra, você sabe por quê.
Do pó ao pó, da luxúria à luxúria.
Pedindo um sinal, mesmo que simbólico.
Por favor, alguma coisa, qualquer coisa, mas coisa alguma.
E então...
Uma carta de Emily.
Minha querida Shiv...
(Levantem-se, levantem-se, belos Pássaros!)
E você pensa em Amherst, a amável Amherst.
Observação de pássaros no verde.
Eles lembram o céu: a razão de Emily.
Eles podem ir para onde quiserem: sua razão.
Agora, aos 54 anos, você sabe a verdade...
Eu sou o Pássaro.

Seu Depois é agora — hora de voar.

Nova York para Liverpool no SS *Arctic Tern* — não é uma lua de mel, mas é uma grande viagem.

Mala pronta, as cartas dela no seu bolso.

Eu não pintaria um quadro, dizem eles.

Embora ela pudesse, você viu

os desenhos dela. Mas não.

Eu prefiro ser a pessoa, escreve ela.

Você entende porque você a entende.

Isso faz você sorrir.

Bon voyage, duas semanas no mar.

Campos de gelo no Atlântico Norte.

Tanto gelo.

Muito gelo.

A lentidão de um naufrágio.

As pessoas correm como ratos.

Negociações nos espelhos, *por favor, alguma coisa, qualquer coisa*, mas coisa alguma.

Do pó vieste etc. e tal.

No alto do céu, uma ave marinha plana.

Memórias de Amherst, a amável Amherst.

Suas cartas encharcadas e seguras em seu bolso.

De devaneios infantis.

De amor e terras distantes.

(Não era mais a mesma coisa.)

"Eu vou te encontrar", você canta, afundando...

PARTE
·TRÊS·
FUGA

EVAN
escute...

EU SOU UM REMENDADOR DE CANÇÕES, juntando pedaços de melodias quebradas. Sou um colecionador de letras, vasculhando tesouros em busca de conectores perdidos, descartando duplicatas. A música surge do chão, do ar, do nada. Não sei quando ou por quê, mas estou pronto para elas. Pronto para ouvir o que ela está tentando me dizer.
    Eu a chamo de *Nightbird*, o pássaro noturno.

Tem um lugar. Um terreno arborizado não muito longe de nossa casa, cheio de árvores, arbustos, um pequeno riacho serpenteando lentamente em seu caminho como uma artéria eterna. Não há sinais indicando que a propriedade pertence à cidade ou ao condado, nenhum aviso para evitar ou ficar longe. Cortado por todos os lados em favor de loteamentos e shoppings, este pequeno bosque é uma relíquia de outra época e, embora seja tentador pensar nele como uma pessoa velha agarrada à vida, vejo-o como o sobrevivente astuto que é, um antigo selvagem sobrevivendo ao mundo moderno, escondendo-se à vista de todos.
    Todos os dias, nas últimas duas semanas, durante a janela de uma hora antes de Will chegar em casa, venho aqui para desenhar e ouvir. Às vezes, Nightbird vem também; às vezes não vem. A preparação é fundamental. Meu celular está sempre pronto, não mais aberto no Apple Music (minha tentativa de bloquear as músicas) ou no gravador (minha tentativa de provar as músicas), mas, sim, no aplicativo de anotações. Por sugestão de Ali, tenho mantido um registro das letras; até agora, identifiquei partes de três músicas separadas:

<u>LETRA DAS CANÇÕES DE NIGHTBIRD</u>

    (meus apontamentos estão em **negrito**; a letra está em *itálico*)

MÚSICA #1:
De longe a que eu mais ouço. Acho que tenho o primeiro e o terceiro versos completos, mas apenas seções do refrão e do segundo verso. Não tenho 100% de certeza sobre o verso final. Francês??
(Expire)
Eu estou levando tudo
(Silêncio agora)
Descendo a Brooklyn
O que começou frio está congelando sozinho
_____
Para cada ponte que eu atravesso
(Você nunca vai ganhar)
_____
Eu aguento qualquer coisa, desde que seja você mais eu
Mas essa matemática fez você partir
Você diz que ser feliz é _____
Mas tudo que eu quero fazer é encontrar aquele que te machucou
_____
Procurando tanto em todos os lugares errados
_____
Só mais um começo em falso
_____
_____
Isso vai acontecer em breve
Na lua clara como a neve
Eu não sei o que você sente
Mas sua música está na minha mente
Je t'aime, je t'aime, je t'aime

MÚSICA #2:
Só ouvi esta algumas vezes. Eu acho que estes trechos são da parte do meio, mas não posso dizer com certeza.
Existe um lugar que gostamos de ir
Onde segredos se escondem em árvores de neve
_____

_____
Do Sena ao mar, sua voz está em mim
Na loucura de dois, eu vou te encontrar

MÚSICA #3:

Quase completamente indecifrável. Eu tenho o que acho que são as palavras de abertura, mas não tenho certeza. Os vocais e o piano se misturam a ponto de você não conseguir diferenciá-los.
Por favor, não pergunte por que eu nunca tento
Você sabe tão bem quanto eu
A diferença entre perder e amar

Decifrar a voz de Nightbird nem sempre é fácil e, como suas músicas raramente começam pelo começo ou tocam até o fim, às vezes passo dias ouvindo a mesma seção de uma música várias vezes antes de ouvir uma seção totalmente nova dias depois. Por isso, estou sempre a postos para anotar.

Enquanto espero, eu me inclino contra uma árvore e rabisco um retrato de Will de quando ele era mais novo, da fase em que confundia a palavra *obsessão* com *exceção*. "Tenho uma *exceção* por E.T.", ele dizia, e escondíamos nossos sorrisos, não querendo estragar a beleza de sua inocência.

Não muito longe, um pássaro pousa em um galho.

Eu desvio o olhar do meu bloco de desenho, encaro o pássaro por tempo suficiente para questionar quem está olhando para quem.

— Tenho uma *exceção* por este lugar — conto para ele.

Ele chilreia. *Eu também.*

Quando ele voa, volto a atenção para o meu bloco de desenho, para a loucura de tentar capturar a inocência pura no grafite.

SHOSH
a vivência de outras vidas

A MAIORIA DOS ESPAÇOS SOCIAIS são sociais por um motivo. Uma boate, por exemplo. Se você não estava indo com seus amigos ou em um encontro, então você provavelmente estava indo na esperança de encontrar alguém, de se cercar de corpos dançando no escuro, o anonimato reconfortante de uma multidão pulsante. As cafeterias eram um ponto de encontro natural para amigos e, embora você pudesse ir a uma sozinho, provavelmente levaria um livro ou um computador com um plano para fazer algo em um lugar que não era sua casa.

Ir ao cinema, no entanto, não é de forma alguma uma ação reforçada pela presença dos outros. Por duas horas, você se senta em uma sala escura diante de uma tela gigante, que o instruiu, logo no início, a gentilmente calar a boca. As salas de cinema foram pensadas para serem uma experiência imersiva, um momento de se perder em outro mundo, em outra vida. E nada poderia tirar você da vida maravilhosa de outras pessoas quanto um amigo ao telefone, ou um pai que não parava de perguntar o que estava acontecendo, ou uma mãe que estalava a língua em desaprovação toda vez que um personagem falava um palavrão.

Se ir ao cinema sozinho fosse um esporte, Shosh seria uma atleta olímpica mundialmente renomada.

— Eu não entendo — disse o atendente do cinema, que parecia ter cerca de 12 anos.

— Eu só quero um ingresso.

Shosh empurrou seu cartão de débito pela janela.

— Mas você não quer me dizer que filme quer ver.

— Não é que eu não *queira* te dizer qual filme, como se eu estivesse querendo manter segredo. Eu só não *ligo* para qual filme eu vou ver.

— Você não liga — repetiu o atendente.

— Literalmente.

O menino-homem suspirou, pegou o cartão de débito, passou-o, rasgou um bilhete e devolveu os dois.

— Você vai detestar.

O Discount era um daqueles lugares que não faziam segredo sobre a natureza de si mesmo. Algum empreiteiro não cumpriu alguma lei de zoneamento, e o local havia sido construído antes que eles percebessem que não tinham permissão legal para, sabe, *exibir* filmes. Não os lançamentos, pelo menos. Então os engravatados se reuniram e bolaram um plano para resgatar o dinheiro que já haviam investido no local. Agora qualquer um em Iverton podia ver filmes de quatro meses atrás por dois dólares.

Além do palco em si, aquele sempre tinha sido o lugar favorito dela. Aniversários, feriados, fins de semana — ela passara metade da infância no Discount ou desejando estar lá. Na lanchonete, ela pediu um copo grande de Coca Diet com gelo extra. No banheiro, Shosh jogou metade do refrigerante fora, tirou a garrafa n.º 1 do bolso do casaco e encheu o copo até o topo. De volta ao corredor, ela entregou o ingresso para o bilheteiro, que apontou na direção da sala nove, e quando ela chegou lá, os trailers já estavam passando.

Duas horas mais tarde, Shosh deixou a sala nove enquanto rolavam os créditos, foi ao mesmo banheiro, aliviou-se, esvaziou a porção restante da garrafa n.º 1 na borra gelada do copo e, então, caminhou calmamente para a sala 13.

Duas horas depois, ela voltou à lanchonete, pediu um refil de Coca Diet pela metade do preço e, de volta ao mesmo banheiro, esvaziou metade do refrigerante na pia, tirou a garrafa n.º 2 de um segundo bolso (as maravilhas daquele casaco nunca cessavam!), voltou a encher o copo e entrou na sala três.

Foi mais ou menos aí que Shosh começou a perder a noção das coisas. Não coisas grandes, apenas coisas como que horas eram, havia quanto tempo ela estava ali, em quantas salas ela havia entrado. Ela odiava os atores daquele filme em particular, embora não tivesse nada a ver com a qualidade da atuação (a capacidade de discernir a boa atuação da ruim era outra habilidade que ela parecia ter momentaneamente perdido). Não, ela odiava aqueles atores porque eles tinham ido com sucesso de qualquer cidade em que viviam para aquela tela em Iverton, no Illinois. Eles pegaram o sonho que ela uma vez perseguiu, quando os sonhos eram uma coisa que fazia sentido perseguir, e ela pensou:

— Fodam-se essas pessoas!

Ou talvez ela tenha dito isso em voz alta. Os espectadores nas fileiras à frente estavam se virando para olhar, e ocorreu a Shosh que a pessoa que fazia o som *shhhhhh* a cada poucos minutos talvez estivesse mandando que *ela* calasse a boca.

— Quem você tá mandando calar a boca? — disse ela para quem estava atrás, e assim como Sapo selara seu destino quando havia subido nas costas de uma tartaruga no rio, Shosh sabia que ela havia selado o seu próprio quando o homem se levantou e deixou a sala de cinema com um olhar de determinação. Sem querer ficar por perto para ser expulsa, ela foi embora.

Agora Shosh estava sozinha no estacionamento.

Estava escuro lá fora, mas isso não podia estar certo. Ela tinha chegado ali de Uber pela manhã. Certamente, não tinha ficado ali o dia todo.

Puxando seu telefone, ela ligou para a sra. Clark — para pedir uma carona ou apenas pela companhia, ela não tinha certeza —, mas desligou antes de ser atendida.

Ela estava sóbria o suficiente para saber que estava bêbada demais para a sra. Clark.

— "Sapo olhou pelas janelas" — disse ela, observando o aplicativo do Uber no telefone. — "Procurou nos jardins."

Não, esqueça o Uber. Ela estava se sentindo taciturna, e a Shosh taciturna gostava de caminhar. Guardando o telefone, ela se virou na direção geral de sua casa, recitando a história enquanto caminhava.

— "Ele não viu Rã."

A certa altura começou a chover, primeiro de leve, depois uma tempestade.

— "Rã e Sapo ficaram na ilha a tarde toda."

Ainda caminhando, encharcada da cabeça aos pés, ela pensou na última vez em que estivera tão molhada, escalando primeiro pela janela de um carro submerso e depois para fora da piscina.

— "Rã e Sapo comeram sanduíches úmidos sem chá gelado."

E quando ela estava começando a reconsiderar chamar um Uber, ela viu. Em meio à chuva torrencial, luzes de néon na janela brilharam, como se transmitissem um porto seguro em um mar tempestuoso: FAÇA TATUAGENS NO ROSTO.

— "Eles eram dois bons amigos sentados sozinhos juntos" — disse ela, e entrou.

EVAN
implicações de uma imaginação ilimitada

NÃO GOSTO DE FALAR SOBRE A TERAPIA. E olha, eu entendo. Primeiro, reclamo da dificuldade de compartilhar coisas importantes e, depois, digo que não quero compartilhar coisas importantes. Considere liberadas minhas multiplicidades. Não sei, talvez seja diferente para outras pessoas, mas para mim, minha terapia é minha e você não pode fazer nada quanto a isso.
— Tudo bem — diz Maya.
— Não... Eu não quis dizer você.
Mas eu acho que ela sabe, porque ela sorri, e de repente percebo o quão pouco sei dela.
Maya é uma anomalia: suave e dura, indescritível e direta, o ser humano mais inescrutável e, ao mesmo tempo, completamente transparente. As paredes de seu consultório são decoradas com o tipo de arte que faz de tudo para não dizer nada: amostras coloridas, pinceladas calmas, nenhuma declaração a ser feita. Não há fotos emolduradas. Nenhum retrato de crianças rindo nos campos ou famílias descalças na cama, e eu me pergunto se ela tem filhos, um parceiro, alguém para quem voltar para casa. Talvez ela não queira isso. Talvez morar sozinha, para Maya, não seja uma fase até *não* morar sozinha.
— Alguém estava pedindo para você falar sobre a terapia? — pergunta Maya.
— Hã?
— Você acabou de transmitir alguns sentimentos muito fortes sobre não querer falar sobre a terapia. O que é bom. Mas isso me faz pensar em quem estava perguntando.
— Parece apenas que... nos anos 1980, ou sei lá, era um tabu total. O que era péssimo, obviamente. Mas agora é como cuidados básicos de saúde. E eu sei que falar abertamente é como você desestigmatiza uma coisa, é só que... alguns de nós preferem guardar para nós mesmos, só isso.
Quando estou neste consultório, meu cérebro processa as coisas em velocidades diferentes, como um turbo, acelerado indo a um milhão de quilômetros por minuto.

— Eu tenho uma amiga — começo —, ou... *costumávamos* ser amigos. Heather. Ela deu uma festa no final do verão, e ela estava falando sem parar sobre seu terapeuta isso, seu terapeuta aquilo, e eu estava, tipo, *não é assim que funciona.*

— Como funciona?

— *Isto aqui.* — Eu agito meus braços mostrando o escritório. — Estou aqui por causa das tempestades. Porque eu preciso de ajuda. Não estou aqui para me embebedar nas festas e falar que também tenho terapeuta. Como se fosse uma medalha de honra.

Maya não diz nada, mas nós dois sabemos que é o tipo de silêncio com vida útil curta.

Eu me inclino para trás no sofá, olho ao redor da sala, então olho para ela.

— O que foi?

— Eu estava pensando na operação de hérnia do meu pai.

— Ok...

— Eu era criança. Foi um pequeno procedimento ambulatorial, ele voltou ao trabalho em pouco tempo. Mas aquele homem passou o resto de sua vida encontrando maneiras de inserir sua operação de hérnia em todas as conversas de que participava. Jantares em família, feriados, estranhos na fila do supermercado. Era impressionante, na verdade, a maneira como ele contorcia uma conversa para encaixar as palavras "intestino protuberante". Anos depois, depois que ele morreu, minha mãe mencionou de passagem como ele estava com medo de fazer uma cirurgia. Ele não dormiu por dias antes disso, aparentemente. — Onde quer que Maya tenha ido em sua própria cabeça para encontrar essa história, ela está de volta agora, os olhos em mim. — As pessoas precisam de terapia por vários motivos. Às vezes, essas razões são claras. Às vezes, menos evidentes. Algumas pessoas acham que falar sobre isso abertamente as torna menores, e isso é válido. Mas algumas pessoas *precisam* torná-las menores. Elas encontram conforto em tirá-las das sombras, dando-lhes um nome. Então elas falam sobre isso. Falam *bastante*, às vezes. Você não precisa usar sua terapia como uma medalha de honra, Evan. Mas gostaria de encorajá-lo a pensar duas vezes antes de julgar alguém que o faz. Algumas pessoas precisam de um distintivo.

Existe esse sentimento — com o qual recentemente me familiarizei — de ser absolutamente possuído. Ficamos sentados naquele espaço por um minuto: Maya esperando pacientemente, profissionalmente; eu me sentindo como um cachorro recém-castrado. Por fim, ela pigarreia e diz:

— Há algo que eu gostaria de falar.

O meu estômago afunda.

Na minha experiência, nunca é um bom sinal quando o assunto sobre o qual você precisa falar exige uma introdução.

— Eu ponderei se deveria trazer isso à tona — continua ela. — Você não mencionou isso, e eu queria respeitar sua vontade. Mas acho importante você saber que falei com sua mãe sobre o que está acontecendo com ela. Se preferir não discutir, eu entendo. Mas achei que você deveria saber que eu sei.

Às vezes eu odeio a Maya, para ser bem franco. Às vezes ela diz algo tão verdadeiro que escalda a pele ao redor das minhas orelhas. Isso acontece principalmente quando falamos sobre Will, e sobre como eu quero cuidar dele, protegê-lo do mundo, e ela me lembra de que eu não sou o pai dele, e tenho uma vontade repentina de atear fogo ao consultório dela.

— Ela disse que eles acham que pegaram cedo, não foi?

Eu ofereço a Maya um único aceno; no momento, é a única ferramenta no meu repertório.

Para seu crédito, ela percebe minha dica não verbal como uma profissional e muda de assunto.

— E as tempestades? Você teve alguma recentemente?

Olho pela janela.

— Não desde aquela terça-feira. — Quieto e ainda pensando na conversa de mamãe e Maya, uma imagem borbulha na minha mente: cruzes douradas e tapetes marrons, hinários vermelhos em caixas de madeira presas ao fundo dos bancos. — Nós costumávamos ir à igreja juntos. A família de Heather e a minha.

— Ela é a amiga que deu a festa.

— *Ex*-amiga. E eu só fui à festa estúpida dela porque Ali disse que se eu não saísse de casa, eu iria me transformar em um eremita cuzão.

— Ok.

— E você sabe: se um eremita nunca vê a luz do dia, imagine como deve ser o...

— Não, eu entendi, obrigada. — Um breve sorriso, e então: — Você ainda vai à igreja?

— Sim. Não. Quer dizer... paramos de ir alguns meses depois que meu pai foi embora.

Na mesinha de centro, um vasinho de planta. Eu não conheço flores. Se me obrigassem a chutar, diria que são margaridas. Elas estão bem ao lado dos lenços de papel; não tenho certeza de como não os tinha notado antes.

— Alguém caiu, ralou o joelho ou algo assim — digo.

— Na igreja?

— Na festa. Estávamos no porão e alguém se machucou.

Lírios, talvez? Íris? Seja o que for, é uma flor desabrochada, branca e amarela.

— Heather estava ajudando o cara com o machucado dele, e quando ela pegou uma caixa de Band-Aids, começou a falar sobre um garoto que costumava ir à igreja dela, "um esquisitinho", foi como ela o chamou, que usava Band-Aids pelo corpo todo. Ela disse que claramente havia algo de errado com a criança, mas que as pessoas se recusavam a reconhecer isso.

Agora estou me perguntando se aquelas flores pelo menos eram reais, se algo tão perfeito também poderia ser um ser vivo.

— Ela sabia que estava falando do seu irmão?

— Estava lotado. Não tenho certeza se ela sabia que eu estava lá.

Maya pondera.

— Não é a primeira vez que você ouve alguém falar sobre Will desse jeito.

— Elas são de verdade? — Aponto para as flores na mesinha de centro. — Não podem ser, certo?

— São de verdade.

Inclino-me para cheirá-las e, sim, definitivamente são reais.

— Evan...

— Só não entendo como alguém pode abandoná-lo. — Toco uma pétala macia, meio que esperando que ela caia, mas ela se mantém firme.

— Deixar... Will?

— Ele é o garoto mais bonzinho de todos. Doce e quieto, e ele viveria em uma caixa de geladeira se eu deixasse, e eu só... não entendo como alguém pode abandoná-lo.

— Você falou com seu pai recentemente?

Eu digo a ela que não e que se papai quiser conversar, ele sabe muito bem onde me encontrar, e então escorrego para a beirada do sofá, inclino-me sobre a mesa de centro, apenas coloco meu rosto bem no meio das pétalas do vaso de planta e, a certa altura, me ocorre que devo parar com aquilo.

— Evan, estou curiosa: quando você ouviu o que Heather disse sobre seu irmão, como você reagiu?

— Eu não reagi. Fui embora.

— Ir embora é uma reação.

— Você sabe o que eu quero dizer.

— Você não disse nada para ela?

— Não, mas... eu tinha bebido muito.

— Não sabia que você bebia.

— Não costumo beber.

Tudo fica quieto por um minuto, e posso dizer que ela está me esperando. Uma forma de arte própria: sentar; olhar fixamente; não dizer nada.

— Na verdade... eu não saí imediatamente.

Maya observa, espera, uma verdadeira mestra no seu ofício.

— Depois de falar o que falou sobre Will, ela começou a falar de todas as maneiras pelas quais nossos corpos cuidam de si mesmos. Como um dedo cortado se cura sozinho. Como o coração bate, os pulmões respiram, e quanto mais ela falava, mais eu bebia. Cheguei a não sentir meus pés e, quando finalmente consegui, fugi. Ali foi atrás de mim. Percorremos cerca de um quarteirão antes de eu vomitar em um parque.

Você entende, Maya? Por favor, diga que você vê, aquela inundação lenta e angular de luz no chão do meu quarto. Por favor, diga que vê o pássaro quieto na árvore. Todos os meus antes terminando, meus depois começando. Por favor, diga...

— Você já viu o filme, certo?

Ela não precisa perguntar qual.

— Faz algum tempo.

— Seus corações se iluminam. Vermelho brilhante. É parte de como eles se comunicam, o E.T. e os outros alienígenas. Da primeira vez que nós o vimos, Will disse que parecia a gente. Estávamos no chão, encostados no sofá, uma caixa de pizza aberta na mesinha de centro. Quando os pequenos corações alienígenas se iluminaram, Will não perdeu o ritmo. "É igual a gente", disse ele. "Meu coração brilha para você. E o seu brilha para mim."

Se sentir coisas fosse uma doença, meu caso seria terminal. Pego um lenço da caixa, enxugo os olhos e, quando Maya diz: "É mais do que um filme para vocês, é uma linguagem" — de repente me ocorre o motivo pelo qual estive tão preocupado com o vaso de flores na mesa de centro. Isso me lembra o vaso de flores do filme, aquele cujas pétalas imitam a saúde de E.T., murchando e florescendo em sincronia com a vida e a morte.

— Ele parou de usar os Band-Aids — digo baixinho.

Um momento, enquanto Maya processa.

— Quando?

— Cerca de um mês atrás. Saiu para a escola uma manhã coberto de Band-Aids. Cheguei em casa à tarde, eles tinham ido embora. Will não quer falar sobre isso. Não sei por que não te contei da última vez...

— Tudo bem.

— Não vou ser eu a dizer a ele para superar isso.

— Eu sei.

— Não vou.

— Evan... por que você acha que saiu da festa de Heather?

— Ainda estamos nisso? Eu já contei o que ela disse sobre Will. Se eu não saísse de lá, ia dar um soco na cara dela.

— O que ela disse sobre seu irmão foi imperdoável. Mas não acho que foi por isso que você foi embora.

Aquela imagem novamente: meu quarto enquanto a luz se espalha sobre o carpete.

— Eu não conseguia respirar — falo. — Eu não me importo com o que Heather diz, o coração é um músculo, e se não está brilhando, está morrendo...

No momento em que a palavra sai da minha boca, eu sei a verdade. E quando olho para Maya, vejo o rosto de alguém que chegou lá há muito tempo, que está esperando que eu a alcance.

— Às vezes — diz ela, com cuidado, gentilmente — nossos corpos não se curam sozinhos. Né?

Pego outro lenço da caixa.

Na noite em que minha mãe me disse que poderia ter câncer, eu fingia estar dormindo. Meus olhos estavam fechados, então não pude vê-la enfiar a cabeça pela porta, não pude ver a luz do patamar se espalhar pelo chão naquela inundação lenta e angular. Mas eu sabia que estava lá.

As coisas que você memoriza sem querer, impressões contra as pálpebras.

— Eve? — sussurrou ela. — Tá acordado?

Fingir estar dormindo é a mais infantil das retaliações: bem acordado no escuro, olhos fechados, *isso vai mostrar pra ela*. Como se chegar tarde em casa fosse culpa dela. Como se ela quisesse ir direto de um trabalho para outro.

Mas ainda assim, eu fico deitado na cama como uma criança desprezada, querendo reforçar o meu ponto: *Sim, mãe, você chegou tarde. Quão tarde? Apenas olhe para mim. Já estou dormindo profundamente.*

— Evan?

Ainda era verão, o quarto estava quente demais. Exatamente 24 horas depois, Ali estaria segurando meu cabelo para trás enquanto eu vomitava em um parque.

Ouvi a porta começar a fechar e não sei dizer o que me fez fazer isso, mas abri os olhos e me sentei.

— Mãe?

A porta se abriu.

— Oi. Não queria acordar você.

Estávamos sussurrando, nossos olhos correndo para a porta fechada do outro lado da escada. Desde que papai foi embora, nosso amor mútuo por Will havia se transformado em algo novo, um híbrido entre irmãos e pais, como se houvesse um espaço vazio para "pai" em nossa casa e, na ausência do pai real, tivéssemos combinado forças para preencher esse papel.

De certa forma, Will era a constante na variável de nossa família: nunca deixávamos de pensar nele.

Mamãe disse que queria conversar, mas então ela apenas ficou lá, imóvel na minha porta. Eu não tinha certeza se ela estava esperando por permissão, então eu disse:

— Ok.

— Eu queria falar com você sobre...

Ela parou no meio da frase, finalmente entrou no meu quarto, fechou a porta e acendeu uma luminária de chão.

— Oi — disse ela.

— Oi.

Muitas vezes me perguntei sobre as possibilidades de minha mãe para além da realidade em que ela se encontrava. Cabelos escuros, olhos escuros, a mesma pele branca sardenta que ela passou para Will e para mim. Ao contrário das mães de alguns dos meus amigos, ela abraçou a idade de uma forma que permitiu que a idade a abraçasse de volta, e se ela estava um pouco abatida nos últimos tempos, bem, você dificilmente poderia culpá-la. Minha mãe fala como um livro, empunhando palavras bonitas à vontade, palavras específicas, perfeitamente adequadas ao assunto em questão. Ela tem o tipo de inteligência que surpreende as pessoas e é inteligente o suficiente para ser gentil com elas e, talvez acima de tudo, ela é o tipo de engraçada que vem de ser inteligente e gentil, e eu a amo muito. Em outro mundo, ela poderia ter feito algo grandioso, algo soberbo, algo... diferente. Apesar de ser egoísta de minha parte, estou aliviado por vivermos neste mundo. Mas às vezes me pergunto se ela também está.

— Encontrei uma coisa — sussurrou ela, encostada na minha porta fechada.

Não sei o que esperava que ela dissesse a seguir. Um colar perdido, talvez. Um par de meias atrás de uma cômoda.

— Encontrei um caroço — disse ela, e, lentamente, levou a mão ao peito. — No meu seio.

Fiquei sem palavras. Tentei dizer alguma coisa, mas tudo o que saiu foi:

— Quando?

— Semana passada.

— Certo.

— Fiz uma biópsia ontem...
— Mãe.
— Estou bem. Dolorida, mas...

Com os olhos no chão, ela balançou a cabeça e, quando olhou para cima, vi a mesma cara que ela me fez anos atrás, quando voltei da escola para casa com a notícia de que nosso velho e amado cachorro havia ido dormir naquela manhã e não tinha acordado.

Dissemos que esperaríamos para conseguir outro cachorro. Em memória dele.

Ainda estávamos esperando.

— Você tá bem? — perguntei, uma pergunta que parecia ao mesmo tempo estúpida e não estúpida.

— Eles disseram que ligariam em alguns dias. Com os resultados.

Ela encarou os pés na penumbra e depois olhou ao redor do quarto, e pensei, *Ela tá enrolando*, e percebi o quanto ela precisava não ficar sozinha agora.

— Então, eles não sabem se é... — Só a ideia de dizer a palavra me deu vontade de mastigá-la, engoli-la, nunca mais prová-la. Rapidamente, antes que ela tivesse a chance de responder: — Eu poderia ter levado você. Se você precisasse de uma carona.

— Um amigo do trabalho me levou. E me deixou descansar na casa dele depois. De qualquer forma, foi ambulatorial. — Então, mais para si mesma: — Termo bobo. Como se eu não fosse um paciente de verdade só porque não pernoitei. — Finalmente, seus olhos encontraram os meus. — Eu decidi não te contar. Mas entrei pela porta da frente e subi as escadas...

— E me contou.

Ela desviou o olhar novamente, enxugou os olhos e só então vi as lágrimas. Minhas próprias lágrimas viriam mais tarde, mas naquele momento fui tomado por uma nova revelação nascida em uma sutil distinção de pronomes: eu sempre tinha odiado meu pai por *nos* deixar; até então, não tinha me ocorrido odiá-lo por deixá-*la*.

Saí da cama, atravessei o quarto até ela.

— Eu te amo mãe.

— Eu também te amo.

No dia seguinte, fui a uma festa onde Heather Abernathy falou merda sobre meu irmão e sobre o nosso próprio corpo se curar, e tive que sair de um porão cheio de corações atrofiados. Corri pela rua e vomitei em uns arbustos, e minha melhor amiga provou sua lealdade ao segurar meu cabelo enquanto eu vomitava, e comecei a ouvir músicas que ninguém mais conseguia ouvir e, por algum motivo, consigo falar com minha melhor amiga sobre essas músicas, mas não consigo falar sobre o câncer de minha linda mãe, e consigo falar com minha terapeuta sobre o câncer da minha mãe, mas não consigo falar sobre as músicas. E então me lembro de que vivemos em um mundo onde pessoas muito inteligentes acreditavam que os pássaros migravam para a Lua, e me ocorre que as possibilidades são infinitas quando você não entende nada.

O mundo, como uma criança pequena fingindo estar dormindo.

Duas noites depois, aquela luz angular se espalhou pelo carpete novamente. Sentei-me direito, sem fingir dormir.

— Ei.

Ela não disse uma palavra; eu sabia a verdade, porque a conhecia.

Nas semanas e meses que se seguiram, aprendemos novas verdades, algumas mais bem-vindas que outras. Haveria novos médicos com novas terminologias, e essas verdades bem-vindas, cada uma delas motivo de comemoração — a remoção bem-sucedida do caroço; a biópsia limpa do linfonodo; a notícia de que a quimioterapia não é necessária —, seriam mitigadas por um tipo diferente de verdade, do tipo que nasce quando o sol se põe:

Você se pergunta o que vai acontecer se o pior acontecer.

Você recalibra suas esperanças, procura maneiras de reforçar a corda repentinamente encurtada em suas mãos.

Você negocia com um Deus cuja potencial existência e potencial inexistência você acha aterrorizante em igual medida.

Você fala na língua das porcentagens, como se os anos de uma vida fossem dólares economizados e gastos.

Desde criança, você foi ensinado que nada dura para sempre, mas agora, confrontado com a iminente mortalidade de sua mãe, você fica chocado com a noção de que ela não é infinita.

Principalmente, acordado na cama noite adentro, você se pergunta como espera viver em um mundo sem a pessoa que o trouxe para ele.

SHOSH
a arte do roubo educado

SHOSH ESTAVA NO BANCO de trás de um Uber, encarando o celular — a tela iluminando seu rosto como um solilóquio no palco — e se perguntando se ela sempre tinha sido uma fraude.

— Tá tudo bem, querida?

Olhando para cima, ela encontrou um par de olhos azul-claros olhando para ela pelo retrovisor. A motorista tinha cabelos loiros encaracolados e mais ou menos a mesma idade que ela, o que tornava toda aquela história de prestação de serviço estranha e desconfortável.

— Você está sangrando — disse ela.

A motorista se abaixou, puxou um pacote de lenços sabe-se lá de onde e o entregou a Shosh.

Realmente, um fio de sangue escorria por baixo das bandagens no antebraço de Shosh. Ela esperava que a tatuagem doesse; ela não esperava tanto sangue. Depois de limpar a sujeira, ela devolveu os lenços de papel com um agradecimento, então voltou para a tela do telefone, para seu último dístico da cabana, e para a percepção angustiante de seus métodos fraudulentos.

A foto mostrava uma cabana moderna na floresta. O céu era de um tom profundo de azul, a cor do verdadeiro crepúsculo; a neve cobria o chão, o teto da cabana, entrelaçando os galhos negros em finas listras brancas como monótonas bengalas de doces. Mas o que tornava a cabana única era sua assimetria: todo o lado direito era de vidro; dentro, uma luz quente iluminava uma cama com uma simples sugestão, não de namorados, mas de um lugar onde namorados haviam estado recentemente; à esquerda, o telhado se prolongava sobre um pequeno alpendre ao ar livre.

Para acompanhar a foto, Shosh havia escrito...

Eu sou uma pintura torta de um desconhecido lugar
Com mãos construídas para seu rosto emoldurar

"Ser um artista é ser um ladrão habilidoso", era o que a sra. Clark costumava dizer, porque em todo lugar que você entrava, cada pessoa que conhecia, tudo poderia servir de inspiração. Começa com o sotaque de um amigo ou um maneirismo particular que você acha interessante; antes que perceba, aonde quer que vá, você é um balde mergulhando no poço de tudo de todo mundo. Tirar do poço torna-se algo natural. Tanto que às vezes o que você cria parece que já existe, flutuando no ar, pronto para ser arrancado, escrito, reivindicado.

Olhando para seu último dístico, Shosh percebeu que havia sido exatamente isso o que ela tinha feito.

— Um conselho — disse a motorista. — Você realmente não deveria beber antes de fazer uma tatuagem. Sem julgamento. Mas eu também tenho algumas, e o álcool dilui o sangue. Apenas para referência futura. A propósito, sou Ruth Hamish.

Ruth tinha um forte sotaque sulista e um jeito de falar que fazia você pensar que ela tinha crescido com irmãos mais velhos: rápido, confiante, a voz de quem brigava no quintal.

— Eu me chamo Shosh.

— Sim, eu sei. Não se preocupe, você não me reconheceria. Eu estava um ano à sua frente na escola. Além disso, no diagrama de Venn dos círculos sociais, nós teríamos, tipo, *zero* interseção. Quer dizer, estou mais bonita agora do que naquela época. Em parte por me conhecer melhor, acho. Mas, sim, quando eu estava na escola, de jeito nenhum. Você estava tipo... não em outro nível, mas em outra galáxia. Provavelmente seríamos amigas agora, no entanto.

Tirando o carro de Chris Bond, Shosh não tinha dirigido desde a morte da irmã. Quando ela não conseguia ir a pé ao seu destino, ela pegava um Uber, e recentemente se tornara uma espécie de especialista nas comodidades do compartilhamento de carona: as garrafas de água pela metade, as balinhas de menta no console, os cabos de extensão do carregador do telefone. Ela ouviu uma série de anedotas e histórias, atualizações sobre crianças que ela nunca conheceria, lugares para onde ela nunca iria, mas era seguro dizer que ela nunca conheceu ninguém como Ruth Hamish.

— Por falar nisso, você brilha no palco — Ruth estava dizendo. — Fui ver *As bruxas de Salem* quatro vezes só pra ver você. Matei aula na terceira vez. *Inspiradora pra caralho.*

Shosh não tinha certeza se ria ou chorava, e quando ela abriu a boca para dizer: *Obrigada, mas isso foi em outra vida*, o que saiu foi:

— Minha irmã foi morta por um motorista bêbado.

Demorou um instante antes daqueles olhos azuis encontrarem os dela no retrovisor novamente.

— Que merda.

Shosh encostou a cabeça na janela fria, as luzes que passavam pela cidade eram um emplastro hipnótico.

— Fui a uma festa neste verão. Não falei com ninguém. Apenas bebi. Primeiro um pouco, depois muito. Provavelmente a única pessoa que estava mais bêbada do que eu era um idiota, Chris Bond. Você o conhece?

Ruth negou com a cabeça.

— Ele é o tipo de cara que espera de propósito na escada para poder seguir uma garota de saia. Toda piada é sexual ou às custas de alguém. Ele deve ter me convidado para sair umas dez vezes. Eu mandava ele se foder, ele ria como se fosse uma piada, depois espalhou boatos de que *ele* tinha *me* dispensado.

Parte dela se perguntava por que era tão fácil se abrir com uma completa estranha. Ou talvez tenha sido fácil *porque* Ruth era uma estranha. Nada em jogo quando seu confidente é um par de olhos no retrovisor.

— Já estava tarde — disse Shosh. — As pessoas tinham começado a ir embora. Eu o vi cambalear porta afora, girando as chaves do carro no dedo. E eu sabia o que ia fazer. Ele estacionou seu Tahoe gigante na calçada em frente. Esperei até que ele ligasse o carro, então saí correndo e disse que Heather tinha algo para ele na cozinha. Assim que ele entrou na casa, eu me sentei no banco do motorista, acelerei, subi pelo meio-fio, dirigi pelo quintal, contornei a casa e joguei aquele troço direto na piscina. — Uma determinação gelada se desprendeu de seus ossos, encheu seu corpo como água em um balão até que ela estava prestes a explodir com o desejo de estar em outro lugar, em qualquer outro lugar, para começar uma nova vida com um novo nome em uma nova cidade. — Na maior parte dos dias, parece que estou perdendo a cabeça.

— Às vezes você pensa que está perdendo a cabeça, mas, na verdade, é todo o resto do mundo que perdeu a cabeça.

Shosh virou-se da janela para aquela motorista de Uber aparentemente sábia.

— Essa é uma merda muito irada, Ruth Hamish.

Ruth levantou levemente a sobrancelha, como se dissesse: *eu tenho gingado*.

— Então você não acha que foi loucura? — indagou Shosh. — Jogar um carro em uma piscina?

Ruth hesitou por um momento e, quando falou, foi com o ritmo cadenciado de uma citação.

— *Porque eu não pude parar para a Morte, ela gentilmente parou para mim. Na carruagem só cabíamos nós e a imortalidade.*

— De quem é a citação?

— Até parece que eu sei. — Ruth ergueu um pequeno calendário com a data do dia. — Meu namorado me deu este calendário com pequenos poemas em cada dia. Pera aí. — Ela olhou mais de perto o calendário, avançando um questionável sinal amarelo no processo. — Emily Dickinson.

Quando elas entraram no bairro de Shosh, a cantora-fantasma apareceu — cantando sobre pinturas tortas e lugares desconhecidos —, e Shosh considerou as palavras que ela arrancara do ar, reivindicadas como suas. Mais do que a ideia de plágio acidental, o que mais a incomodava era como as músicas haviam se infiltrado em seu subconsciente a ponto de ela não conseguir diferenciar o que consumia do que criava.

Ela abriu o celular e deletou a postagem mais recente.

Quando pararam na frente da casa dela, Shosh agradeceu a Ruth pela carona, mas antes que pudesse sair do carro, Ruth anotou seu número em um pedaço de papel, entregou-o e disse que ela podia ligar a qualquer hora, dia ou noite.

— Eu não acho que você ter jogado o carro daquele palhaço na piscina faz de você uma louca — disse Ruth. — Acho que você não conseguiu salvar sua irmã, então tentou salvar a vida de outra pessoa.

EVAN
sem músculos

Não saímos pra comer fora com muita frequência. O horário de trabalho da minha mãe e as sessões de radioterapia tornam isso quase impossível. No entanto, esta noite os astros se alinharam: além de uma rara noite de folga, mamãe ganhou um vale-presente do Chili's em algum sorteio em seu trabalho diurno, isso não é pouca merda.

Pouco antes de sairmos para o restaurante, ela mencionou as sobras na geladeira com aquele tom adulto, como se dissesse: *Será que devíamos ir mesmo?* Então lembrei-a do fato de que já se passaram três semanas desde que soubemos que o câncer não havia se espalhado e que ela não precisaria de quimioterapia e que ainda não tínhamos comemorado.

— Parece que dá pra pedir uns aperitivos gostosinhos — falei. — Ou aquelas tirinhas de frango com molho de *chipotle* e mel, no mínimo.

Eu podia ver as engrenagens girando.

— Chamam isso de *crispers* — respondeu ela.

— É isso mesmo — falei e, naquela mesma hora, estávamos sentados a uma mesa no Chili's, esperando nossos saborosos aperitivos.

O que posso dizer? Somos selvagens, a família Taft, vamos até o fim das coisas.

— Funcionou? — pergunta mamãe.

— Ainda não.

Estou no meu celular, tentando registrar o vale-presente da mamãe no aplicativo do Chili's, o que supostamente nos dará um aperitivo grátis.

— E você está me dizendo que não é uma coisa?

— Diz apenas "Baixe nosso aplicativo, registre seu vale-presente e receba um aperitivo por nossa conta".

— *Baixe nosso aplicativo e ganhe um aperitivo.* Quão difícil pode ser? Eu devia trabalhar com marketing. — Mamãe bufa e balança a cabeça, que é sua marca registrada. — Ah, devíamos ter convidado a Ali. O Chili's não é o lance dela?

O Chili's é, de fato, o lance da Ali. Mas nós só tínhamos um vale-presente, o que provavelmente não cobrirá a conta inteira, e eu não queria que mamãe se sentisse pressionada a pagar a conta dela. Não falo nada; em vez disso, dou de ombros, como se dissesse: *Agora já foi*.

Do outro lado da mesa, a cabeça enterrada em uma adaptação ilustrada de *E.T.*, Will canta "*Baixe nosso aplicativo, ganhe um aperitivo*" repetidamente ao som da icônica trilha sonora de John Williams.

— Se isso faz você se sentir melhor — eu digo —, o aplicativo é uma merda. Isso é irritante.

— Você está bravo? — pergunta Will, sem tirar os olhos do livro.

— Não com você, mano. Estou bravo com a tecnologia.

— A tecnologia não pode andar ou falar. — Ele vira uma página e continua com calma: — A tecnologia não tem *músculos*. Você não deveria ficar com raiva de algo sem músculos.

Mamãe sorri e encolhe os ombros como se dissesse: *Ele tem razão*.

— Preciso urinar logo, Mary. — Will consulta o relógio, aperta uns botões e diz: — Em dois minutos.

Meu irmão é o único garoto que conheço que faz uma contagem regressiva para ir ao banheiro. Na maioria das casas, o bipe de um alarme é um alerta. Na nossa, sinaliza o chamado da natureza.

— Sabe, eu prefiro quando você me chama de *mamãe*.

— Seu nome é Mary — diz ele. — Assim como a mãe de Elliott em *E.T.* Além disso, as iniciais de Evan formam E.T.

Eu levanto os olhos do meu telefone.

— Ok, isso é... esquisito.

— Querido... — Como se para provar que ela é mãe, ela muda para um tom totalmente de mãe e então diz uma coisa que eu já disse na minha cabeça um milhão de vezes, mas não consegui fazer passar pelos meus lábios: — Percebi que você parou de usar seus escudos de ais.

Imagine um Chili's no fundo do mar, escuro e parado, volume zerado, cadeiras, mesas e talheres flutuando como balões murchos.

Will, com a cabeça enterrada no livro, nem sequer sobe para respirar.

— Isso é coisa velha, Mary.

Mamãe dá de ombros, uma clara tentativa do velho estratagema da pessoa despreocupada.

— Não faz diferença para mim. Você fez algo todos os dias durante um ano e depois parou. Só estou curiosa.

Infelizmente, o alarme do relógio de Will dispara; ele larga o livro, desliga o alarme e olha para nós do outro lado da mesa.

— De quem é a vez de me levar ao banheiro?

SHOSH
tudo acontece por um motivo
(e outras frases idiotas)

— Eu sei que é insano, mas Evansville não tem um Chili's, e eu tenho desejado essas *fajitas* como se fosse uma grávida com raiva.

Shosh observou a amiga enfiar metade de uma tortilha recheada na boca; ela teria ficado enojada se não estivesse tão aliviada por passar um tempo com alguém que não fosse seus pais ou o pessoal da polícia de Iverton.

— E você tá? — perguntou Shosh.
— O quê? — disse a amiga, de boca cheia.
— Grávida?
— De jeito nenhum.

Uma companheira de palco da classe de Shosh, Ella Tubb, havia enviado uma mensagem naquela manhã para dizer que estava na cidade para o funeral de alguém da família (alguma tia-avó que ela mal conhecia), mas poderia fazer uma refeição rápida com Shosh enquanto estava ali, por conta dela.

— Como estão as coisas? — indagou Shosh.
— Eu colocaria mais coentro.
— Eu me refiro a Evansville.

Ela deu de ombros.

— É legal. O departamento de teatro é ótimo, embora nenhum dos professores seja a sra. Clark. Estamos fazendo *The Wild Party*. Estou interpretando a Kate. O que mais? Minha colega de quarto é doida. Os pais dela eram fundamentalistas evangélicos, acho. Cabana nas montanhas, acreditam no fim do mundo, merdas desse tipo. Ela praticamente saiu do fundo do poço. Mantém um gráfico em nossa parede de suas façanhas sexuais, então isso é divertido.

Nos meses após a morte de Stevie, houve uma onda de condolências on-line. Amigos ligaram ou mandaram mensagens para dizer que sentiam muito, eles estavam pensando nela, mas era o verão após a formatura, e quase todo mundo estava se preparando para a faculdade ou aproveitando algumas férias decadentes em suas últimas semanas de liberdade. Qualquer base social que existisse nos últimos quatro anos já estava desmoronando quando Stevie morreu. O que tornou a mensagem de Ella naquela manhã ainda mais significativa.

Ainda assim, havia uma parte dela que não conseguia deixar de sentir inveja de Ella. O teatro era um ambiente competitivo, com certeza, mas quando você está na liderança, a competição é o palco, o sonho.

Antes, Shosh e Ella participavam da mesma corrida; agora Shosh estava assistindo das arquibancadas.

— Como estão Lana e Jared? — perguntou Ella.

Shosh tentou encontrar as palavras para descrever o estado atual de seus pais.

— É como... se morássemos na mesma casa, mas em países diferentes.

Ella limpou a boca com um guardanapo enquanto empurrava devagar o prato para o lado.

— E como você está? *De verdade?*

Shosh costumava sorrir. Ela tinha visto fotos, versões dela mesma como alguém feliz. Ela tentou abrir um sorriso agora, como os de antigamente.

— Eu estou ótima.

— Sei. Você jogou ou não o Tahoe de Chris Bond na piscina de Heather?

— Ele estava bêbado e prestes a pegar o carro e ir pra casa.

— Entendi. Então você estava sóbria quando pegou o volante? Eu ouvi a narrativa do herói, Shosh, e não estou acreditando. Quantas vezes você dormiu lá em casa? E quantas noites mamãe nos acordou às duas da manhã, tropeçando no meu quarto, desmaiando no chão? Não duvido de suas boas intenções. É assim que o vício funciona. Acredite em mim, eu sei.

— O que você quer que eu diga? — Shosh pegou seu hambúrguer, tentou pensar em uma maneira de direcionar a conversa para outro lugar. — Eu sinto muito a falta dela, porra.

— É claro que sim. Mas você não pode simplesmente murchar. Não é isso que... — Ella hesitou, como se dizer o nome de Stevie em voz alta pudesse lembrar Shosh de que ela havia morrido. — Ela não iria querer isso para você.

— Você não a *conhecia*.

Como um gênio que saiu da lâmpada, o garçom apareceu.

— Como está minha mesa favorita? As *fajitas* estão boas?

— Estamos bem, obrigada — respondeu Ella.

— Na verdade... — Shosh pegou o menu de bebidas do centro da mesa, apontou para uma enorme bebida com gelo explodindo da praia com as palavras *Margarita Pôr do Sol Tropical* gravadas em um arco-íris no céu azul ensolarado. — Posso pegar uma dessas?

Assim começou a dança da avaliação. O primeiro movimento foi dela, no qual avaliou o guarda: o garçom parecia ter quarenta e tantos anos, prestes a perder os cabelos, mas com certo resquício de juventude, como se estivesse tentando escalar do fundo do poço. Isso era bom. Ela poderia trabalhar com isso. Depois de fazer sua pergunta, ela esperou a vez do guarda: Shosh sentiu os olhos dele nela, tentando descobrir sua idade, percebeu que ele estava pensando se deveria ser legal ou seguir as regras. Nesse caso, como Shosh havia previsto...

— Claro. — O garçom sorriu para as duas. — Duas moças lindas como vocês.

— Cara — disse Ella. — Que nojo.

O sorriso do garçom desapareceu; ele se virou para Shosh:

— Já volto com seu drinque.

Depois que ele se foi, Ella disse:

— Eca.

— Sim.

— Diga-me que não é uma coisa que você faz sempre.

Shosh deu de ombros e voltou ao seu hambúrguer.

— Eu pareço mais velha do que sou.

— Você é uma raposa incandescente, Sho. Claro que ele está trazendo uma bebida para você.

— Raposa incandescente?

— E isso aí? — Ella apontou para a tatuagem no antebraço de Shosh, que acabara de aparecer por baixo da manga de seu casaco. — Você enganou o artista também?

— Eu tenho 18 anos. Eu poderia fechar o braço se quisesse.

— Isso é um *sapo*?

— Não *um* sapo. É *Sapo*. De Rã e...

— O que está escrito?

Relutante, Shosh puxou a manga para revelar a única palavra tatuada abaixo da imagem do Sapo: *sozinha*.

— Não é nada de mais — afirmou Shosh.

— Parece triste pra caralho.

— É só... Olha, será que podemos não falar disso?

Elas comeram em silêncio por alguns minutos, mas quando o drinque tropical de Shosh chegou, Ella voltou a ser a amiga preocupada. Ela tagarelou sobre luto e sobre seguir em frente; duas vezes ela disse a frase *tudo acontece por um motivo*, e Shosh não tinha certeza do que havia se tornado mais meloso: sua bebida ou sua amiga.

— Preciso ir ao banheiro — disse ela, de repente de saco cheio de ambos.

Ella acenou com a cabeça em direção à bacia de vidro agora vazia.

— Era de se imaginar.

— Olha... — Shosh sacou o celular e começou a escrever uma mensagem para Ruth. — Eu valorizo que você está tentando ajudar. Mas eu estou bem. É sério. — Ela terminou a mensagem e escorregou para fora do banco. — Posso te pagar pela comida?

— Eu pago. Você não está dirigindo, está?

— Eu não dirijo — respondeu Shosh.

— Posso te dar uma carona...

— Já tenho isso resolvido.

Shosh se inclinou, tropeçou, se reequilibrou, beijou Ella na bochecha. Agradeceu pelo jantar e foi ao banheiro desejando que Ella tivesse ido apenas ao funeral.

Parecia estranho que a confiança estivesse ligada ao tempo, a quantidade de um dependente da quantidade do outro. Shosh ainda não tinha visto o mundo. Dada sua proximidade limitada com sua vastidão, o que a fez pensar que já havia conhecido aqueles que mais amaria nessa vida? Nesse sentido, quando se tratava de confiança, a geografia não era mais importante do que o tempo?

Uma amiga que ela conhecia havia anos não estava mais por perto.

Uma amiga que ela acabara de conhecer tinha dito para ligar a qualquer hora.

EVAN
descritores estranhamente precisos

Quando as pessoas afirmam que porcos são animais limpos, só posso supor que seja em comparação com outros animais de fazenda. Se você colocar um porco na sala de jantar da sua avó, ninguém vai falar: "Ok, mas esse porco está *impecável*." Pela mesma lógica, você poderia chamar o banheiro do Chilli's de limpo, mas ainda é um banheiro público.

No segundo em que entramos, Will dá uma forte fungada.

— Tem um cheiro forte e exaustivo aqui.

Um estranho ri de uma cabine próxima.

Digo a Will para fazer o que tem que fazer. Ele se esgueira até o mictório enquanto eu espero perto da pia e, claro, aqui, de todos os lugares, Nightbird decide se juntar a nós. Ela canta alto de novo, quase tão alto quanto naquele dia no auditório da escola, vendo Shosh cantar ao piano. É a música n.º 1, a que ouço com mais frequência, mas agora está em uma parte que nunca ouvi. Eu pego o telefone, abro minhas anotações, adiciono animadamente a nova parte da letra, meus dedos tentando acompanhar, quando:

— Parece que o garoto precisa de ajuda.

O estranho da cabine está atrás de mim agora, apontando para Will, que também está parado ali, olhando para mim, os braços estendidos.

— Certo, sinto muito. — Guardo o celular, levanto Will pela cintura para que ele possa alcançar o mictório. — Por que você não disse nada, mano?

— Eu falei. Você estava em uma galáxia muito, muito distante.

Qualquer que fosse a galáxia, ainda estava lá quando saímos do banheiro e trombamos com alguém no corredor.

— Sinto muito — digo, e quando olho para cima, vejo que não é qualquer um: o casaco xadrez, o cabelo chique selvagem, os olhos tão brilhantes que fazem meus pés suarem.

— Está tudo bem — diz Shosh em uma espécie de risada, aquela cadência divertida que mamãe ocasionalmente tem quando toma a terceira taça de vinho. — Os banheiros do Chili's são notoriamente propensos a colisões. — Ela se aproxima e, por um segundo, acho que está prestes a me beijar. Uma lufada de álcool em seu hálito — *Infelizmente*, penso, *mas não é um problema grave* — e então, toda conspiratória, ela sussurra: — Estou pensando em escrever uma carta.

Por um segundo, nos encaramos assim, tão perto que posso ouvi-la respirar. E então seus olhos mudam, o ar fica pesado e não sei como explicar o que acontece a seguir, mas parece um daqueles livros infantis em que uma criança tropeça em um portal e de repente está em um outro mundo. E não são apenas seus olhos, mas seu cheiro, seus lábios, a linda pinta em sua bochecha — ela é um mundo que quero explorar, e ainda assim, de alguma forma, um mundo que eu já conhecia.

— Evan — diz Will, puxando minha mão.

O momento passa; Shosh olha para baixo, sorri para Will e desaparece no banheiro feminino.

Como se estivesse atrás dela, Nightbird se dissipa completamente.

— Você conhece ela? — pergunta Will.

— Meio que conheço...

— Ela é bonita.

— Sim.

Estou prestes a levar Will de volta à nossa mesa quando me ocorre que a escolha do guarda-roupa desta manhã — minha calça Puma favorita — foi um passo em falso crucial.

Shosh esteve bem perto.

Minha calça é bem fina.

— Evan.

— Um instante. — Pego meu telefone, finjo olhar alguma coisa por uns trinta segundos, e quando estou bastante confiante em minha capacidade de andar por um salão lotado, guardo-o e olho para Will.

— Ok. Batata frita?

— Batata frita — repete ele.

Eu o pego, jogo-o por cima do ombro daquele jeito que o faz rir e o carrego pelo restaurante, de volta à nossa mesa, onde mamãe está sorrindo.

— Entrega para Mary Taft — digo em uma voz grave. — Tem um saco de batatas com seu nome nele. — A risada aumenta e minha mente pode estar dividida em um milhão de direções, mas meu coração tem um brilho singular.

Quando eu era criança, um amigo me deu um bonequinho de LEGO. Eu não tinha nenhum LEGO, não tinha certeza do que fazer com aquilo, então chamei-o de Galo (por causa da protuberância redonda em sua cabeça), coloquei em uma prateleira e esqueci. Então, naquele Natal, ganhei uma caixa inteira de LEGO e, de repente, Galo fez sentido.

Uma rajada de vento sacode a janela do meu quarto. Do lado de fora, os primeiros vestígios do outono: uma trégua do calor, quando as coisas velhas morrem de maneiras lindas, e o resto de nós prepara os ossos para a ira iminente do lago Michigan. Está tarde, mas estou bem acordado, sentado na cama, alternando entre os aplicativos de anotações e de mapas, cantando baixinho a nova letra e pensando como — conectada às antigas — a música de repente faz sentido:

(Expire)
Eu estou levando tudo
(Silêncio agora)
Descendo a Brooklyn
O que começou frio está congelando sozinho
(Desista logo e embarque)
Para cada ponte que eu atravesso
(Você nunca vai ganhar)
Só considere isso como uma perda
Eu aguento qualquer coisa, desde que seja você mais eu
Mas essa matemática fez você partir
Você diz que ser feliz é a virtude da moda
Mas tudo que eu quero fazer é encontrar aquele que te machucou
Tudo prestes a parar
Procurando tanto em todos os lugares errados
Dizendo coisas erradas, salvando rostos trocados
Só mais um começo em falso
Levante-se agora, suba e desça a rua Division
Como a luz do inverno ascende em vitória
Isso vai acontecer em breve
Na lua clara como a neve

De acordo com o aplicativo de mapas, há dezenas de ruas Division pelo país. Mas quando você considera o resto da letra...
Mudo para o aplicativo de mensagens e escrevo para Ali: **Tá acordada?** Em segundos, três pontos e depois...

Ali: Pra você? Sempre

Evan: Preciso ir a um lugar. Sua voz quer ir comigo?

Ali: Ligue quando quiser!

Eu saio da cama, visto o casaco e calço os sapatos. A noite de repente parece vibrante e viva enquanto desço as escadas, pulando habilmente o penúltimo degrau e seu rangido traiçoeiro, abro a porta da frente, fecho atrás de mim com um *clique* suave, ligo para Ali...

— Então, para onde estamos indo? — ela atende.

— Eu ouvi uns versos novos no Chili's esta noite...

Logo que as palavras saem da minha boca, eu me arrependo delas.

Silêncio mortal do outro lado da linha, seguido por uma resposta baixinha:

— Interessante.

— Ali...

— Não, tudo bem. Quer dizer, sabe, o Chili's é, tipo, meu lance, mas sem problema.

— Alison? Tínhamos um vale-presente. Foi uma coisa de última hora. Mas sim, tudo bem, peço desculpas por jantar com minha família e não convidar você.

— Notei o sarcasmo. Continue.

— O problema é que acho que você estava certa.

— Obviamente. — Então: — Sobre o quê?

De todas as ruas Division nos Estados Unidos, há uma em particular de interesse especial. A apenas um quilômetro e meio de minha casa, a rua é familiar não por causa da proximidade, mas por causa de uma certa residência conhecida por todos em Iverton como o Farol de Inverno. Todos os anos, em 1.º de dezembro, uma casa que, tirando isso, é comum na rua Division se transforma em algo lendário: a lateral e o teto, as janelas e as portas, cada centímetro é coberto por lâmpadas cintilantes; bonecos de neve falsos gigantes assistem a um Papai Noel falso gigante escalar uma escada falsa gigante até o telhado; e embora tudo isso seja certamente uma atração, não é o que obriga o público em geral a se amontoar em vans com chocolates quentes e pijamas de flanela ano após ano. Essa distinção pertence ao maior inflável luminoso deste lado do Mississippi, um menino Jesus de 15 metros — braços estendidos, de modo improvável na vertical — coroado por uma estrela cadente gigante com as palavras ASCENDER EM VITÓRIA impressas na cauda.

Em uma noite clara, dizem os boatos, você pode ver a criança cintilante dos arranha-céus da avenida Michigan.

Provavelmente, você poderia vê-lo do espaço.

Assim, a casa ganhou seu apelido: Farol de Inverno.

Depois de virar à esquerda na Chestnut, conto a Ali sobre os últimos versos de Nightbird, focando especialmente nas linhas finais do refrão...

Levante-se agora, suba e desça a rua Division
Como a luz do inverno ascende em vitória
Isso vai acontecer em breve
Na lua clara como a neve

... um longo suspiro do outro lado da linha, seguido por:
— Não brinca.
— Eu não sei quem é Nightbird ou por que ela me escolheu, mas as músicas estão começando a parecer menos místicas e mais geográficas.
— Como se ela estivesse desenhando um mapa para você — diz Ali.
— A pergunta que não quer calar é: um mapa para onde?
E mesmo que não tenhamos descoberto nada naquela noite (é muito cedo para o resplandecente menino Jesus e suas luzes ascendentes de vitória), Ali fica comigo ao telefone e discutimos teorias enquanto eu ando para cima e para baixo na rua Division. E eu me pergunto se já houve um som mais satisfatório do que o ritmo de sapatos batendo na calçada em uma noite tranquila, as ruas frias e vazias, a noite estendida à sua frente como uma tela em branco, a voz da sua amiga em seu ouvido.

Quando chego em casa, vou até a cozinha na ponta dos pés para pegar um pouco de água e encontro o relatório de progresso de Will no balcão com um Post-it: *As notas de matemática de Will estão abaixo da média, precisa trabalhar!!* E pela segunda vez esta noite, estou pensando em um brinquedo chamado Galo. Estou pensando com que frequência o valor está vinculado ao contexto e com que frequência tentamos separar os dois. Estou pensando nas coisas que colocamos nas prateleiras empoeiradas, e me pergunto se talvez, em circunstâncias diferentes — em um ambiente que reflita melhor a natureza de seus projetos —, falhas percebidas possam se tornar atributos reveladores.

Ao sair da cozinha, amasso o Post-it e o jogo no lixo.

SHOSH
telefone fixo

Havia uma época em que as pessoas não tinham telefones, as casas tinham.

Shosh estava na cozinha, olhando para um ponto na parede onde, anos antes, o telefone fixo ficava pendurado. Ela não tinha memórias de um telefone fixo, mas aquele pedaço sem pintura — na forma exata daquele dispositivo de comunicação pré-histórico — era a prova de sua existência, um memorial verdadeiramente horroroso.

Estava tarde. Quando ela chegou em casa naquela noite, a casa estava silenciosa, todo mundo provavelmente dormindo. Ela tirou o casaco na sala, veio para a cozinha fazer um lanche e, embora aquele contorno bege sempre estivesse lá, era como se não tivesse reparado nele até agora.

Como eles podiam ter deixado daquele jeito? Não exigia uma grande reforma. Apenas um retoque na pintura. Mas esses eram os mesmos pais que se recusavam a entrar no quarto da filha morta. Evitar era o *modus operandi* deles.

Uma pequena voz, no fundo de sua mente: *Não foram só eles que ainda não entraram no quarto dela.*

Ignorando a voz — que era burra e não sabia de nada, afinal —, Shosh sacou o celular e ligou.

— Ah, oi — atendeu Ruth com uma respiração ofegante.

— Tá acordada?

— *Quehorassão?*

— Qual era aquele poema que você citou? O da Emily Dickinson.

Ruth pigarreou como uma rã no cio.

— Eu... não sei... de nada...

— Estou olhando para um ponto na parede da cozinha.

— Tá bom.

— Estou olhando para um ponto na parede da minha cozinha que não foi pintado desde que estou viva. Na forma de um telefone fixo, se dá pra acreditar.

Um instante, então:

— Vou dar uma mijada. Espere aí.

Quando Ruth voltou à linha, Shosh perguntou sobre o estatuto de limitações para retoques de pintura.

— Estou pensando em dez meses, certo? Mais do que isso, e você é apenas um filho da puta preguiçoso.

— Preguiça é uma possibilidade — disse Ruth.

— Você tem outro?

— Bem. Se você não está com preguiça de fazer um retoque, está tentando provar algo pra alguém. Então você deixa ali. Pra provar algo.

Shosh agradeceu a Ruth, desligou, então pegou um pincel e uma lata de tinta pela metade na garagem. E quando a cozinha estava pronta, ela subiu para cuidar da outra coisa, só que em vez de abrir a porta do quarto da irmã — não para limpar o quarto, não para mudar nada, apenas para *estar nele* — ela passou direto, trancou-se em seu próprio quarto, pesquisou no Google "Imortalidade Emily Dickinson" e leu poemas até o sol nascer.

EVAN
telefone minha casa

— Eu gostaria que você me deixasse ir com você.

Minha mãe coloca sua tigela de cereal na prateleira superior lotada, um espaço perfeitamente alocado para uma tigela daquele tamanho. No mesmo movimento, ela puxa uma pastilha de sabão de debaixo da pia, joga-a na lava-louça sem olhar, fecha a porta e a bota para funcionar.

Se houvesse algum tipo de Olimpíada de lavar louça, não haveria competição.

— Mãe...

— Não sei o que você quer que eu diga, Evan. As consultas não são nada de mais.

— Ótimo. Então eu vou com você. Nada de mais.

Ela estuda o calendário na parede da cozinha.

— Que tal caçarola de taco para a Noite de Manos esta semana? Eu me sinto péssima por vocês estarem sempre comendo pizza.

— A gente ama pizza.

— Eu poderia fazer o dobro da receita. Assim teria comida para a terça e a quarta-feira.

Sem nem perceber, ela começa a coçar o local em seu peito novamente. Ontem, quando perguntei a ela sobre isso, mamãe disse que era "só uma queimadura da radiação", *que diabos*. Só depois que eu a pressionei, ela explicou que tinha começado a ficar com uma pequena queimadura no formato quadrado do feixe de radiação e que tinha comprado alguns cremes para isso, mas como os tratamentos eram cinco vezes por semana durante dez semanas, não havia realmente nada a fazer a não ser esperar que as dez semanas terminassem. Foi quando eu disse que iria com ela hoje, e ela ficou toda sarcástica sobre eu pensar que poderia protegê-la de uma queimadura, e eu falei que não era disso que se tratava, e aqui estamos nós.

— Supondo que vocês não vão repetir o prato *três vezes* — diz ela, ainda encarando o calendário, se coçando. — Não sei o que há na caçarola de taco que transforma meus filhos em um bando de raposas selvagens.

— Raposada.

— O quê?
— O coletivo de raposas é *raposada*.
— Sério?
— Mãe.
— Espera, como você sabe isso?
— Eu vou com você.

Ela dá as costas ao calendário, e posso ver em seus olhos que ela entendeu meu tom: agora estamos falando como adultos.

— Não, Evan. Não vai, não.
— Você disse que algumas pessoas levam a família. Não gosto da ideia de você estar lá sozinha.
— Que pena.
— Mãe...
— Que droga, Evan, eu preciso tornar isso corriqueiro! — Ela se vira; eu congelo, o sangue correndo para o meu rosto, e quando ela se vira para mim de novo, está sorrindo em meio às lágrimas. — Você sabe quantas mensagens eu recebo de outras mulheres que... Elas estão procurando apoio, alguém com quem compartilhar a experiência, e talvez um dia eu também precise disso. Mas, agora, preciso que seja algo corriqueiro. Eu vou sozinha. Como se fosse um compromisso qualquer. Pode ser?

Engulo minhas próprias lágrimas.

— Sim.
— Ok. — Ela enxuga os olhos com as costas das mãos e se vira para encarar o calendário novamente. — Eu vou fazer a caçarola de taco.

Quando mamãe fez a tumorectomia em agosto, passou pela minha cabeça que alguém deveria contar ao papai. Pensei em ligar para ele, mas então o nome dele apareceu no meu feed do Instagram como uma "sugestão de quem seguir", e porque eu não podia *acreditar* que meu pai tinha uma conta no Instagram, cliquei em seu perfil, onde encontrei um tesouro de fotografias dignas de pesadelos, desencadeando uma de minhas tempestades mais memoráveis. Havia fotos de Stacey na praia. Fotos deles em caminhadas com aquele poodle que parecia uma batata murcha, ou com o filho de Stacey e sua namorada, e, apesar de tudo, a felicidade de papai estava em exibição para todos verem. E assim começou uma nova mentalidade em relação ao meu pai:

— Que se foda — falei naquele dia, jogando o celular na cama.

Mas hoje, enquanto mamãe dirige sozinha para sua sessão de radioterapia, eu decido ligar para ele. Sim, envolve eu dar o primeiro passo, mas dada a minha mentalidade mencionada, é menos um ramo de oliveira e mais um cassetete.

Eu faço a ligação do meu quarto.

— Alô? — responde uma voz que eu não reconheço.

— Hã, oi?

— Ah, oi. É o Evan?

E aqui estava eu, pronto para botar pra quebrar; posso sentir o cassetete sumindo.

— Desculpe, quem é você?

— Sou a Ruth. A namorada do filho da namorada do seu pai.

Mesmo quando parte de mim sente meu espírito sair do corpo, a outra parte reconhece o absurdo do momento. Quase pergunto pelo cachorro batata murcha.

— Acho que isso é meio estranho, né? — diz Ruth, um comentário que não requer nenhuma ação adicional da minha parte. — Greg disse que você vai para o Alasca no ano que vem? Bom pra você, cara. Eu nunca fui, não tenho certeza se conseguiria lidar com o frio, sabe?

Não estou tendo essa conversa com a namorada do filho da namorada do meu pai, que, aparentemente, ela trata pelo primeiro nome.

— O *Greg* tá por aí? — pergunto.

Quando papai atende, quase esqueço por que liguei.

— E aí, filhão.

— Oi, Greg.

Silêncio, e então:

— Ok.

— Seu celular se transformou em um telefone fixo? — pergunto. *(Zing!)*

— O quê? Ah... desculpe. Não. Eu estava... ocupado.

Um rápido registro mental dessa palavra específica proferida dessa maneira específica leva à conclusão de que a ocupação de papai ocorreu no quarto ou no banheiro e, de qualquer maneira, que nojo, mas seguindo em frente.

— Mamãe está com câncer. — Assim. Faça doer.

Silêncio do outro lado da linha. Apenas respiração.

— Não queremos nada de você — digo. — Só pensei que talvez você gostaria de saber que a mulher com quem você passou...

Merda. Quanto tempo eles ficaram juntos? Eu tento calcular rapidamente, mas antes de chegar lá...

— Vinte e um anos, amigão.

— A mulher com quem você passou 21 anos está com câncer de mama, e pensei que talvez você quisesse saber.

De alguma forma, nos momentos de silêncio que se seguiram, a verdade me envolve em uma onda fria de realidade.

— Evan...

— Você já sabia.

— Só porque eu não estou aí, não significa que sua mãe e eu não conversamos.

E ele continua, sempre falando besteira, sobre as várias maneiras como as pessoas podem estar presentes. Ele me diz que está orgulhoso de mim, diz que mamãe está em boas mãos, e eu quero dizer: *Sim, mas não foram minhas mãos que seguraram as dela em um altar e prometeram estar com ela na saúde e na doença...*

— Você é igual a ele — digo baixinho.

— Igual a quem?

Uma das coisas mais brilhantes em *E.T.* é que você nunca vê o pai. Você o sente nos espaços ausentes: quando Elliott e Michael encontram uma de suas camisas velhas na garagem e se lembram do cheiro dele; ou logo no início, quando Elliott faz sua mãe chorar simplesmente mencionando como seu pai foi para o México; e mais tarde, quando Elliott e Michael perdem o toque de recolher e sua mãe tem que sair procurando por eles, nós a ouvimos murmurar a palavra *México* baixinho e percebemos que ela não está brava com os filhos por não terem voltado para casa, mas sim com o marido por ter deixado a família.

Dee Wallace é a atriz que interpreta a mãe. Eu procurei. "México", diz ela, saindo da garagem para encontrar os filhos.

Às vezes, basta uma palavra para comunicar um mundo de emoções.

— Vá se foder, pai.

Às vezes, são necessárias quatro.

UNST, ILHAS SHETLAND
· 1899 ·

Tio Arran amaldiçoou o dia em que a mãe de Ewan morreu. Não por causa de qualquer amor extraordinário que sentisse pela mulher, mas por causa das tintas que ela deixou para o jovem Ewan. Muitas vezes ele franzia a testa para Ewan, murmurava algo sobre aquilo ser perda de tempo, e o rapaz dava de ombros, como se para demonstrar o quão pouco as tintas significavam para ele.

Uma mentira. Ele amava pintar mais do que tudo.

Ewan passava os dias no barco pesqueiro tipo sixareen com o tio, pescando arenque ou bacalhau na costa norte. Era um trabalho cansativo; nos finais de tarde, tio Arran desmoronava na chácara e declarava em um grande suspiro:

— Benzadeus, como é bom tá em casa!

Ewan fingia concordar, mas a verdade era que ele *não* se sentia confortável — nem em casa, nem na própria pele. A cada semana, ele contava os dias para sua única folga, quando finalmente podia levar suas tintas para a costa e se permitir ser ele mesmo.

Nascer e crescer em um lugar é confundir sua peculiaridade com a normalidade: Ewan sempre foi solitário, só nunca soube disso.

Embora, com certeza, menos solitário quando sua mãe estava viva. Naquela época, eles ficavam juntos na beira do mar, contemplando o horizonte distante — a Noruega estava a apenas trezentos quilômetros de distância — e imaginando navios vikings e o terror de invasões iminentes e as batalhas que se seguiram, e Ewan sentia o cheiro do peixe, ecos de seu passado antigo misturados com seu presente, ali, naquela ilha escondida no Atlântico Norte. Ele supôs que era bonito — praias arenosas e falésias costeiras, pastagens ondulantes com ovelhas —, mas, aos 14 anos de idade, era uma linha tênue entre a beleza e o tédio. Ewan ansiava por mais, embora não soubesse dizer mais do *quê*, apenas que se sentia mais próximo de alcançar o que quer que fosse enquanto pintava.

Ele se limitava a pequenas pedras na praia, pintando quadros em miniatura para não desperdiçar muito estoque de uma só vez. No entanto, às vezes o desejo sem nome ardia muito forte para pequenas rochas e, quando isso acontecia, Ewan recuava para uma parte da praia onde a parede do penhasco era plana e voltada para o norte, velada aos olhos curiosos de seu tio.

Ali, naquela alcova escondida, Ewan a pintava.

Ele não tinha um nome para a garota. Qualquer tentativa de dar a ela um nome parecia um exagero e, como ela não existia em nenhum lugar além do mar de sua mente, Ewan se contentava em pintá-la contra a rocha fria. A garota tinha sardas e cabelo solto e usava uma faixa na cabeça. A faixa em si era distinta por suas asas, uma de cada lado da cabeça, como se a garota estivesse prestes a levantar voo. Adequado, dado o fato de que Unst estava repleto de aves marinhas. Elas se juntavam a Ewan com frequência na alcova secreta, reunindo-se e batendo as asas, lamentando-se e mergulhando enquanto ele trabalhava. Em seu caos, Ewan encontrou calma e uma certa inspiração quando se tratava das qualidades mais sutis do rosto da garota: como uma ave marinha, ela não estava presa nem à terra nem à água.

Somente quando terminava um retrato, recuando para admirar seu rosto, Ewan conseguia concordar com seu tio.

— Sim — dizia ele. — Benzadeus, como é bom tá em casa.

Tudo conta uma história. Algumas histórias nascem no lugar errado, na hora errada. Algumas precisam ser pintadas em seu devido lugar. Isso é o que Ewan estava pensando em uma brilhante manhã de primavera, quando o tio Arran lhe disse para fazer as malas.

— Vamos, garoto — foi tudo o que seu tio disse, e Ewan sentiu uma agitação na alma.

Pelo menos duas vezes por ano, tio Arran desaparecia na cidade mais próxima com suprimentos de lã e arenque salgado, apenas para voltar dias depois com as mãos vazias e os olhos roxos, inundando a chácara com o cheiro acre do álcool. Aquela era a primeira vez que Ewan tinha sido convidado para acompanhar o tio à cidade, e enquanto parte dele se perguntava sobre a mudança de opinião, ele suspeitava que a resposta se encontrava na tosse cada vez pior de Arran. Seu tio não era jovem, nem saudável, nem particularmente caloroso, mas também não era cruel. Se ele fosse deixar esta terra, ele não deixaria seu sobrinho encalhado nos ventos do norte.

Era uma viagem de um dia inteiro. Enquanto viajavam, Ewan ouviu seu tio cantar canções em norn, sobre barcos e fortes vendavais. *"Starka virna vestalie, obadeea, obadeea"*, cantava Arran, e Ewan perguntou-se sobre a vida de seu tio, quem ele era agora, quem ele poderia ter sido no passado.

Na cidade, Ewan viu coisas que só havia imaginado: prédios de pedra, becos e lojas, um cais com navios e barris rolando. As colinas ainda lá estavam, a costa e os prados, vestígios do passado misturados com o presente. Um mundo que ele conhecia sob um mundo novo.

— Num fica parado aí que nem um potro sem arreio — disse o tio Arran, e Ewan correu atrás dele, descendo uma rua, depois outra. Por fim, Arran apontou para uma varanda, disse a Ewan para esperar e então desapareceu dentro de um prédio.

Ewan sentou-se e esperou. Ele tentou deixar seus sentidos se aclimatarem ao burburinho da cidade.

Minutos se passaram quando, do barulho, uma música começou a surgir, uma melodia alta e cadenciada diferente de tudo que ele tinha ouvido antes. A música surgiu de um pequeno aglomerado de tendas na rua, que vendiam mercadorias. Ewan olhou para as tendas enquanto a balança de sua mente pendia para um lado, depois para o outro: a possível repreensão de seu tio pesava contra sua própria curiosidade. No final, não houve competição.

Ele se levantou, correu pela rua; entre os vendedores havia lavradores, carpinteiros, pescadores. Mas quando ele finalmente localizou a canção, ele mal podia acreditar no que estava vendo: uma tenda cheia de pinturas. Ele entrou na tenda como se estivesse entrando em uma igreja: reverente, temeroso, infinitamente consciente de suas próprias deficiências. Pinturas em tela estavam por toda parte, empilhadas em mesas e em caixotes. Temporariamente distraído pela abundância de cores, ele esqueceu a música e, em vez disso, vasculhou a caixa mais próxima para encontrar pinturas de ruas de paralelepípedos, de navios navegando no oceano. Havia pássaros e instrumentos musicais e uma curiosa representação de uma mulher afundando nas ondas, com um pequeno sorriso no rosto. Quando ele estava prestes a ir embora (certamente, tio Arran descobriria sua ausência a qualquer momento), Ewan congelou, sentiu seu coração se apertar...

Ele olhou para a pintura, se perguntou como poderia ser possível. Ele ficou chocado, é claro, perplexo, mas não havia dúvida. O cabelo, os olhos, o nariz com aquela ponta que ele sempre havia odiado...

Estava tudo lá. *Ele* estava todo lá.

Era ele na pintura. Era como olhar em um espelho.

— Um belo dia — disse a voz calma atrás dele, e quando Ewan se virou, ele se viu cara a cara com uma garota de sua idade, sardas espalhadas pelo rosto, cabelo preso para trás por uma faixa com asas. — Achei você — disse a garota, e, por um momento, eles se encararam, duas almas pintadas no lugar certo, e o coração de Ewan saltou do peito para a garganta, voou direto de sua cabeça para o céu, amarrado nem por terra nem por água.

PARTE
·QUATRO·
SONATA

EVAN
esse fantasma não é sua filha

AINDA ESTOU ME VESTINDO quando a campainha toca. No andar de baixo, escuto Will deixá-la entrar, e agora o som de uma discussão murmurada, a Grande Inquisição que mal posso imaginar, e quando termino de colocar o icônico chapéu de "faca na cabeça" e desço as escadas, Will está interrogando Ali.

— Eu não entendo — diz ele.

Os olhos de Ali dizem: *Socorro*.

Eu dou de ombros, como se dissesse: *Eu te falei*.

Ela volta a olhar para Will.

— Você já leu *O senhor dos anéis*, certo?

— Eu só tenho sete anos.

— Certo. Ok. Bem. Tem um hobbit chamado Frodo Bolseiro.

— Você é o Frodo?

— Melhor ainda. Eu sou o primo rebelde de Frodo, *Alfredo* Bolseiro.

Depois de uns oito segundos de Will só encarando Ali, entrego a ela a máscara do E.T. e um grande lençol branco, que ela aceita com uma resignação cansada.

— Eu realmente pensei que este seria o ano — diz ela, obedientemente colocando a máscara.

— Alfredo Bolseiro?

— Achei engraçado.

Ali joga o lençol sobre toda a fantasia, com a máscara do E.T. e tudo. Dou um tapinha nas costas dela, digo que sempre teremos o próximo ano, sabendo muito bem que ela será o E.T. todos os anos até que Will não queira mais, e, nesse ponto, a fantasia de Halloween de Ali será a menor das minhas preocupações.

Mamãe sai do quarto vestida como a mãe de Michael e Elliott no filme e, para ser justo, ela domina completamente o conjunto de máscara de gato com estampa de oncinha. Will, é claro, está vestido como Elliott — ou realmente, ele sempre é, mas agora ele está vestido como Elliott modelo

Halloween, trocando o moletom vermelho por um cinza e adicionando pintura facial cinza e uma capa.

— Certo, pessoal — diz minha mãe, segurando a câmera Polaroid, chegando a fazer uma citação do filme antes de tirar nossa foto: — Ah, vocês estão ótimas?

Depois de algumas poses, Will se vira para Ali com todo o estoicismo de um gato entediado. Sob o fino lençol branco, Ali encontra seu olhar até finalmente ceder e se agachar em sua melhor imitação física da estatura de E.T. Depois de mais algumas fotos, saímos para uma noite digna de *fanfics* de doces ou travessuras.

Cerca de duas horas depois, retornando como heróis, jogamos os doces no chão da sala, relatando os pontos altos de horror e hilaridade para mamãe, e juntos nos voltamos para a TV, nossos espíritos cheios de boa vontade macabra, prontos para experimentar o verdadeiro significado do Halloween: a exibição anual de *E.T.*

Sim, Will e eu vimos o filme cerca de cinquenta vezes desde o último Halloween, mas mamãe e Ali não viram desde então, e mesmo que tivessem visto, você não mexe com as tradições de Halloween dos Taft/Pilgrim. Por fim, chegamos à parte do filme em que os personagens estão pedindo doces ou travessuras, e como nossas fantasias eram tão requintadas, quase parece que os atores no filme estão fantasiados como *nós*. Na cena, as crianças estão tentando tirar o E.T. de casa sem que a mãe perceba, então colocam um lençol na cabeça dele e fingem que é a irmãzinha, e a mãe dele fala algo como: *Ah, Gertie, você é um fantasminha tão fofo*, e se eu tenho uma reclamação com o filme, é esse ponto da trama.

— Espera aí — diz Ali.

— Não faça isso — eu digo.

— Só estou tentando esclarecer.

— Não vale a pena.

Ali aponta para a tela.

— Eu entendo que a mulher está com muita coisa na cabeça, mas... ela realmente acha que E.T. é filha dela?

— Estou com Ali. — Mamãe desembrulha uma bala comprida e a deixa pendurada na boca enquanto fala. — Nunca fica muito claro o que está acontecendo aqui.

Will pega o controle remoto, pausa o filme e começa a explicar em detalhes *exatamente* o que está acontecendo e o porquê. Eu adoro quando ele fica assim, como se fôssemos pacientes em uma sala de espera e ele estivesse explicando: "Oi, sou Will Taft e temo que vocês tenham um caso grave de tipicidade chata aguda."

Nem preciso dizer que, quando ele termina, ele aperta o play e ninguém faz outra pergunta pelo resto do filme. E na cena final, empolgados com açúcar e sentimentos, nós quatro choramos abertamente, e sei lá — algumas famílias jogam golfe juntas, algumas fazem tortas, algumas fazem jardinagem ou vão à praia. Já nós, choramos juntos vendo filmes água com açúcar.

— Certo, Will. Hora de ir pra cama. — Minha mãe dá um tapa nos joelhos, faz um barulho terrível para se levantar do sofá, e não posso deixar de me preocupar. Então ela chama minha atenção, sorri, e eu me preocupo com *isso*. Ela está sorrindo porque está bem ou está sorrindo para evitar que eu me preocupe porque ela não está bem?

— O que você diz para Evan e Ali depois de outro Halloween especial? — ela diz para Will.

Will tropeça até Ali, joga ambos os braços em volta do pescoço dela.

— Você foi um E.T. muito bom — afirma ele, e Ali o abraça de volta, meio que dizendo "Obrigada, Will", em uma mistura de sarcasmo e amor.

E agora ele está na minha frente, aqueles bracinhos bem abertos, a cabeça inclinada para o lado, e me ocorre que pelo resto da minha vida — de agora até o dia da minha morte — cada abraço será comparado a esse.

— Meu coração brilha para você — diz Will em meu ouvido.

— Eu estarei bem aqui — eu respondo.

E considero a física do amor, me pergunto como é possível caber o mundo inteiro em um abraço.

SHOSH
últimas vezes

Era o tipo de noite de outono em que as estrelas pareciam chuva, o céu como um guarda-chuva se inclinando para protegê-la. Shosh estava sentada na janela aberta de seu quarto, as pernas balançando, sua atenção dividida entre a sinfonia acima e a cacofonia abaixo. A vizinhança estava cheia de crianças fantasiadas, espalhando-se e reunindo-se como formigas encontrando uma migalha. Os pais seguiam os mais novos, enquanto os mais velhos usavam fantasias mais sangrentas e sensuais e, por baixo de tudo, a cantora-fantasma cantava sobre perda, amor e árvores na neve.

Esta era sua vida agora: um filme com sua própria trilha sonora original.

Ela esvaziou o resto da lata, desceu as escadas, pegou outra na geladeira; de volta ao andar de cima, no chão de seu quarto, ela puxou uma garrafa de vodca de debaixo da cama. Pela janela aberta, Shosh esvaziou metade da Coca Diet nas roseiras moribundas dois andares abaixo, depois encheu a lata de novo com a bebida.

Do outro lado da rua, um unicórnio ria com um Jack Skellington de *O estranho mundo de Jack*.

Um grupo de super-heróis, tanto da Marvel quanto da DC, atravessa um quintal juntos.

Uma família de crianças com uniformes dos Cubs e dos White Sox.

Quão harmonioso era o mundo na noite de Halloween.

Seu telefone tocou; ela o puxou para atender uma chamada de vídeo recebida da sra. Clark, mas, quando ela deslizou para abrir, um rosto diferente olhou para ela.

— Bem, olá, Baby Yoda — disse ela, sorrindo.

Possivelmente com a voz mais fofa de todos os tempos — muito sério e com um leve ceceio de bebê —, Charlie respondeu:

— Eu shou o Grogu.

— Certo. — Shosh assentiu. — Desculpe, Grogu.

Charlie esticou o pescoço, como se tentasse enfiar a cabeça pelo telefone.

— E você é quem?

— Eu sou... — Shosh fez uma cara assustadora e transformou uma mão em uma garra — *uma criatura da noite* — disse ela com uma voz rouca.

Charlie riu e gritou, largou o telefone e saiu correndo. Por um segundo, Shosh ficou olhando para o teto da sala da família Clark, até que a sra. Clark atendeu o telefone.

— Oi, desculpe. Ele insistiu em ligar para mostrar a fantasia dele.

— Estou feliz que ele fez isso. Grande noite para o carinha.

— Você não tem ideia. Estávamos na metade do doce ou travessura quando, de repente, ele precisou fazer xixi. O que, não vou incomodá-la com os detalhes do treinamento para acertar o vaso, mas digamos que foi uma *grande* vitória agora. Como você está?

— Ah, sabe, só sentada aqui observando a vizinhança perder a cabeça.

— Por favor, me diga que você não está naquela janela de novo.

— Eu não estou na janela de novo?

Ela viu primeiro nos olhos da professora — a transição de jovial para azedo — e Shosh sabia que ela estava perdida.

— Posso te fazer uma pergunta? — disse a sra. Clark.

— Ok.

— Por que você acha que bebe?

O assunto foi aludido, elas dançaram ao redor dele, mas nunca o abordaram diretamente. Shosh poderia facilmente listar uma centena de pequenas razões — e uma razão tão grande que ameaçou consumi-la de dentro para fora —, mas tudo que ela falou foi:

— Por que não? Não é como se eu fosse dirigir depois.

A sra. Clark estremeceu, desviou o olhar — provavelmente em direção ao banheiro, onde o pequeno Charlie estava cuidando dos assuntos dele.

— Não tenho tempo para isso agora — disse ela, suspirando e voltando a olhar para Shosh. — Estou feliz que você não dirige, Shosh. Isso me diz que você está considerando a segurança e o bem-estar dos outros. Eu só gostaria que você tivesse a mesma consideração consigo mesma.

Quando a ligação terminou, Shosh percebeu que a sra. Clark havia deixado de lado seu pedido habitual para Shosh contar a ela uma coisa sobre Stevie. Era uma coisa pequena e, obviamente, a sra. Clark tinha suas próprias merdas para se preocupar naquela noite, mas deixou Shosh se sentindo incompleta.

— Uma coisa sobre ela — disse Shosh para a movimentada vizinhança abaixo — era que ela adorava gostosuras ou travessuras.

Lá embaixo, uma criancinha com uma fantasia de fantasma estava gritando com um Darth Vader por ter ficado para trás, e Shosh teve uma lembrança repentina: ela tinha 12 anos, Stevie, 14. Elas sempre saíam para gostosuras ou travessuras juntas, só que, naquele ano, Stevie trouxera uma nova amiga. Shosh não conseguia lembrar o nome dela, mas a garota apareceu na casa deles sem fantasia e ficou encarando o telefone a noite toda, e Shosh ficou tão brava com Stevie por trazer aquela garota. No ano seguinte, Stevie disse que se sentia velha demais para sair fantasiada, o que fez do ano com sua amiga estúpida a última vez que passaram juntas pedindo gostosuras ou travessuras.

Seu telefone tocou com mensagens de texto da sra. Clark:

Vamos conversar logo, certo? Estou aqui.
E me faz um favor?
Saia da maldita janela, pfv e obg

Empurrando-se para trás na cama, Shosh considerou as palavras da pergunta inicial da sra. Clark: Não *Por que você bebe?*, mas *Por que você acha que bebe?* A inclusão do *acha* implicava que a sra. Clark tinha a própria opinião sobre o assunto. Se você vai fazer uma pergunta imponente, formulada de forma a deixar claro que você tem sua própria resposta, deveria ser forçado a apresentá-la, pensou Shosh, irritada, voltando ao tópico.

Shosh: Saí da janela, tá feliz agora?

Sra. Clark: Muito feliz, obrigada

Shosh: Então...
Por que *você* acha que eu bebo?

Sra. Clark: Você é a única que pode responder isso

Shosh: Ela se foi. E nunca mais vai voltar

Sra. Clark: Eu sei
E não duvido disso
Mas às vezes penso...
...
...
É possível perder algo tão grande que ofusca outras perdas.

Shosh estava chateada. Stevie tinha sido sua lua. A sra. Clark sabia que isso era verdade, mas, aparentemente, perder a lua não era motivo suficiente para querer anestesiar a dor. Ela jogou o telefone no chão, olhou para o teto, ouviu os sons distantes de crianças implorando por doces.

Sua mãe, como professora, sempre adorou a sra. Clark. "Os melhores não ensinam, mas levam os alunos ao lago do conhecimento", ela gostava de dizer. O que combinava com a sra. Clark. Obter respostas diretas sempre havia sido um desafio; em vez de responder à sua pergunta, ela a pegaria calmamente pela mão e a levaria até a água.

É possível perder algo tão grande que ofusca outras perdas.

Shosh fechou os olhos e tentou se lembrar da última vez que estivera no palco — de fato no palco, não em uma neblina aleatória e bêbada —, mas não conseguiu. Por anos, o teatro a consumiu, mas, como um último ano de gostosuras ou travessuras, você nem sempre sabe que sua última vez está chegando até que ela se vá.

EVAN
migrações impossíveis

— Eu não diria que penso em gambás *todos* os dias.
— Muito sensato da sua parte.
— Eu me pergunto sobre o xixi deles, no entanto.
— Você é humano, afinal.

Estou no chão do meu quarto ao lado de Ali, meio assistindo a *O estranho mundo de Jack* no meu laptop, segurando firme o espírito do Halloween. Estou com meu bloco de desenho, desenhando Jack e Sally como vampiros; do outro lado do corredor, mamãe ainda não saiu do quarto de Will. Aposto que ela adormeceu na cama dele. Ela sempre faz isso.

— Tipo... as coisas que eles pulverizam para afastar os predadores — diz Ali. — É mijo de gambá?
— Você sabia que centenas de novas espécies oceânicas são descobertas a cada ano?
— Elas são tão evoluídas que aprenderam a usar a urina como arma?
— Faz um homem se perguntar que tipo de frutos do mar ele *poderia* estar comendo, é tudo o que estou dizendo.
— Sonhei uma vez que fui perseguida por um peixe com pés — diz Ali.
— Ele pegou você?
— Eu me escondia em uma hamburgueria no último segundo.
— Bem, agora eu quero um hambúrguer.
— O que você acha que isso significa?
— Acho que os desejos de hambúrgueres são bastante diretos.
— Meu sonho, Eve.
— Bem, aí está óbvio — eu digo.
— Óbvio?
— Você não pescou uns quatro baldes de peixe com seu tio no verão passado? Faz sentido que agora eles queiram pegar *você*.

Uma leve batida na porta e mamãe enfia a cabeça para dentro.
— Oi, pessoal.
— Oi — respondo. — Pensei que você tivesse dormido lá dentro.
Um enorme bocejo.

— Dormi, na verdade. Aquele garoto tem a cama mais macia da casa.
— Como ele conseguiu?
— Sendo um docinho. — Ela aponta para o meu computador no chão à nossa frente. — Jack na Terra do Natal?
— *Cidade* do Natal, mãe.
Ali respira fundo.
— Ainda bem que Will não está aqui; ele ficaria muito possesso.
Minha mãe fica sem jeito, e então explica como, embora o lugar seja tecnicamente chamado de "Cidade do Natal", mais tarde, na cena da prefeitura, Jack se refere a ele como "Terra do Natal" em uma música. Depois de nos esclarecer, ela assiste a uma cena por um segundo e cantarola a música junto com o filme antes de bocejar novamente.
— Ok, crianças. Vou para a cama.
Eu me levanto do chão, atravesso o quarto e a abraço.
— Esta noite foi boa — diz ela.
— Esta noite foi ótima.
Um rápido adeus a Ali, e então mamãe vai embora, e Ali diz:
— Sua mãe é minha heroína.
— Minha também.
— Você disse que ela conseguiu um segundo emprego?
— Sim. Por quê?
— Por nada. Ela acabou de parecer mais perdida do que o normal. E parece cansada.
Não sei quanto tempo mais vou conseguir manter o câncer da mamãe em segredo para Ali. Não tenho ideia do motivo de ser tão difícil contar a ela, mas a principal teoria é que meu cérebro tem seu próprio cérebro, que tem uma mente própria, e, quer dizer, essa merda não está nas minhas mãos.
Ali pega meu esboço inacabado de Sally sugando sangue do pescoço de Jack.
— Juro por Deus, Evan. Se você acabar indo para a faculdade e não for para a escola de arte, eu vou te matar. Isto é brilhante.
— É só um rascunho.
Eu pego o bloco de volta.
Ali balança a cabeça, dizendo:
— Evan, Evan, Evan.
— Para com isso.
— Evan, Evan, Evan, Evan.
Tivemos uma versão dessa conversa no aniversário dela, alguns anos atrás, quando lhe dei de presente um desenho emoldurado de Mulder e

Scully em uma pista de boliche com David e Alexis Rose. O lance é que eu sei que meus desenhos não são *ruins*. Mas também sei o quanto você tem que ser bom para ser bom. E não estou nem perto.

— Qual é a última novidade da Nightbird? — pergunta Ali.
— Nada de novo desde nosso passeio até o Farol de Inverno.
— Deixa eu ver as letras de novo?

Abro minhas anotações e entrego o celular para ela. No meu laptop, Jack reúne todos na Cidade do Halloween para se unirem e roubarem o Natal.

— Will contou que as músicas desse filme foram escritas antes do roteiro. Você pode imaginar? Quer dizer, a simples coordenação necessária...
— "Descendo a Brooklyn".

Ali deixa cair meu telefone, pega o dela.
— O quê?

Enquanto digita e rola o celular, ela fala:
— Você não desce uma cidade. Você *atravessa* uma cidade. Sabe pelo que que você *desce*?

Ela sorri e passa o telefone para mim. Está aberto no aplicativo de mapas, ampliado no meu bairro.

— Brooklyn Way — eu leio. — É uma *rua*!
— E olhe. — Ela aponta para um ponto no telefone onde a Brooklyn cruza com a Division. — É isso, né? O Farol de Inverno?
— Alfredo Magalhães Bolseiro.
— Todo mundo usa o navegador Magalhães.
— Alfredo Ernest Shackleton Bolseiro.

Levantamos num pulo, calçamos nossos sapatos, casacos, chapéus.
— O que ele encontrou mesmo? — pergunta Ali.
— A Antártica, eu acho.

Estamos no meio da rua antes que qualquer um de nós perceba que deixamos Jack e Sally para se defenderem sozinhos.

— Muitas pessoas amam *Hamilton*, mas só uma família tem uma parte da casa chamada Lin-Manuel Varanda.
— Para ser justo — diz Ali —, acho que vocês são a única família cujo pátio dos fundos tem um nome.

Ela sopra nas mãos, o nariz vermelho como uma beterraba, e embora seja tarde da noite de Halloween, nossa pequena vizinhança está deserta, as ruas silenciosas e frias, a lua uma maçã néon, grande e madura. É o tipo de noite que te deixa com vontade de criar problemas (até parece), como jogar ovos em uma casa (certo) ou jogar um rolo de papel higiênico em uma árvore (nem pensar). Ali e eu nunca faríamos esse tipo de coisa, mas é esse sentimento de possibilidade que dá vida à noite, que a faz zumbir como uma colmeia.

Descemos o meio da rua como se tivesse o nosso nome.

— Evan?

— Sim.

— Perguntei sobre sua inscrição para a Headlands há dois quarteirões.

— Certo.

— E você meio que descarrilou.

— Não, eu perguntei se você tinha visto *Moana*, que levou à tangente do Miranda. Eu estava trabalhando para encontrar uma resposta.

— Ok.

— Então você já viu?

— Você quer dizer a história épica de Moana de Motunui, presumível herdeira do trono, que arrisca tudo para encontrar o semideus Maui a fim de salvar seu povo da destruição certa? Sim, eu já vi. Não sou uma bárbara completa.

Da Chestnut até a Ash, cortamos para a primeira das ruas da bússola: Southview, Westlawn, Eastbrook. Conto a Ali sobre uma das redações que escrevi para Headlands, que me pediu que considerasse um livro ou filme favorito e explicasse por que ele me afetou tanto.

— E você não vai fazer *E.T.*?

— Eu pensei sobre isso. E então imediatamente comecei a meditar sobre o assunto, tentando pensar por onde começar. De qualquer forma, tenho certeza de que isso é um choque, mas *Moana* me faz chorar.

— *Sacrebleu!*

— Certo, mas veja, eu choro em lugares estranhos. Como a cena em que ela é pequena e encontra a água pela primeira vez. Sente o chamado do mar. Eu sempre choro com isso. E Will nunca diz uma palavra, apenas deita no meu colo.

E me pergunto as propriedades mágicas de caminhar com uma amiga à noite, como isso relaxa os lábios e a alma. Acabamos por cruzar para uma parte mais nova do bairro onde os planejadores da cidade estavam menos preocupados com a bússola e mais preocupados com a aliteração do primeiro nome: Rhodes Road, Sage Street, Daphne Drive. Depois de virar à esquerda na Adalynn Avenue, perto da Division, o ar muda e, alguns minutos depois, estamos no cruzamento com a Brooklyn, ao pé do Farol de Inverno.

— Você ainda não respondeu à minha pergunta — diz Ali.

— O prazo de inscrição é 30 de novembro.

Ali pula no frio, olhando para a casa.

— Eu sei que Headlands é o mar para a sua Moana, Eve. O que eu não entendo é essa nova atitude sempre que você fala sobre isso. Como se você soubesse que não vai rolar.

Ficamos ali parados, nossa respiração indo e vindo em pequenas flores finas, desabrochando e morrendo diante de nossos olhos. Nada prova sua própria mortalidade como respirar em uma noite fria.

— Mamãe está com câncer de mama.

As baforadas de Ali desaparecem. Então, uma longa baforada:

— Merda.

— Ou eu acho... que ela *tinha*? Eu realmente não sei como...

— Ela tá bem?

— Ela fez uma mastectomia no final de agosto.

— *Merda*, Eve.

— O oncologista diz que tivemos sorte. Pegamos cedo, então não se espalhou. Ela não precisa de quimioterapia.

— Isso é ótimo. Quer dizer, isso é ótimo, certo?

— Sim.

— Então...

— Ela está no meio do tratamento de radioterapia.

— Eu sempre pensei, por algum motivo, radiação e quimio...

— Há um milhão de maneiras pelas quais isso pode acontecer. Às vezes, a radioterapia e a quimioterapia andam juntas, às vezes não. No caso da mamãe, retiraram o caroço durante a cirurgia, mas também alguns gânglios linfáticos para ver se o câncer havia se espalhado, o que não aconteceu. A radioterapia garante que não haja células cancerígenas remanescentes. E então tem o tratamento hormonal por tipo... cinco anos, eu acho.

— Seu pai sabe?

— Sim, sabe, e foda-se. Não veio visitar uma vez, mas acho que eles conversam, o que é novidade pra mim.

Ali pergunta se há algo que ela possa fazer, e eu digo que provavelmente é melhor ela não mencionar isso a ninguém, nem mesmo à mamãe, que tem sido muito reservada sobre a coisa toda.

— Outros sobreviventes do câncer têm ligado, enviado mensagens de texto. Amigos de amigos, principalmente, pessoas que ela mal conhece, procurando alguém com quem compartilhar a experiência. Mamãe é legal, claro, mas ela não quer fazer parte disso.

— Espere, a mastectomia foi no final de agosto, você disse.

— Sim.

— Então, quando ela te contou?

— Na noite antes da festa de Heather.

Um instante, a revelação nos olhos de Ali, a mesma que tive com Maya, sobre por que saí naquela noite. Você entendeu, Ali? Todas as coisas se inclinam para a atrofia. Se a carroceria é uma máquina, seu resultado final é inevitável: quebrado e abandonado, um carro enferrujado na beira da estrada. Por favor, me diga que agora você entende por que não posso ir embora.

— Essa é toda a questão, então — afirma Ali, suas baforadas, pequenas provas de vida. — Você não está preocupado que não vá passar em Headlands. Você tá preocupado que talvez *passe*.

E então eu entendo por que resisti em contar a Ali. Eu a conheço bem o suficiente para saber que não será o suficiente. Ela vai me pressionar para ir de qualquer maneira, e eu vou ter que me defender, dar a ela minha lista de razões pelas quais Headlands não vai funcionar, mostrar a ela todas as maneiras pelas quais pode dar errado.

Maya chama isso de *catastrofizar*. Distorção cognitiva. Jogando cada situação para o seu maior desastre.

Eu chamo isso de planejar com antecedência.

É assim: O que vai acontecer com Will? Papai se foi, mamãe está doente e, mesmo que ela melhore, e se...

Ele volta. O câncer faz isso. E mesmo que não, e se...

Ela sofre um acidente de carro. Ou desmaia e bate a cabeça na calçada? E se...

Papai nunca volta, e Will cresce sem pai *ou* sem irmão mais velho? E se...

Meu pai *volta*? E se ele quiser *ficar*, e mamãe está fraca por estar doente, e Will está fraco por ter sete anos, e a voz de ninguém é forte o suficiente para dizer a papai que ele teve sua chance, e se...

Há um tornado, ou uma inundação, ou pedaços de um avião explodido caem do telhado, ou...

Guerra nuclear e não estou aqui para protegê-los dos necrófagos de uma Terra devastada, ou doenças transmitidas pelo ar e não estou aqui para protegê-los, ou coisas que nunca considerei, eventos que nunca previ, e se eu não estiver aqui para enfrentar todas as ameaças anônimas possíveis?

"Aprenda a investigar seus próprios pensamentos e você poderá se autocorrigir", Maya sempre diz. "Isso se chama *des*catastrofizar."

Eu tento. Realmente tento. Sei que meus medos não são lógicos ou prováveis. O problema é que a lógica e a probabilidade raramente levam a uma catástrofe. Se acidentes de avião fossem prováveis, ninguém jamais voaria. Se as pontes desmoronadas fossem lógicas, todos seguiríamos o caminho mais longo. A improvável falta de lógica é exatamente o que torna a catástrofe tão catastrófica. Então, adoraria viver em um mundo onde a busca do meu próprio sonho não fosse potencialmente prejudicial para aqueles que mais amo, mas estou muito ocupado vivendo em um mundo cheio de possibilidades.

As pessoas falam disso como se fosse uma coisa boa.

Assim como diz a música, descemos a Brooklyn. Em pouco tempo, um trecho de casas termina abruptamente no parque Willow Seed, um playground minimalista cheio de árvores frondosas, com um velho balanço, um escorregador, um carrossel. Mamãe e eu costumávamos vir aqui antes de Will nascer.

Todas as casas estão escuras, a rua, abandonada, o parque Willow Seed, vazio.

— Qual é a letra mesmo? — pergunta Ali.

Vagando por ruas que não conhecemos, nomeando medos que possuímos, nossas vidas reencarnadas em uma respiração fria após a outra... parece certo que eu deva recitar letras que nenhum de nós pode compreender completamente.

Quando termino, Ali está pulando de novo, tentando fazer o sangue fluir.

— Então, eu acho que vou cursar medicina — diz ela. — Me especializar em oncologia.

— Sério?

— O quê? Você não acha que eu seria uma boa médica?

Sempre que surge uma conversa sobre o futuro, Ali é a mais casual do grupo, sua sensibilidade artística torna fácil preencher os espaços em branco por conta própria: o loft estilo Bushwick com tijolos aparentes, todas as telas descuidadas e tinta no cabelo; o cenário de algum filme independente, diretor ou diretor de fotografia; alguma aldeia antiga no Himalaia, capturada em sua premiada fotografia.

— Além de *Arquivo X*, eu não sabia que você se interessava por ciência.

Ali sorri.

— Eu te amo por confundir ciência com ficção científica. E talvez em um nível subconsciente, Scully tenha sido uma inspiração inicial. Mas comecei a pensar em ser médica há dois verões.

— O que aconteceu há dois verões?

— A rampa para bicicletas aconteceu há dois verões.

Eu vislumbro Ali voando no ar, tendo dado o salto em uma velocidade muito alta, descendo em um ângulo estranho e aterrissando a uma distância de 3,5 metros da rampa.

— O dr. Flomenhoft era foda — diz ela. — Cheguei ao ponto em que não *odiava* ir às consultas. E havia uma técnica de enfermagem encarregada pelo gesso, e *ela* era foda, e eu apenas pensei: talvez essa seja o meu lance.

Muitas vezes imaginei Ali como uma planta no canto que só é regada a cada poucos dias, então está viva, sim, mas nada perto do que poderia ser nas condições certas. Não que seus pais e amigos não apoiem, mas às vezes, quando uma pessoa está tão à vontade em sua própria pele, você não dá valor a ela. Eu a conheço há mais tempo do que qualquer um, e seu futuro sempre foi um mistério. Acho que minha verdadeira esperança era que, onde quer que ela acabasse, as pessoas soubessem como regá-la adequadamente.

— Você sabe o que eu acho? — indago.

— O quê?

— Acho que você seria uma excelente médica. Provavelmente a melhor de todos os tempos.

— Obrigada.

No feixe de um único poste de luz, ficamos literalmente no fim da rua, sentindo o peso da metáfora.

— Você sabe o que eu acho? — indaga Ali.

— O quê?

— Acho que desistir de algo preventivamente porque você tem medo de que não dê certo é natural, mas isso não o torna certo. — Ela se vira, olha para mim. — Acho que você deveria deixar o amor de seu irmão torná-lo melhor, não inferior. Acho que você deveria escrever a redação.

E, simples assim, minha lista de motivos se desintegra.

Nós dois olhamos para a lua gigante, como se ela pudesse explicar o que estamos fazendo aqui, o que as músicas significam, o que devo fazer sobre Headlands, tudo isso.

— Quantas espécies marinhas você disse mesmo? — pergunta ela.

— Centenas de novas espécies são descobertas a cada ano.

— E as pessoas pensavam que os pássaros migravam para a Lua...?

— Com certeza.

Por fim, voltamos para casa e, quando penso em todas as coisas ao longo da história em que as pessoas acreditaram, mas que acabaram se revelando falsas, parece tolo pensar que sabemos de alguma coisa com certeza agora. Mas acho que essa é a condição humana: acreditar em migrações impossíveis.

SHOSH
conexões perdidas

A NOITE ARTÍSTICA DAS CRIANÇAS IVY era um programa tradicional na semana anterior ao Dia de Ação de Graças, em que os alunos da escola Iverton Elementary exibiam suas habilidades artísticas em uma das três categorias: uma mostra de arte visual apresentada nos corredores da escola; a leitura de um texto original apresentada na biblioteca; ou uma performance teatral apresentada no palco do ginásio.

E era tradição Shosh ajudar na aula de sua mãe; nos últimos anos, ela trazia um amigo da escola e eles ajudavam a reunir as crianças no palco, dando-lhes dicas e rindo baixinho da variedade de travessuras do primeiro ano que passavam por arte performática.

De quem era essa vida encantada, ela se perguntava agora, observando dos bastidores enquanto um grupo de crianças pequenas se contorcia nos momentos antes do número de abertura, uma cena do *Mágico de Oz*.

— Você sente saudade, não é?

Shosh virou-se para encontrar sua mãe ao lado dela, de olhos nas crianças.

— Saudade do quê?

Enquanto ela observava seus alunos, os cantos da boca de Lana Bell se curvaram para cima e, embora ninguém em sã consciência pudesse chamar aquilo de sorriso, foi o mais próximo que ela chegou em meses.

— Eu sei que você acha que voltei ao trabalho muito cedo. Mas eu precisava de algo que não tivesse... a ver com ela. Eu precisava de uma âncora, Shosh. Todos nós precisamos. — Ela se voltou para a filha. — Você sente saudade, né? De estar no palco?

Shosh sentiu principalmente nos ombros, no pescoço e nos braços também, como se tivesse empurrado uma pedra morro acima por semanas. Como se a força mental necessária para resistir a algo que veio tão naturalmente tivesse cobrado um preço físico. Era difícil dizer o que a irritava mais: que ela sentia tanta falta de atuar que doía ou que sua mãe via isso.

Por apenas um segundo, Shosh imaginou agarrar a mãe pela cintura, enterrar a cabeça nela, chorar, mas, em vez disso, ela disse:

— Preciso ir ao banheiro.

— Você vai perder o número de abertura.

Mas Shosh se foi, pulando para fora do palco, cruzando o ginásio até a saída. Assim que seus pés atingiram o corredor, a voz-fantasma se materializou. Era a mesma música que ela havia plagiado acidentalmente, sobre segredos escondidos em árvores de neve, e ela estava prestes a gritar de frustração — por causa da música, por causa do palco, por causa da falta de habilidade de superar qualquer um dos dois — quando um rosto familiar emergiu de uma das portas do banheiro.

— Ah. Oi. — Os olhos dele eram azul-escuros, seu cabelo comprido e meio preso para trás, e ela sabia que já o tinha visto antes, mas não conseguia lembrar... — Banheiro do Chili's — disse ele.

A música ainda estava lá, embora ligeiramente abafada agora.

— Certo — disse ela. — Com o garotinho.

Ele sorriu, encarando os sapatos, e colocou uma mecha solta atrás da orelha.

— Meu irmão. Will. Eu sou Evan.

— Shosh.

— Eu sei. Estudamos juntos. Quer dizer, eu ainda estudo... Sou um ano mais novo.

Evan era fofo do jeito que alguns cachorros grandes eram covardes: ele não tinha ideia daquilo com que estava lidando. De repente, Shosh se viu desejando ter passado mais do que aproximadamente zero vírgula zero segundo na frente do espelho antes de sair de casa. Considerando que ele provavelmente tinha testemunhado (ou ouviu falar de) seu espetáculo de embriaguez no auditório do colégio e provavelmente sabia de seu espetáculo de embriaguez na festa de Heather Abernathy, sua aparência atual era a menor de suas preocupações.

— Estranho, hein? — Ele apontou para a porta do banheiro. — Primeiro no Chili's, agora aqui. Eu acho que isso é meio que o nosso lance, se encontrar na saída dos banheiros.

Ela estava prestes a brincar dizendo que aquele era o roteiro perfeito para uma comédia romântica quando a música-fantasma ficou mais alta, e ela não conseguiu explicar o que aconteceu em seguida, mas podia jurar que um lampejo de reconhecimento passou pelos olhos de Evan. Pensando bem, ela se lembrou de um sentimento semelhante naquele dia no Chili's, uma sensação de que ela e Evan já haviam compartilhado algo — tempo, compreensão, um lugar no mundo. Mas o momento passou, e eles eram duas pessoas sozinhas em um corredor.

— Só pra você saber — disse ele, e, quando olhou para ela, falou com determinação, confirmando a suspeita de que sua reputação a precedia, enquanto oferecia algum consolo de que não era uma reputação universalmente ridicularizada. — Chris Bond é um bosta. Todo mundo sabe.

Naquela noite, e todas as noites durante uma semana, Shosh teve problemas para dormir. Ela atribuiu isso à saudade de Stevie, às dores de cabeça da ressaca, às incessantes músicas-fantasma. Mas na oitava noite insone, ela se sentou na cama, apertou um travesseiro contra o peito e relutantemente aceitou a verdade: sua insônia tinha um nome. E tinha olhos azul-escuros e cabelos longos meio presos para trás e se portava com uma fofura despretensiosa. "Você só pode estar brincando comigo", disse ela para o quarto vazio. E embora os quartos vazios raramente respondessem, naquela noite, ela achou o dela particularmente presunçoso.

EVAN
cai o microfone

Eu acho que isso é meio que o nosso lance, se encontrar na saída dos banheiros.
    Sou uma causa perdida.
    Minha causa vagou pela floresta sozinha e não é vista há dias.
    — Ei...
    Mamãe me dá um tapinha no ombro.
    — Que foi?
    — Perguntei se deu tudo certo.
    Ela imita um emoji de sorriso largo, ao qual eu imito um emoji de olhos arregalados.
    — Pergunta: você poderia ser mais nerd?
    Não é como se eu nunca tivesse tido uma queda por alguém antes. E de muitas maneiras, isso parece ser o caso. Quando vejo Shosh, todo o meu corpo se transforma em uma daquelas luminárias com raios: o mais ágil dos toques poderia me detonar.
    Mas há algo mais também, algo que não consigo identificar.
    — Você sabe qual livro ele escolheu? — pergunta mamãe, e como o foco de uma lente, eu ajusto do Mundo Shosh para o Mundo Real.
    — Acho que *E.T. Telefone Minha Casa*. Talvez *E.T. Telefone Esqueceram de Mim*? Muito embora ele odeie começar com uma continuação.
    Em um esforço para garantir bons lugares, chegamos cedo à biblioteca, mas deveríamos ter pensado melhor. Os pais das crianças do Iverton Elementary não estão para brincadeira. Acontece que nosso "cedo" estava bem atrasado e acabamos no fundo da sala lotada, esticando o pescoço para ver a nuca de Will.
    Uma professora se levanta, dá as boas-vindas para A Noite Artística das Crianças Ivy, e um nó se forma na minha garganta. O entusiasmo em nossa casa, crescendo até este momento, não pode ser exagerado. Ainda não temos certeza de qual quadrinho original Will vai ler, mas basta dizer que ele está tratando aquela noite com toda a sobriedade comedida de um pianista. Todas as crianças estão sentadas na primeira fileira (que parece

a quilômetros de distância), e enquanto a maioria delas está girando em seus assentos para acenar para pais e amigos, a nuca de Will permanece uma estátua, voltada para a frente, totalmente concentrada.

Depois que a professora explica como as coisas vão funcionar — cada aluno, em ordem alfabética, vai ler uma história original no palco —, ela diz:

— E assim, sem mais delongas, vamos dar uma salva de palmas para nosso primeiro aluno da noite, Jeffrey Abrams, que vai ler o livro intitulado — a professora consulta sua prancheta, faz uma pausa e depois olha para cima com um ar de desculpas — *Esquadrão de sangue de zumbi monstro* — diz ela com um sorriso forçado no rosto.

Minha mãe sussurra:

— Maldição, Jeff.

E quando as luzes diminuem, uma criança provavelmente com o dobro do tamanho de Will caminha até o palco e lê uma história rimada sobre um banho de sangue apocalíptico. Quando acaba, a sala bate palmas enquanto mamãe e eu piscamos, chocados.

Maggie Boone lê uma história sobre a construção de um arsenal em *Minecraft*.

Juliette Diallo lê uma história sobre os Vingadores lutando com as Tartarugas Ninja versus Godzilla.

Cade Hunter lê uma história sobre a origem dos músculos dos jogadores de futebol americano.

Naomi Oliver lê uma história sobre um tubarão-unicórnio que come pessoas no ar.

Bem nesse ponto do alfabeto, os olhos de mamãe começam a correr pela sala, e eu entendo, porque é o seguinte: quando você tem um Will em sua vida, você está em alerta constante para os quebradores de Will. Às vezes é o valentão óbvio com olhos maldosos; às vezes é aquele que você menos espera, escondido atrás de um sorriso. Nossa preocupação não vem da vergonha ou embaraço, mas de um lugar de proteção: *Esse garoto é nosso e ele é incrível, e se você quebrar o espírito dele, eu quebro todos os ossos do seu corpo.* Sempre que esse assunto surge com Maya, ela me lembra de que Will pode ser hipersensível, mas não é indefeso. Essas conversas sempre terminam com alguma versão minha dizendo:

— Ele não é como as outras crianças.

E Maya respondendo:

— Eu sei. Mas, de muitas maneiras, ele é. E você precisa deixá-lo ser como é.

Depois que Abby Shafer termina sua história sobre um cavaleiro medieval em uma justa que deu errado (spoiler: ele é decapitado), a professora apresenta Will. Nós batemos palmas, e mamãe assobia, e nos esforçamos para não perder a cabeça — não apenas por amor, mas por medo.

Quebradores de Will estão por toda parte.

— Meu livro se chama *A questão de Will* — diz ele, de pé no palco com aquele moletom vermelho, um olhar de determinação feroz em seu rosto, e, nossa, eu o amo tanto.

Ele pigarreia, abre o livro e lê:

— "Publicado pela primeira vez nos Estados Unidos da América, Editora Taft. Copyright Will Taft." — Ele faz uma pausa, se inclina um pouco para o microfone e completa: — Sou eu.

Alguém dá uma risadinha.

Vou descobrir quem foi e fazê-lo pagar.

— "Outros livros por Will Taft" — ele lê e vira a página. — "*O polvo ganha o dia. Minions comem pizza. Trilogia E.T. Telefone Minha Casa*". Esses são muito bons. "*A grande fuga da cobra. Jack e Sally vão à Lua. Cidades em chamas.*" Eu não estava tendo um bom dia. "*Poomba Box Weenie. Pra cima, galera, pra cima*". Ok, vou começar a ler este aqui. — Ele vira mais uma página. — É um livro ilustrado. Então, vou descrever as ilustrações enquanto leio. Ok?

Outro pigarro e vamos para a atração principal.

— "*Às vezes eu me pergunto, quem sou eu?*"Esta é uma imagem minha, de pé na beira de um penhasco, gritando.

A mão da mamãe de repente está apertando a minha com força.

Will vira uma página.

— "*A pergunta nunca sai da minha cabeça.*" Uma imagem minha olhando para o leitor, braços abertos, assim. — Ele olha para cima, abre os braços em um encolher de ombros, como se dizendo *quem sabe?*, e então vira a página. — "*Só de pensar já cansa.*" Uma imagem minha suando um monte e puxando meu próprio cabelo. — Mais uma página. — "*Oh puxa!*" Uma imagem minha tentando ficar animado. — E outra página. — "*Espero descobrir amanhã!*" Esta é a última página. É uma imagem minha indo embora. Às vezes, eu gosto de dar passos bem altos... assim.

Will passa a mostrar a toda a biblioteca como ele gosta de dar passos realmente altos.

Há mais risadas.

Minha lista de pessoas para odiar aumenta.

— Fim — diz Will no microfone, e nós batemos palmas e saudamos, e a maioria dos outros adultos na sala bate palmas, mas você pode dizer que eles não têm certeza do que aconteceu. — Desculpe, espere, espere — diz Will ao microfone. — Esqueci de ler a dedicatória.

A sala fica em silêncio. O aperto de mamãe em minha mão é forte.

— Dedico este livro a Steven Spielberg, por fazer o melhor filme de todos os tempos. E para meu irmão, Evan, que concorda comigo sobre isso. E para minha mãe... — Will se inclina no microfone e termina sua leitura com as palavras mais altas da noite — ... que está morrendo de câncer.

Eu sei que sorvete derretido não é exatamente a coisa mais deliciosa do mundo, mas tente me dizer isso enquanto estou comendo um. Eu tenho que ligar o rádio apenas para abafar os sons de nossa ávida devoração. Como uma matilha de lobos gulosos.

Meu telefone vibra com uma mensagem de Ali. Abro e encontro uma foto de duas inscrições para faculdade: uma para Georgetown, outra para Baylor. Cursos muito bons de medicina, ela escreve. Quem sabe se vou entrar, mas vou tentar.

Mando um coraçãozinho para a foto *e* respondo.

Evan: Se eu pudesse colocar meu coração
de verdade nessa foto, eu o faria

Ali: Mas você meio que precisa dele onde está

Evan: Eu te amo muito
Evan: Tô com a família agora. UMA GRANDE
COISA ACONTECENDO. Mais em breve.

Enquanto comemos, o jornal do rádio relata a conduta obscena de algum político de baixo escalão e, antes que mamãe pudesse desligar, Will pergunta:

— O que ele *fez*?

— Coisas terríveis, querido.

Eu posso ver o dilema em seus olhos: embora ela não seja do tipo que deixa pra lá, temos o suficiente para conversar, considerando o que aconteceu esta noite, sem a quantidade adicional de homens se comportando mal.

— Ele disse que estava arrependido. — Will aponta para o rádio. — Eu ouvi.

Mamãe gira em seu assento para encará-lo.

— Lembra aquele jantar na casa da família Ray? Quando todas as crianças ganharam um pacote de biscoitinhos de frutas para a sobremesa? Você comeu o seu e depois comeu o de Hannah enquanto ela estava distraída. E então, quando seu pai perguntou o que você tinha feito, você disse...

— Peguei os biscoitinhos dela e os coloquei na boca.

Parte do que faz uma família é o compartilhamento coletivo de histórias, memórias que funcionam como atalhos: *lembra quando*, você diz, e todos são transportados para aquele lugar, aquela hora, aquele sentimento. Por um segundo, nós três sorrimos com essa memória. Mas é uma alegria azedada pela ausência do papai.

— Ele disse que estava arrependido — diz mamãe, olhos vagando, e eu me pergunto de quem ela realmente está falando. — Mas foi o tipo de pedido de desculpas que você deu a Hannah. Você só disse isso porque foi pego.

Tenho a imagem repentina de papai se contorcendo no sofá enquanto mamãe bebe vinho na porta da cozinha. Eu sei sobre a falha nos dentes de Stacey. Eu sei sobre o poodle batata murcha e o filho adulto chamado Nick, e até falei com Ruth ao telefone. E, no entanto, de repente me pergunto se conheço toda a história.

— Isso se chama desvio de caráter, querido. E às vezes o caráter de uma pessoa não é o que você pensava. — Mamãe estende a mão para trás e a apoia no joelho de Will. — Will, eu gostaria de falar sobre o que você disse esta noite.

— Posso tomar outro sorvete?

— Não.

— Eu queria água.

— Will...

— Naquela noite, eu queria água. — Tudo fica quieto por um segundo antes de Will continuar: — Então, saí da cama para ir à pia do banheiro. E ouvi você conversando no quarto de Evan. Você disse que encontrou um caroço no seu peito. E então você o removeu, como minha amígdala de cabeça giratória, mas não é a mesma coisa, porque a internet diz que caroços nos seios são câncer.

Mamãe olha para mim como se eu a tivesse traído.

— Ele não usou o *meu* celular — digo, e, antes que ela possa retrucar, Will conta que usou um iPad na escola.

— Segundo a Siri, o câncer era uma doença de crescimento anormal das células. E quando perguntei se as pessoas morriam disso, ela disse que sim, um milhão e mil por ano. E não há escudos contra isso.

A princípio, fico confuso com a escolha de palavras dele — e então percebo.

— É por isso que você parou de usá-los. Os seus escudos de ais.

143 · **Eu te amei em outra vida**

Ele nos conta como, depois daquela noite, colocou alguns Band-Aids em mamãe enquanto ela dormia, esperando que eles pudessem protegê-la.

— Mas não funcionaram. Né?

Mamãe está chorando agora, dando tapinhas no joelho de Will. Ele dá de ombros como um adulto, todo casual, *sem problema*, e algo sobre esses ombros minúsculos realizando esse gesto mundano único me faz querer engarrafá-lo e mantê-lo seguro para sempre.

— Eu pensei que talvez Band-Aids fossem mágicos — diz ele, olhando pela janela para a escuridão do estacionamento na sorveteria. — Mas a magia não é realmente real. Eu só quero acreditar em coisas realmente reais de agora em diante.

É como se eu pudesse ver a inocência vazando de seus poros, formando uma pequena nuvem sobre sua cabeça antes de se dissolver completamente no ar.

Minha mãe solta o cinto de segurança, desce do carro e, quando vejo o que ela está fazendo, faço o mesmo. Juntos, vamos para o banco de trás, com Will, um mosaico de abraços, braços e bochechas pressionados, e se alguma família compartilhou todas as linguagens do amor, foi a nossa.

— Eu te amo — diz um de nós, enquanto outro repete e o terceiro diz o mesmo. Não um coro coletivo, mas uma cacofonia emaranhada.

Uma perfeita bagunça de eu te amo.

— Além disso, você ficou na cama por meses — diz Will.

— Foi menos de uma semana, querido.

Will se vira para mamãe com um olhar de intensa curiosidade.

— Você está morrendo?

Mamãe olha para ele com igual intensidade.

— Falando sério. Não contei a você sobre isso porque não queria que você se preocupasse. Não sei se isso estava certo ou não, mas agora você sabe, então... posso ser sincera?

— Claro.

— A internet está certa, muitas pessoas morrem de câncer. Mas o que você precisa saber sobre sua velha mamãe é que ela é basicamente a pessoa mais sortuda do mundo.

— Sério?

— Sério — diz mamãe. — Na verdade, aqui está uma lista de razões pelas quais eu sou a mais sortuda do mundo. Em primeiro lugar, nós descobrimos o câncer cedo, o que significa que estava tudo em um só lugar. Quando está tudo em um só lugar, é mais fácil de conseguir tirar. Em segundo, tenho médicos que são basicamente super-heróis, certo? E estou falando sério, eles deveriam estar usando capas, voando por aí, resgatando gatos das árvores, esse tipo de coisa.

— Isso é muito bom.

— Com certeza. Veja, eles cortaram o câncer primeiro, e depois o *queimaram*. Eles não tão pra brincadeira. O que leva à terceira razão pela qual tenho sorte, que é uma coisa chamada seguro-saúde, da qual não vamos falar agora, mas muitas pessoas não têm as mesmas oportunidades que eu. Algumas pessoas não têm acesso a médicos.

— Super-heróis.

— Certo, algumas pessoas não têm acesso a super-heróis. E algumas pessoas podem talvez ver um super-herói, mas não têm como pagar. Então, também tenho sorte. Agora vou cinco vezes por semana fazer um tratamento e, quando terminar, tomarei uma pílula pelos próximos cinco anos ou mais.

— Cinco *anos*? — Will conta nos dedos. — Eu vou ter *12 anos*.

— Isso mesmo, querido. E essa é a principal razão pela qual tenho tanta sorte. Ninguém mais no mundo tem vocês dois como família. Meu Will. — Ela beija a cabeça de Will. — E meu Evan.

Quando ela beija minha cabeça, seus braços apertam meu pescoço, e sinto o cheiro do sabonete de lavanda que ela usa — o cheiro de mamãe —, e ela me segura por mais um instante.

— Então, o que você acha? Muita sorte, hein?

— Sim.

Will suspira em tons dramaticamente adultos, se vira para a janela, e me pergunto se ele está olhando por ela ou para dentro dela, para o reflexo do nosso mosaico de amor dentro do carro.

— Por falar nisso — diz ele, com aquelas pequenas partículas gasosas saindo pelos poros, se reunindo em uma nuvem, desaparecendo para sempre. — Agora prefiro *William*.

SHOSH
cornucópia de distopias

SHOSH ODIAVA O SHOPPING: a excentricidade facilitada, as tralhas dos vendedores; ela odiava o cheiro, um ataque nasal a cada passo; ela odiava as equipes de funcionários de quiosques que a faziam se sentir culpada por recusar suas ofertas de "quer dar uma olhadinha?", quando tudo o que ela estava tentando fazer era andar pela porra do corredor. Fazer compras no shopping fazia com que ela se sentisse como um robô consumidor em busca de brinquedos novinhos em folha, sem nunca parar para pensar sobre esse desejo.

— Nossa, Shosh. Conte-nos como você realmente se sente.

Ela e a prima — cujo nome na verdade era Karen, e que levava a sério as responsabilidades que incumbem a Karens de todo o mundo — nunca pareciam concordar em nada.

— Não estou dizendo que *você* deva odiar o shopping — disse Shosh.

— Obrigada por esclarecer — respondeu Karen. — Nós, robôs consumidores, não somos muito bons com as palavras.

— *Meninas*. — A mãe de Shosh franziu a testa para a mesa enquanto passava uma tigela gigante de purê de batatas.

— *Ela* que começou — disse Karen, apontando o garfo na direção de Shosh. — Com essa bobagem de ficar me julgando.

— Ei — disse tia Helen. — Deixem disso.

O Dia de Ação de Graças sempre foi o feriado menos favorito de Shosh. Todos os anos, eles acordavam ao raiar do dia, entravam no carro para a viagem de uma hora até Elgin, onde moravam os avós de Shosh. Stevie, Nona, a avó, e Pop-pop, o avô, eram as pessoas favoritas de Shosh, o que dizia muito sobre o quão horrível era a família de sua prima, que a fazia odiar tanto aquele dia. A irmã da mãe dela, tia Helen, era do tipo "ai de mim", o tipo de mulher que nunca teve uma conversa que não pudesse incluir uma história de como havia sido injustiçada. Tio Bobby raramente dizia algo que não fosse levemente ofensivo e terminava quase todas as frases com "só tô dizendo", como se não tivesse acabado de dizer.

— No meu tempo, não tínhamos shoppings. — Pop-pop, que estava comendo a mesma fatia de peru havia meia hora, passou a descrever o estranho mundo de sua juventude, onde, se você queria sapatos, ia à sapataria e, se queria camisas, ia à loja de camisas. — Uma pessoa levava o dia todo indo de um lugar para o outro.

— Você está todo torto e curvado, Herman. — Nona deu um tapinha no ombro dele, que arrumou a postura, obediente, antes de voltar para sua eterna fatia de peru. — Diga o que quiser sobre o shopping — continuou Nona —, mas nós fazemos nossa caminhada matinal lá, e eu sou grata por isso. Especialmente durante os meses frios.

Pop-pop mastigou, concordando com a cabeça.

— É verdade, meu amor.

Era assim que as coisas aconteciam com Nona e Pop-pop: ela sempre dizia para ele parar de se curvar, e ele sempre concordava com seus apartes, e a gentileza com que eles se amavam fazia Shosh se perguntar se o casamento era algo que o mundo tinha simplesmente superado. Mesmo antes da sombra da morte de Stevie, sua mãe e seu pai nunca foram especialmente cuidadosos um com o outro. Às vezes eles diziam *eu te amo*, e talvez se amassem, mas se fosse assim, era o tipo de amor que não parecia exigir gostar.

— Vocês viram aquele restaurante *internacional* que abriu na praça de alimentação? — perguntou o tio Bobby.

Shosh largou o garfo no prato e abriu um sorriso falso para o tio.

— Casa das Panquecas?

Antes que Bobby pudesse responder, a mãe de Shosh interveio:

— Se você está falando sobre o novo restaurante tailandês, só ouvi coisas boas.

Tio Bobby deu de ombros e balançou a coxa de peru como um cetro.

— Não dá mais pra um homem encontrar um hambúrguer.

— Não fica entre o Wendy's e o Burger King? — perguntou Shosh.

Karen olhou para ela.

— Pensei que você odiasse o shopping.

— Ah, odeio. Mas veja, estou preocupada com o número cada vez menor de lugares na cidade onde os homens podem encontrar hambúrgueres.

— Shosh — disse o pai dela.

— Tenho um mapa na parede de casa. Pequenas tachinhas indicando estabelecimentos que fornecem hambúrgueres para homens, e lamento dizer que restam apenas uma *porrada* de lugares.

— Chega, Shosh.

— Ano passado era uma *caralhada* de lugares.

A mesa estava prestes a explodir quando Pop-pop, aparentemente do nada, disse:

— Claro que o significado das tatuagens mudou muito com o tempo.

Tão perto do precipício de uma explosão, o silêncio pareceu mais pesado de alguma forma.

— Pai? — A mãe de Shosh largou os talheres, de olho no pai.

— Você está falando besteira, Herman — disse Nona.

Pop-pop continuou, alheio:

— Na minha época, tatuagens eram para marinheiros ou prostitutas. Você queria uma tatuagem, tinha que conhecer alguém. Claro, as coisas mudam. Para a geração antes da minha, elas eram para criminosos ou para a realeza. Aposto que dói do mesmo jeito. — E então, terminando a inacabável fatia de peru, ele lançou um olhar cintilante para Shosh. — Estou certo?

Todos os olhos se voltaram para Shosh.

— Do que ele está falando? — perguntou sua mãe.

Shosh sabia que aquele dia chegaria; mesmo assim, agora que tinha chegado, ela lamentou. Afastando-se da mesa, levantou a manga e esticou a parte de baixo do antebraço.

— Você fez uma *tatuagem*? — indagou Jared Bell.

— Quando isso aconteceu? — perguntou Lana Bell.

— Tipo... há umas seis semanas.

— Não acredito que você fez uma tatuagem.

— Por que uma rã?

— É o Sapo.

O tio Bobby se consumiu em risadas.

— Marinheiros e prostitutas, só tô dizendo.

— Você está curvado, Herman.

— Você se lembra daquele lago com sapos no nosso quintal, Lana?

— Eu não posso acreditar.

— O barulho que aqueles sapos costumavam fazer.

— Quando você tatua uma maldita rã no braço, pelo menos conte para a sua mãe.

— Nunca tive uma boa noite de sono.

— É o Sapo.

— Vou te falar uma coisa — disse tio Bobby em meio à algazarra. — Se Karen desfigurasse seu corpo assim, não me importa quantos anos ela tem, eu lhe daria uma surra. Só tô dizendo.

— Estou sentado bem aqui, Bob. Vou cuidar da minha filha como bem entender.

Quando a mesa finalmente entrou em erupção, a tatuagem de Shosh há muito esquecida, o tempo desacelerou e o espaço dobrou com ela, e Shosh sentou-se em seu buraco negro de família, conhecendo muito bem sua origem gravitacional. Em algum nível, todos eles sabiam. Era a mesma atração que transformara seus pais em sombras que a compelira, mesmo agora, a carregar uma garrafa no bolso do casaco. Era a mesma atração que os colocara em sua órbita, sugando-os para seu núcleo sombrio. Shosh ficou lá sentada, sem falar nada. E quando ela olhou para cima, ela encontrou os olhos de sua avó, a doce Nona, fonte de sabedoria e amor, a única outra pessoa na mesa que parecia ciente do buraco negro. Nona sorriu gentilmente e então acenou com a cabeça, e Shosh viu o que era: um encorajamento.

— Ela também ia fazer uma.

Lentamente, a mesa se acalmou. Fora os de Nona, todos os olhos evitavam Shosh enquanto ela falava.

— Sempre imaginei que faríamos juntas. As cadeiras uma ao lado da outra, para que pudéssemos ver conforme o desenho avançasse. — Shosh olhou para sua tatuagem. — "Eles eram dois bons amigos sentados sozinhos juntos." Nossa frase favorita de nossa história favorita. Essas duas palavras, "*sozinhas juntas*", ficariam aqui.

Levemente, ela roçou a única palavra em seu antebraço e, embora fosse apenas metade do plano original, seu significado estava totalmente alterado.

Lana Bell começou a chorar.

O resto da família afundou em suas cadeiras, sem expressão.

O buraco negro em ação.

E então, como se esperasse uma oportunidade, a cantora-fantasma entrou pelo recinto. Sua música era familiar, aquela que Shosh passou a pensar como "Causas perdidas e preocupações", mas enquanto antes sua voz era abafada e ecoante, a maioria das palavras impossíveis de entender, agora eram bastante audíveis. E mesmo que a música em si fosse onírica, ouvi-la parecia como emergir de um sonho, como se as arestas da vida de Shosh tivessem ficado borradas por muito tempo e, só agora, estivessem entrando em foco...

> Por favor, não pergunte por que nunca tento
> Você sabe tão bem o quanto eu me contento
> A diferença entre perder e amar
> Olhe de perto para a beleza encontrar
> Todas as coisas boas vêm com o tempo

A merda que eles dizem é contratempo
Está ficando tarde
Venha, sente-se e beba comigo
Nossa, não fale, apenas seja amigo
Fique quieto, seja frio, seja alma e coração
Ah amor, essa terra de distante direção
Você faria tudo de novo inteiro
em *willow seed*, semente de salgueiro
Onde as árvores cantam
Todas as 13 prantam
Posso perguntar por que você nunca tenta
Quando você sabe tão bem quanto eu
A diferença entre perder e amar

E bem ali na mesa de jantar de seus avós, Shosh entendeu que a música continha mais do que palavras... ela continha instruções.

EVAN
vou estar bem aqui

Will — opa, *William* — quer que eu o coloque na cama. Ele fica meloso depois de compartilhar grandes sentimentos, e não sei se é porque ele ficou especialmente vulnerável com mamãe esta noite, mas ele pede para mim, e estou cem por cento aqui para isso.

Na cozinha, minha mãe se ajoelha, enrola os braços nele, e eles sussurram *"eu te amo"*, *"boa noite"* e *"durma bem"* um para o outro e, quando terminam, pego Will e o coloco sobre meu ombro.

— Madame, a senhora pediu um saco de batatas?

E como uma campeã, ela responde:

— Não, senhor, essas são batatas encomendadas para o armazém do andar de cima.

Tiro um chapéu falso.

— Muito obrigado, madame.

Will ri durante todo o caminho subindo as escadas; ele ainda está rindo quando eu o jogo na cama e, quando acendo a pequena luminária de lua, estou totalmente despreparado para o que está me esperando.

A caixa da geladeira ainda está aqui, mas não é mais a nave do E.T. Em vez disso, foi reaproveitada em algum tipo de engenhoca: uma calculadora antiga e um teclado de computador estão conectados a uma extremidade da caixa no que parece ser uma espécie de "placa-mãe"; potes e panelas da cozinha estão presos por fios em orifícios aleatórios perfurados em intervalos aleatórios; um monte de brinquedos velhos de Will — tudo, desde um pequeno cavalo de balanço até blocos com letras e seu há muito esquecido Lamborghini de controle remoto — estão colados, grudados ou conectados de outra forma ao caprichado mecanismo de papelão.

— Eu mudei ela.

— Tô vendo.

As paredes do quarto também estão diferentes. Considerando que antes as palavras TELEFONE e CASA foram escritas em marcador permanente, mais palavras foram adicionadas, então as paredes agora dizem "Eu engulo em seco". Tento manter a tempestade sob controle.

Sinto-me neste lugar, neste espaço.

— Eu sei que o E.T. não é de verdade — diz Will. — Mas talvez haja alienígenas *como* ele, com poderes de cura. Então eu fiz um dispositivo de comunicação. Como no filme. — Ele aponta para a criação de papelão no chão. — Se funcionar, talvez eles possam usar seus dedos brilhantes para curar a mamãe.

Muitas vezes me pergunto se sou a pessoa emocionalmente confusa e errática que penso ser ou se o amor de meu irmão induz à erraticidade emocional.

Depois que tiramos suas meias e sapatos, arrumamos suas roupas para amanhã, lemos uma história de Rã e Sapo sobre uma pipa que não vai voar até que o Sapo realmente dê tudo de si e, quando terminamos, eu o coloco na cama como Will gosta, arrumando o cobertor começando pelos pés e subindo até o pescoço.

— Um pequeno burrito de Will — eu digo, sentando na beira da cama dele.

— William, por favor.

Suspiro.

— Vou ser honesto, mano. Pode demorar um pouco pra eu me acostumar.

Passo minha mão levemente em sua testa, observo-o fechar os olhos e, quando estou prestes a ir embora, ele diz:

— Você acha que ela vai morrer?

— Não acho.

— Como você sabe?

Eu continuo esfregando sua testa, só um pequeno sinal de estabilidade: *Estou aqui. Isso não vai mudar.*

— Eu não sei — respondo. — Mas você perguntou o que eu acho. E acho que ela vai ficar bem.

Ele se inclina, abre a gaveta do criado-mudo e tira uma revista em quadrinhos feita em casa.

— Eu fiz isto pra ela. Pro Natal. Não conte.

Seguro as páginas grampeadas da mesma forma que seguraria um texto sagrado. Na capa, em gloriosas letras das cores do arco-íris, a palavra BRILHO está escrita em letras maiúsculas. Abaixo disso: *uma HQ original de William Taft*. A história é curta, talvez dez páginas. Nela, três personagens — "Mamãe", "Criança" e "Alienígena Gentil" — vivem juntos em uma casa. Eles vão ao parque, ao zoológico e a uma pizzaria. A cada virar de página, e a cada nova aventura, o personagem da mãe fica mais baixo, com aparência mais frágil; seu cabelo fica falhado, seus olhos, escuros, até que, perto do fim, quando todos os três personagens estão explorando um museu, a mãe é apenas um boneco curvado. No último quadrinho, o coração de Alienígena Gentil se ilumina (denotado por linhas coloridas curtas, como os raios de um sol de giz de cera), e o alienígena olha para a mãe e diz: "Meu coração brilha para você, Mary." Na página final, a mãe está de pé, os cabelos cheios novamente, os olhos brilhantes e um sorriso de orelha a orelha.

— Você gostou?

— É a melhor coisa que já vi, William.

Ele fica de joelhos, encosta a boca no meu ouvido e sussurra:

— Você pode me chamar de Will. Mas só você.

Deslizo o precioso quadrinho de volta para a gaveta, arrumo Will para dormir uma segunda vez e apago o abajur de lua. Na porta, sussurro a única coisa que realmente importa, a coisa que faz nós sermos *nós*:

— Vou estar bem aqui, Will.

Mais tarde, esta noite, vou ficar acordado na cama, olhando para as sombras do teto, pensando nas duas palavras que Will está prestes a dizer. E vou me perguntar como algo tão complexo pode se disfarçar de algo tão simples, ou se ele sabia o que estava dizendo quando disse, mas é claro que ele não poderia saber, não de verdade. Will não sabe como é cansativo fazer a mesma matemática repetidamente, esperando uma solução diferente; ele não sabe sobre o carrossel na minha cabeça, a batalha constante entre *preciso ir, não posso deixá-lo, preciso ir, não posso deixá-lo*. Ele também não poderia saber que sua resposta de duas palavras crava uma bandeira em um dos lados da batalha. Essas são as coisas que vão me manter acordado mais tarde esta noite, não repetindo minhas próprias palavras para ele — "Vou estar bem aqui" —, mas, sim, a resposta dele, as palavras mais simples e complexas de qualquer idioma.

— Eu sei.

SHOSH
quatro

— Precisamos conversar, Sho.
— O que foi? — perguntou Shosh, calçando as botas ao lado da porta da frente.
A mãe dela se virou e gritou escada acima:
— Jared!
Aquilo não podia ser bom. Shosh pegou o gorro do cabideiro, tentou se lembrar da última vez que seus pais sentiram a necessidade de reforços na forma de conversa. No momento em que ela estava colocando as luvas, seu pai desceu as escadas estrondosamente, e pela linguagem corporal deles ela sabia que os dois ensaiaram o que quer que estava por vir.
— Nós temos algumas perguntas — disse sua mãe.
— Ok.
— Para começar, gostaríamos de saber aonde você vai todas as noites.
A resposta para isso era simples e complexa. Todas as noites, durante duas semanas — desde que ouvi a letra da música alto e bom som na mesa de Ação de Graças —, Shosh tinha caminhado pelo parque Willow Seed. Ela se agasalhava e caminhava no frio, o vento ficando mais forte a cada passeio. Não muito longe de sua casa, o parque era iluminado por um único poste de luz e estava sempre vazio. Ela se demorava no riacho congelado, no escorregador coberto de neve e no gira-gira; ela se balançava no balanço, correntes rangendo para a frente e para trás. Na maioria das noites, Shosh se deitava sob as árvores, os braços abertos na neve, e olhava para as estrelas frias, considerando as incontáveis versões possíveis de sua vida, aquelas em que as coisas aconteceram do jeito que deveriam acontecer.
Suas noites no parque Willow Seed eram sempre acompanhadas pela cantora-fantasma. A essa altura, ela sabia as músicas de cor, cantava junto no parque vazio e, embora definitivamente sentisse que estava esperando algo, não sabia dizer o quê.
— Eu vou ao parque — disse ela, oferecendo a versão simples.
— Você vai ao parque.
— O Willow Seed. Eu gosto de lá. É... relaxante.

— É *congelante* — replicou seu pai.
— Você encontra alguém lá? — perguntou sua mãe.
— Tipo quem?
— Um amigo?
— Ah. Certo. Entendi.
— Bem, eu não sei.
— Mais alguma coisa? — Shosh alcançou a maçaneta, desesperada para sair de casa.

Seus pais limparam a garganta e se atrapalharam com as palavras, e seu pai disse:
— Não vamos mais ter bebidas alcoólicas em casa.

Shosh sentiu sua mente deixar o corpo, sair de casa, flutuar na noite.
— Sabemos que não estivemos presentes para você — disse a mãe, e Shosh não era mais humana, mas um grande e glorioso pássaro da neve, voando pelo céu de Iverton, flocos de neve grossos caindo na quietude silenciosa. — Nós sentimos muito.

Como um peso morto, ela caiu de volta à Terra.
— Vocês o quê?
— Eu sei que isso não resolve nada — completou o pai. Suas orelhas estavam vermelhas, suas piscadas prolongadas, e Shosh percebeu o quão perto ele estava do limite naquele momento. — Mas sentimos muito. Nós não fomos... o que precisamos ser. Quando penso nela nos vendo assim...
— Ele parou de repente, com os olhos lacrimejantes; ao lado dele, Lana Bell chorava abertamente, suavemente.

Shosh ficou lá, olhando para seus pais, e, pela primeira vez desde a morte de Stevie, ela teve um vislumbre de seus antigos eus espreitando por detrás da mortalha.
— Vocês são fantasmas há meses. E agora resolvem aparecer?
— Sho...
— Isso é ridículo. Vocês não podem simplesmente entrar e sair da minha vida sempre que for conveniente. E, para deixar registrado, mãe, eu sei que *todos nós perdemos ela*. A diferença é que eu perdi uma irmã *e* os meus pais. Então me desculpem por pensar que *isto* — Shosh acenou com a mão em um círculo — é *estúpido*.

Mais tarde, ela se perguntaria por que não saiu naquele momento. Ela pretendia. Talvez até tenha tentado. Mas algo a detoce, alguma parte de seu cérebro que sabia com quem ela estava realmente zangada, e quando o resto dela a alcançou, era tarde demais para fazer a saída tempestuosa.

Em meio às lágrimas, seus pais disseram que a amavam, que sentiam muito, e Shosh os afastou, mas agora ela também estava chorando, e sem querer, ou sem entender como aquilo aconteceu, os três se abraçaram, um abraço ao mesmo tempo gentil e furioso, sabendo que nunca mais seriam quatro, imaginando se algum dia voltariam a ficar inteiros.

EVAN
Willow Seed

— Você sabia que há um Stonehenge no fundo do lago Michigan?

Maya aperta os olhos.

— Até parece.

— Alguém tava falando disso na minha aula de escrita criativa. Eu pesquisei. Pequeno mastodonte esculpido em uma das rochas, bem ali no fundo do lago. — Eu paro, olho pela janela; lá fora, a neve cai aos montes. — Uma pessoa fez isso. Esculpiu um mastodonte em uma rocha. Talvez fosse perto da casa deles, talvez fosse em um campo, talvez eles estivessem apenas viajando. Mas eles viram um grande círculo de rochas, ou então o construíram, e pensaram: *Já sei o que vou fazer*. E agora estou sentado em um sofá, dez mil anos depois, triste como o diabo, falando sobre como há uma escultura de um mastodonte no fundo de um lago.

— Eu não sabia que você estava triste.

— Isso não te deixa triste?

— Então você está triste por causa do mastodonte.

O céu tem estado cinzento e tempestuoso durante toda a semana. Parte de mim está satisfeito em ver o céu cumprindo sua promessa.

— Encontrei um lugar — digo baixinho, e não sei bem por quê, mas quero que Maya saiba sobre o bosque não urbanizado perto da minha casa, com suas árvores antigas e um riacho. E então eu conto a ela sobre isso e sobre como é o lugar perfeito para ouvir. Meu pequeno bosque, minha relíquia de outra era.

— Você encontrou alguma escultura de criaturas pré-históricas? — pergunta ela.

Eu penso por um segundo, e então:

— Talvez seja assim que funcione, no entanto.

— Como o que funciona?

— Talvez esculpir um mastodonte em uma rocha seja... o mesmo instinto que compele uma pessoa a escrever *Eu passei por aqui* em uma porta de banheiro. Queremos significar algo, seja agora ou daqui a dez mil anos. Não se trata de imortalidade, apenas... uma lápide durável.

Em algum nível, sei que minha ansiedade está enraizada no medo definitivo de estar perdendo alguma coisa: amo minha vida e não quero perdê-la. Eu sinto demais, provavelmente penso demais, e quando você faz isso, as coisas nem sempre são fáceis. Quando você prefere sua própria companhia à dos outros, você se fecha em si mesmo, fica tão perdido em sua própria cabeça que parece que nunca encontrará a saída.

Não sei.

Às vezes eu existo tanto que é difícil existir.

Eu olho para cima para encontrar Maya só sentada lá, observando.

— Você acha que estou sendo mórbido — eu digo.

— Você tem um coração de poeta. O que eu imagino que muitas vezes seja um fardo.

Depois de alguns instantes de silêncio, ela pergunta como vão as coisas com Will, e eu conto a ela sobre a bomba na Noite Artística das Crianças Ivy e como ele sabe sobre o câncer de mamãe desde que ela me contou no verão passado.

— É por isso que ele parou de usar os Band-Aids. Acho que ele colocou um no tornozelo dela enquanto ela dormia, e quando não a curou... Quer dizer, ele sabe há tanto tempo quanto eu. Só que eu tive você para conversar sobre isso. E Ali. E mamãe, aliás. Will não teve ninguém. Sem mencionar que ele tem *sete* anos, mas, sim, você provavelmente está certa. Não há motivo para ficar triste.

— Eu nunca disse que não havia motivo para ficar triste.

...

...

Maya se junta a mim em minhas observações diligentes da neve batendo na janela.

...

...

— Como está sua mãe?

— Bem. Ela termina a radioterapia na semana que vem.

— Isso é ótimo. — Quase posso ouvi-la sorrir do outro lado da sala. — Então... há coisas para ficar feliz também.

— Ei, ela pode tomar cinco anos de pílulas em vez de injeções, então isso é ótimo. Além disso, ela não me deixa ir a nenhuma consulta ou me conta qualquer coisa sobre o que está acontecendo, então isso também é incrível. Vamos ver, o que mais. Ah! O tamoxifeno tem alguns efeitos colaterais bem legais. Ondas de calor, mudanças de humor, depressão, aumento da dor óssea...

— Como você sabe tudo isso?

— O quê?
— Você disse que sua mãe não te conta nada.
— Encontrei a receita na bolsa dela.

Anos atrás, papai me levou a um jogo da Liga Menor de Beisebol. Havia talvez uma dezena de pessoas nas arquibancadas, então toda vez que o locutor apresentava um rebatedor pelos alto-falantes, sua voz estrondosa ecoava pelo estádio vazio, ampliada pelo silêncio absoluto do local.

Os ecos da minha última frase permanecem no consultório de Maya e provavelmente pairarão em algum lugar do prédio durante o inverno.

— Eu não estava bisbilhotando.
— Parece que talvez você estivesse — diz Maya.
— Essa não é a questão.
— É *uma* questão.
— Como vou ajudá-la se não sei de nada?
— Ela pediu sua ajuda?
— Melhor bisbilhotar na bolsa dela do que vagar pelas selvas do Google, com certeza. Afundar em blogs que descrevem a experiência *em detalhes*... Ei, você sabia que alguns médicos, ao falar com pacientes com câncer de mama, enquadram tudo em termos de probabilidade de morte em cinco a dez anos? Eu só...

...

...

— ... eu não posso ficar com raiva? Ao mesmo tempo que reconhecemos a sorte que tivemos?

...

— Claro que você pode.

...

...

— Tá bom, então.

...

...

...

— Ouvir o quê? — pergunta Maya.
— O quê?
— No pequeno bosque ao qual você vai. Você disse que é o lugar perfeito para ouvir. O que você está ouvindo?

Como se respondesse a uma convocação, Nightbird chega naquele momento. A música dela aumenta, aumenta e diminui, o piano oscilando e ecoando, e não é o mais alto que já ouvi a voz dela, mas é a mais clara, como se ela estivesse cantando diretamente no meu ouvido.

A boca de Maya está se movendo. Acho que ela diz meu nome, mas sua voz está soterrada pela música como todo o resto. E em um novo jogo de palavras, uma parte do refrão que eu nunca tinha ouvido antes, a música entra em foco.

E eu sei exatamente aonde preciso ir.

Dirigindo pela Chestnut, virando na Ash, o coração na boca. Parte de mim deseja que Ali estivesse aqui, mas uma parte mais profunda de mim sabe que, aconteça o que acontecer, é melhor ficar sozinho. Dobro a esquina na Division, vejo a multidão à frente, as luzes, o imponente e luminoso menino Jesus. A rua é basicamente um desfile de minivans com narizes e chifres de Rudolph; há tantas crianças que tenho que diminuir a velocidade até finalmente chegar à curva da Brooklyn. À medida que o clamor do Natal diminui no retrovisor, a neve na estrada à frente se torna fresca e intocada, as luzes da rua como tochas alinhadas em meu caminho.

Avanço devagar até a rua sem saída — estaciono, saio do carro e paro no meio-fio na frente do parque Willow Seed.

— Em willow seed, semente de salgueiro, onde as árvores cantam, todas as 13 prantam. — As palavras se transformam em fiapos, pequenas provas de vida enquanto conto as árvores, só para ter certeza.

Treze exatamente.

Eu ando pelo parque por alguns minutos, sem rumo, inundado de memórias de infância. O laguinho está congelado, e me pergunto se é a mesma artéria antiga que corre pelo meu bosque escondido, serpenteando por bueiros, sob estradas, atrás de casas, fornecendo sangue vital para toda a vizinhança. Encharcado de luar, um pequeno coreto em uma colina; há um escorregador coberto de neve e um gira-gira coberto de gelo, e parece um lugar de paz.

No balanço, tiro a neve e me sento no assento congelado. Lentamente, para a frente e para trás, as correntes rangem sob meu peso.

Para trás, *rangido*.

Para a frente, *rangido*.

Mamãe costumava me trazer aqui antes de Will nascer. Viemos algumas vezes quando ele era pequeno, mas meu irmão não gosta muito de atividades ao ar livre.

Para trás, *rangido*.

Para a frente, *rangido*.

Estar aqui agora é como tirar um velho ursinho de pelúcia do sótão, segurar um símbolo de amor há muito esquecido.

Para trás, *rangido*.
Para a frente, *rangido*.
— Oi.
Eu me detenho.
Saio do balanço.
Viro.
— Oi — respondo.

O casaco está coberto de neve, seu cabelo no inverno é mais selvagem do que chique. E não tenho certeza de como sei, mas sei.

— Você a ouve também — digo.

Ela olha em volta, cantarola baixinho uma música agora familiar...

TÓQUIO
· 1953 ·

NA MANHÃ ANTES DE Shizuko sair para ir à universidade, ela encontrou um garoto em sua porta. Ele estava sozinho, talvez com dez ou 11 anos, magro, mas com uma aparência robusta. Como se seus pés estivessem plantados no chão, com raízes firmes.

— *Ojama shite sumimasen* — murmurou o garoto, curvando-se levemente.

Shizuko se perguntou se talvez ele estivesse perdido, mas antes que ela pudesse perguntar, o garoto levantou a cabeça e, por uma fração de segundo, ela poderia jurar que o conhecia.

O menino estendeu as duas mãos e mostrou um pedaço de papel bem dobrado.

Ela hesitou... então pegou o papel.

O menino se virou e saiu correndo.

A música é a memória mais antiga de Shizuko. A casinha em Nikko, sua *obachan* tocando o instrumento *o-koto* enquanto a jovem Shizuko ficava na posição *seiza*, cantarolando junto baixinho. E quando o pai de Shizuko foi recrutado para o esforço de guerra, sua *obachan* também veio, e então a música a seguiu. Depois da guerra, quando seu pai começou a lecionar na universidade, as visitas delas ao campus ficaram gravadas na memória de Shizuko. Ela amava muito o pai, sim, mas as viagens eram mais memoráveis por conta do piano da universidade e do rosto de sua *obachan* na primeira vez que o viu: um olhar de total solenidade e deleite, como se ela estivesse tentando controlar seu amor para não partir a coisa no meio. Mesmo agora, anos depois, Shizuko ainda podia sentir aquelas mãos carnudas guiando as suas pelas teclas como um barco no mar, remando nas ondas suaves de escalas e acordes, mostrando-lhe o mundo.

Em 1955, ainda uma estudante na Universidade Nacional de Belas Artes e Música de Tóquio, Shizuko faz sua estreia no palco interpretando Mozart com a Orquestra Sinfônica de Tóquio. Dois anos depois, ela fica em primeiro lugar no Concurso Mundial Chopin em Varsóvia e continua seu trabalho como pianista e compositora. Em 1963, aos 28 anos, ela se muda para Oslo para ingressar no corpo docente da Academia Norueguesa de Música.

Desde a casinha em Nikko — passando por Tóquio, Varsóvia e Oslo —, a música a pega pela mão, rema nas ondas suaves, lhe mostra o mundo.

Shizuko toca piano porque ama piano; seu domínio, porém, ela persegue em nome daquela que a ensinou a amá-lo.

Como uma miragem, Shizuko via o rosto do menino em cada multidão: crianças por quem passava na rua, nas lojas, nos trens, no mercado. Com o tempo, a miragem desapareceu, embora a lembrança do rosto dele, não; seu desenho dobrado também começou a desaparecer, embora o papel do desenho, não. Se ele foi o criador do desenho, era um artista de grande talento.

O menino era o melhor tipo de mistério: não totalmente desaparecido, espiando em cada esquina.

Inverno de 1966. Shizuko é convidada pela Orquestra Sinfônica de Oslo para executar o Segundo Concerto para Piano de Rachmaninoff na histórica sala de concertos Nordraak Konserthus. Construído em 1903, o edifício é um marco encantador, supostamente assombrado pelos fantasmas de inúmeros músicos que se apresentaram em seu magnífico salão. Infelizmente, as paredes daquele corredor também estão cheias de outra coisa: a saber, podridão. Se o inspetor de construção do mês anterior estivesse sóbrio, a apresentação teria sido realocada e centenas de vidas teriam sido salvas.

Infelizmente, o inspetor é um bêbado inveterado.

O ritual era fundamental. Minutos antes de pisar no palco, Shizuko encontrava um canto sossegado, ou às vezes se trancava no banheiro, e puxava o pedaço de papel do bolso. Não era superstição; era meditação. Visualizar a si mesma como a mulher do desenho, desejando um nível de foco semelhante. Havia muito ela tinha se resignado com o fato do anonimato do menino: ela nunca saberia quem ele era, por que ele havia aparecido em sua porta naquele dia, por que ele tinha dado a ela o desenho, ou se ele mesmo o desenhara. Mas algo no desenho a centrava, compelia-a a dar o melhor de si, então ela o guardava no bolso.

O desenho em si era simples, mas muito bem-acabado: uma mulher no palco tocava piano; sob a luz de um holofote, um grande pássaro estava empoleirado na beira do piano, com as asas largas abertas como se fosse levantar voo; era desenhado do ponto de vista do público, situado no último corredor à esquerda, a apenas algumas fileiras do palco.

Tudo conta uma história. Nossas vidas são como fios desconexos pendurados em uma porta aberta, e assim que terminamos de amarrar uns aos outros, um novo fio aparece. Algumas histórias permanecem soltas ao fundo e, assim, esquecemos a verdade: todas se originam do mesmo lugar.

Em sua última noite viva, Shizuko se senta ao piano no salão lotado, a fantasma de sua *obachan* guiando seus dedos pelas teclas, quando ela ouve um grito da multidão. Ela continua tocando, querendo o foco da mulher do desenho, e depois outro berro, e ela não para de tocar, nem quando o enorme pássaro pousa bem em cima do piano. Shizuko pode sentir a presença do pássaro, vê-lo em sua visão periférica, mas seu foco permanece nas teclas, na música. Não há mais gritos, apenas uma admiração silenciosa pelo espetáculo no palco. Em algum lugar nas vigas, os holofotes se voltam para o pássaro, e Shizuko sente o coração disparar enquanto toca, toca com a paixão da busca de uma vida inteira, com o amor da pessoa que a ensinou a amar. Enquanto toca, Shizuko começa a cantarolar junto com a música, pensando naquela casinha em Nikko, e ela não sabe dizer por quê, mas só então — ainda tocando, sempre tocando — levanta a cabeça. Seus olhos percorrem o último corredor à esquerda, continuando uma busca que nunca terminou, não realmente; a algumas fileiras do palco, ela procura um rosto que nunca desapareceu, pois todos os fios de sua vida se conectam.

Bem ali.

PARTE CINCO

MINUETO

SHOSH
a noite giratória

— Eu a chamo de Nightbird.
— Eu a chamo de "cantora-fantasma", mas gostei mais do seu nome.

Evan e Shosh estavam deitados de costas no gira-gira, lentamente empurrando o chão com os pés, olhando para as estrelas enquanto giravam. Era tarde, eles estavam congelando, mas Shosh não se importou. Conversar com Evan parecia mais um show, menos um ensaio.

Além disso, ela gostava do som da voz dele.

— Mesmo com amigos — ele estava dizendo —, as canções eram como... dores suspeitas em meu corpo. Enquanto as guardasse pra mim, ninguém poderia me diagnosticar.

Ela não ficou surpresa por ele ouvir as músicas também, mesmo que uma parte dela soubesse que deveria estar. Ela também não ficou surpresa quando, após um sussurro esvoaçante de uma árvore próxima, um pássaro levantou voo e ela se lembrou de um poema de Dickinson que havia lido recentemente — *Espero que você também goste de pássaros*. Toda a noite parecia surreal, como se sua vida tivesse sido temporariamente transferida para o interior de um caleidoscópio. Ou como se cada passo que ela deu naquela noite, cada palavra, cada brisa, tivesse sido determinado centenas de anos antes, e ela estava simplesmente seguindo o roteiro.

— Eu entendo — disse ela. — Embora eu realmente não fale muito com ninguém sobre qualquer coisa, de todo jeito.

— Pode falar comigo, se quiser — falou ele, e então os dois trocaram histórias sobre quando e como as canções chegaram a cada um deles, o que levou a conjecturas e teorias incompletas sobre o que as canções significavam, por que ninguém mais podia ouvi-las. Quando ficou claro que nada seria resolvido naquela noite, Shosh descobriu que não estava pronta para ir embora. No fundo, ela sabia que o que havia acontecido antes com os pais era algo necessário, mas novas linhas na areia nunca eram simples, e ela ainda não tinha certeza do que aquilo significava.

Seu lar parecia complicado; e o que quer que estivesse acontecendo ali parecia o oposto de complicado.

— Quando era criança — disse ela, olhando para as estrelas —, eu era obcecada pelo espaço. Lia todos os livros que encontrava. Ficção, não ficção, biografias de astronautas, qualquer coisa. Havia uma história sobre a NASA nos anos 1960. Não lembro onde li, ou se é mesmo verdade, mas alguns astronautas estavam no espaço, cuidando de seus assuntos de astronauta, quando de repente eles ouvem uma música antiga. Alguma velharia tipo "You Are My Sunshine". Obviamente, tão longe da Terra, qualquer coisa que os fizesse se sentir mais perto de casa era apreciada. Então a música termina, e um dos astronautas envia uma mensagem de rádio para a NASA agradecendo pela transmissão. Só que a NASA fica, tipo: *Não temos ideia do que você está falando*. Acontece que ninguém tinha enviado uma transmissão. Então os astronautas ficam todos olhando uns para os outros, tipo: *Você também ouviu, né?* E então a NASA investiga e não encontra nenhum registro dessa música em particular sendo transmitida de qualquer lugar da Terra.

— Então, o que eles ouviram?

— Não o quê. *Quando.* A última vez que a música havia sido transmitida na Terra tinha sido nos anos 1930.

— Uau.

— Sim. Eu devia procurar na internet. Ver se é verdade mesmo.

Ao lado dela, Evan respirou fundo, exalando em uma longa expiração condensada.

— Acredito que há verdade em todas as histórias. Mesmo nas inventadas.

No caminho para casa, Shosh pegou seu telefone. Era tarde, mas a sra. Clark era uma notória madrugadora. E, após dois toques...

— Oi — atendeu a sra. Clark. Ela estava sentada na cama, de óculos, cabelo preso, claramente lendo um livro. — Por que você está sorrindo?

— Não estou sorrindo — disse Shosh.

— Eu sei que já faz um tempo, querida, e talvez você tenha esquecido como é, mas isso é um sorriso.

Shosh sentiu-se subitamente tola.

— Fiz um amigo.

Agora foi a vez da sra. Clark sorrir.

— Quem?

— Ninguém. Um garoto no parque. Deixa pra lá.

No que só poderia ser descrito como um movimento de dança fundamentalmente trágico, a sra. Clark começou a balançar a cabeça para cima e para baixo, fazendo aquele barulho de "uhu-garota-uhu" que os adultos sempre associam ao sexo.

— Você é tão nerd.

— E o garoto do parque tem nome?

— Evan. Ele está na Ivy, mas não acho que ele esteja na aula de teatro.

— Isso me faz questionar a fibra moral do rapaz.

— Você questiona a fibra moral de todo mundo que não é ator.

A sra. Clark deu um grande bocejo, e Shosh achou que era agora ou nunca.

— Ouça — disse ela. — Você, tipo... ligou para meus pais? Ou alguma coisa assim?

— Se eu liguei para seus pais...?

— Conversamos hoje à noite e sei lá. Eles aludiram a alguns... hábitos. Isso me fez pensar se vocês estavam conversando.

A sra. Clark assentiu, e Shosh pensou ter visto um pequeno sorriso no rosto da professora.

— Não posso dizer que o pensamento não passou pela minha cabeça. Certamente, se você ainda fosse minha aluna, haveria telefonemas.

— Então... isso é um não.

— Talvez eu devesse ter ligado. Mas, não, eu não falei com eles.

— Ok, eu estava apenas...

— Eu sei que seus pais estão com muita coisa na cabeça agora, assim como você. Mas acho que eles não precisam que eu aponte os seus *hábitos*, Shosh. Você talvez não seja tão sutil quanto pensa. E eles definitivamente não são tão obtusos. Agora, antes de dormir... — Outro grande bocejo e então: — Uma coisa sobre ela.

Algo sobre o pássaro, talvez, mas de repente ela teve um vislumbre de Stevie sentada na beira da cama, algum livro de instruções aberto na frente dela enquanto ela dedilhava um pequeno acorde triste.

— Ela estava aprendendo a tocar ukulele.

EVAN
sozinho junto

Eu consegui o número de telefone dela.

O número do celular dela.

Ela me deu, e é por isso que eu o tenho.

Estávamos no parque, mencionei como deveríamos manter contato, já que (até onde sabemos) somos as únicas pessoas no mundo ouvindo essas músicas, e ela pegou o telefone e disse:

— Qual é o seu número?

Simples assim, sem alarde, então eu dei a ela. E ela mandou a mensagem, Aqui é a Shosh, e então saímos do parque, Shosh com meu número, eu com o dela.

O número de telefone de Shosh Bell.

Que é algo que eu tenho.

Eu não ando para casa, praticamente flutuo.

Mas há algo mais também. Não sei explicar, mas tenho certeza de que esta noite não foi um acidente. A maneira como ela apareceu no parque, como se tivesse brotado do chão como uma árvore. A maneira como ela cantarolava a música, a maneira como conversávamos como se nos conhecêssemos desde sempre. Parecia planejado, um projeto, o que só tornou a noite mais mágica, então, quando abro a porta da frente, flutuo escada acima para o meu quarto, estou prestes a cair na cama quando, de repente, meu telefone vibra...

Shosh: Só pra você saber, não tenho o hábito de
dar meu número para garotos em parques
Foi a única vez

Evan: Estou honrado 😃
Ei, além disso
Minha amiga Ali vai dar uma festa neste fim de semana.
Uma festinha brega que fazemos todos os anos
Você devia vir

Shosh: Sabe, eu adoraria
Mas você deve ter ouvido sobre meu
histórico recente em festas 🙁

    Evan: Justo, mas
    A) Nenhum bosta está convidado
    B) Não tem piscina
    C) Na verdade, é mais uma reunião pra
    gente ficar de boa, sabe?

Shosh: Adoro ficar de boa

    Evan: É o melhor jeito pra ficar

Shosh: Vou pensar a respeito

    Evan: Claro

Shosh: Ah, obrigada, por falar nisso

    Evan: ??

Shosh: Isso vai me fazer parecer uma
doida sedenta por atenção
Mas não consigo lembrar a última vez que saí
com alguém que não queria esganar

    Evan: E isso é o *oposto* de ficar de boa

Shosh: 😂😂😂

    Evan: Falando sério, fiquei feliz que você estava lá hoje

Shosh: Eu também. É bom não passar por isso sozinha

    Evan: Eu sempre prefiro estar sozinho junto

Shosh: ...

Uma hora depois, com os olhos esbugalhados, fico acordado analisando cada frase da conversa em busca de possíveis pistas sobre o que pode ter enviado Shosh para o Vórtice da Elipse. Por fim, como a própria conversa, caio em um sono profundo e inquietante.

Na manhã seguinte, em vez de tomar café ou tomar um banho, experimento os efeitos rejuvenescedores de uma mensagem de texto de uma nova paixonite: Se aquele convite for real, estou dentro.

Fica de boa, Taft.

Passo cinco minutos compondo o que espero ser um exercício de indiferença, apenas informando a ela que o convite era real, que estou feliz por ela se juntar a mim e enviarei uma mensagem com os detalhes em breve. Eu então mando uma mensagem para Ali: Estou convidando uma amiga para a nossa festinha de fim de ano, ok?

Ali: Evan Frodo Taft

Evan: Por favor, não começa

Ali: Evan Merriwether Lewis Taft

Evan: Ok, a única razão pela qual estou lhe contando é para que você possa dizer aos outros para não fazerem um alarde

Ali: Espera
QUEM É
?????????

Evan: *sussurra* Shosh Bell *sai correndo*

Ali: MENTIRA
EVAN
DETALHES

Evan: Só se você prometer dizer a todos para ficarem de boa

Ali: Certo

Evan: A última coisa de que preciso é Yurt sendo Yurt, chamando-a de Big Bang Cuoco ou algo assim

Ali: Certo

Evan: E precisa ser uma conversa sem mim, senão todos vão tirar sarro

Ali: Certo

Evan: E eu quero prints da conversa como prova

Ali: Fala aí, o que conquistou a Shosh foi esse seu jeitão descolado?

SHOSH
a festinha de fim de ano de Ali

Ali Pilgrim era o tipo de pessoa que faz você acreditar em um poder superior. Era assim que Evan falava sobre ela, de qualquer maneira. Bondade, originalidade, a noção de que ela era quem ela era, e visto que isso era bom o suficiente para ela, deveria ser bom o suficiente para todos os outros também. Shosh a tinha visto na escola, mas, até dez minutos antes, elas nunca haviam conversado. Agora, de pé na cozinha da família Pilgrim enquanto Ali preparava uma bandeja de salgadinhos, Shosh estava começando a entender. A garota apenas irradiava uma certa energia solar; você queria estar na órbita dela.

Era um grupo pequeno. Além de Ali e Evan, havia uma garota tagarela chamada Sara, branca com grandes sardas e cabelos escuros ondulados presos por um lenço azul; uma garota negra chamada Mavie, que carregava uma sacola cheia de jogos de tabuleiro; e a namorada de Mavie, apresentada apenas como Balding, cuja erupção vulcânica de cachos ruivos caía em cascata por seu rosto pálido como lava em uma montanha nevada.

— Ok, pessoal. Vamos revisar as regras, certo? — Dada a semelhança, o adulto que acabara de entrar na cozinha era claramente o pai de Ali; havia um brilho em seus olhos, como um advogado de TV interrogando um réu, sempre três passos à frente. — No que diz respeito às regras, estou terrivelmente decidido. Isso vai apavorar vocês, a minha decisão.

— Ok, pai.

— Número um — continuou ele. — Se você beber esta noite, não dirija. Número dois. Se você beber esta noite, não dirija. Por último, e mais importante...

Antes que ele pudesse terminar, todo mundo cantou junto:

— *Se bebermos, não dirigimos.*

Ele assentiu, seus olhos encontrando cada um deles.

— Chamem um Uber, liguem para sua mãe, liguem para seu tio, diabos, liguem para *mim*. Acabei de começar aquele livro de memórias da Tina Fey com as mãos gigantes na capa? Sim. Eu estarei acordado.

Shosh não pôde deixar de se perguntar se essa exibição era para seu benefício. Toda Iverton sabia; o que acontecera com Stevie não era segredo. Por falar nisso, o sr. Pilgrim talvez tenha ouvido falar sobre seu pequeno episódio à beira da piscina na casa de Abernathy; nesse caso, isso foi menos uma demonstração de apoio e mais um aviso.

— Eu também sei dirigir — disse Mavie. Então, para o sr. Pilgrim: — Eu não bebo.

O pai de Ali assentiu.

— Então. Muitas opções. Entendido?

Um forte coro de *sim, senhor* ecoou pela cozinha, e Ali disse:

— Estamos convencidos o suficiente, pai.

E Shosh observou enquanto o sr. Pilgrim puxou a filha para um abraço natural e, por um breve momento, ela se perguntou o quão diferente seria o abraço deles se Ali também tivesse um irmão morto. Shosh se odiava nesses momentos, queria beber, queria dormir, qualquer coisa para limpar os resíduos da dor, mas não havia nada a fazer.

A vida em um buraco negro já era ruim o suficiente sem o sol ostentando seu brilho.

O porão da família Pilgrim redefinia a alegria natalina: para começar, havia uma lareira elétrica toda enfeitada com meias e pinheiros brilhantes; um trem automático circulava pelo porão, serpenteando entre montes ocasionais de neve falsa, móveis antiquados, pequenos grupos de coro e bonecos de neve em abundância; em um canto, uma antiga televisão com painéis de madeira exibia *Esqueceram de mim* em VHS; em outro, uma árvore de Natal piscando no ritmo de "Jingle Bell Rock" cedia sob o peso do capricho, como se todos os corredores natalinos em todos os supermercados do mundo tivessem explodido e sido milagrosamente remodelados na forma daquela árvore naquele porão.

— Bebida Vermelha? — Evan estendeu um copo de algo quase fluorescente.

— O que é?

— Vodka, suco de caixinha e mais um monte de outras coisas.

Shosh pegou o copo com grande alívio. Era bom, embora um pouco frutado para o gosto dela, mas depois de alguns goles, a inquietação em seu estômago diminuiu um pouco.

— Mas fique sabendo — ele tomou um gole, então estremeceu enquanto descia — que ano passado eu tomei dois copos e não consegui sentir meus dedos dos pés por três dias.

Do outro lado do porão, ligando a lareira elétrica, Ali gritou:

— Ele está falando merda sobre os dedos dos pés?

— Evan é notoriamente fraco pra bebida — disse Sara, servindo-se de um copo cheio de uma tigela de bebida fluorescente.

— Eu não sou, não.

— Yurt vem? — perguntou Mavie, ao que Balding revirou os olhos, como se dissesse: *Maldito* Yurt, fazendo Sara encará-la com a testa franzida.

— Quem é Yurt? — perguntou Shosh.

— Tá mais pra *o que é Yurt* — disse Balding, sorrindo e tomando um gole.

— Ele é um cara *legal,* tá? — Sara se jogou no sofá e, enquanto todos se reuniam perto do fogo, ela explicou que Yurt era uma figura e, como todas as figuras, você só precisava conhecê-lo. — Yurt tem um evento de família, mas ele vai vir. Disse que deveríamos começar sem ele.

Ali tirou uma caixa de papelão de debaixo da mesa de centro, enquanto alguém apagava as luzes do teto. Entre a lareira acesa e o número exorbitante de luzes cintilantes de Natal, o porão ainda estava bem iluminado, mas agora com o elemento dramático adicionado.

— Contemplem! — exclamou Ali. — Ao começarmos esta noite das noites, eu declaro o início de nossa boa e fiel festinha de fim de ano, a quarta edição...

— Não é a terceira?

— ... a terceira edição, na qual nós, o povo, doravante e para sempre...

— Doravante?

— ... na qual nós, pelas próximas *horas,* vamos participar de jogatinas cafonas, discussões animadas...

— Não sei se dá pra dizer *jogatina.*

— ... e, o mais importante... — da caixa, Ali pegou um suéter realmente horrível retratando o Papai Noel como um musculoso idiota levantando pesos — ... moletons horrorosos. Quem fica com a roupa do Papai Noel Bombado este ano?

Balding levantou a mão; Ali lançou a blusa para ela, e então puxou um cardigã verde com dois sinos dourados sob uma árvore incrivelmente ereta.

— A Bolas de Natal vai para o Evan, obviamente...

— Por que é tão óbvio? — murmurou Evan, aceitando o suéter como uma sentença de prisão.

Mavie pegou a blusa mais peluda (todas as oito renas com narizes felpudos vermelhos), Ali pegou a mais nojenta (Randy Quaid em um roupão de banho soltando um barro na sarjeta) e Sara pegou a mais sexy (Marilyn Monroe usando gorro de Papai Noel).

— E para a nossa debutante da festinha de fim de ano... — Ali levantou um suéter com uma dúzia de elfos alinhados, cada um com a cabeça "photoshopada" de Elvis Presley. Na parte superior, em negrito: ELFOS PRESLEY.

E foi assim, meio bêbada com uma bebida fluorescente, cercada de muita alegria, usando o pior trocadilho de sua vida, que Shosh ergueu seu copo com o resto do grupo, brindando coletivamente a noite.

E então...

— Ei, ei, ei! — veio uma voz do topo da escada e um barulho estrondoso quando a pessoa desceu os degraus, virou-se e encarou Shosh. — Aí, sim! Big Bang Cuoco, você veio.

Sara enterrou o rosto nas mãos; Evan se levantou do sofá, mas não parecia saber para onde ir a partir daí. Balding esvaziou o resto de seu copo, estalou a língua e disse as duas únicas palavras que qualquer um deles conseguiu pronunciar:

— Maldito *Yurt*.

EVAN
Elfos Presley

Quando saio do banheiro, Ali está bem ali, encostada na parede.

— Gostei dela — diz.

— Claro que gostou. Ela é demais. Pena que você não a verá muito. Entre Yurt agindo como um idiota e a chocante eficiência com que encerrei nossa conversa de texto ontem à noite, estou surpreso que ela ainda esteja aqui.

O banheiro do porão fica em uma pequena alcova atrás da escada. Ali e eu espiamos juntos enquanto Mavie e Balding fazem a cena atual de *Esqueceram de mim*, em que Harry e Marv são atropelados por latas de tinta. Shosh está no sofá ao lado de Yurt, os dois rindo.

— Ah, as propriedades curativas da Bebida Vermelha — sussurra Ali. — Eu deveria engarrafar essa merda e ficar rica.

Sara surge nesse momento, bate palmas silenciosamente em minha direção, toda sorridente.

— Muito bem, Cervantes.

— Para.

— Pra ser sincera, estou feliz em ver você se apaixonar por alguém fora do universo de Sherlock Holmes. Baker Street é difícil de superar, cara.

— Traga-me um pouco daquele coquetel maravilhoso — diz Ali, olhando para o nada.

Sara se inclina para perto de mim.

— O que há com ela?

— O de sempre. Traçando seu futuro como magnata da Bebida Vermelha. — Passo as mãos pelo cabelo, mas as mantenho ali, enterro os dedos fundo, deixo o cabelo cair e depois coço como um animal.

Sara se inclina para Ali.

— O que há com ele?

— O de sempre. Ele mandou mal nas mensagens de texto ontem à noite, e agora o Yurt está dando uma de Yurt, e cá estamos.

— Ah. — Sara olha para mim de novo. — Bem, ela está aqui, não está? Contra todas as probabilidades, você trouxe uma garota gostosa para uma festa. E ela não foi embora. Eu diria que é uma vitória, Watson.

— Este é o vermelho mais vermelho possível. — Balding encara a bebida como se contemplasse o abismo.

— Quando eu estava no oitavo ano — diz Yurt —, encomendei o livro *Esfera*.

— Não há nada mais vermelho na Terra.

— Mas a livraria se esqueceu de enviar o livro. Ou, então, despachou para o lugar errado.

Está tarde, o porão é uma colcha aconchegante de iluminação natalina, e nos sentamos no contentamento sonolento que surge nas primeiras horas da manhã, enfiados em suéteres feios, cercados por amigos. Terminamos os jogos de Charadas de Fim de Ano, Lançamento de Duendes e o Jogo de Beber Bengala Doce. Terminamos *Esqueceram de mim* e *Um duende em Nova York* e agora estamos no meio de *A felicidade não se compra*, mas apenas metade de nós presta atenção, a outra metade está meio bêbada.

Quanto a mim, ainda estou tomando lentamente meu primeiro copo, com a intenção de deixar todos os arbustos da vizinhança imaculados. Sem mencionar, como Sara gentilmente apontou, Shosh ainda está aqui. Eu gostaria de manter meu juízo.

— Ei... — Sara se vira para Ali. — Ouvi dizer que você se candidatou pra Baylor?

— Sim. Georgetown também, o que pode ser minha primeira opção. Mas enviei as inscrições meio tarde, então... não saberei por um tempo.

— A mascote da Baylor é um urso — diz Sara. — Qual é a da Georgetown?

— Um buldogue.

— Buldogue?

— *Buldogue*.

— Quando o livro apareceu na minha porta, eu já tinha esquecido que estava esperando um livro.

— Acho que tá queimando minhas retinas.

Sara se vira para mim, e posso sentir a pergunta de Headlands chegando. Antes que ela possa perguntar, aponto para a tela.

— Então George Bailey vai até a ponte para pular — eu digo. — Mas o anjo pula primeiro, a ideia é fazer com que George o salve. Então o plano do anjo para impedir George de pular é fazê-lo pular? Não faz sentido.

— Eu nunca vi *The Big Bang Theory* — diz Shosh.

Enquanto antes o porão parecia uma sala de orquestra nos momentos anteriores a um concerto, quando cada músico executa sua própria parte separadamente, agora parece que o maestro levantou a batuta...

— Nem eu — diz Balding, quase em um sussurro.

Mavie sorri.

— Eu também não.

Um a um, confirma-se: nenhum de nós viu um episódio sequer de *The Big Bang Theory*.

— Talvez ninguém tenha visto — diz Sara, e Yurt emenda:

— É a *Conspiração Big Bang*, meu.

— Por que *parece* que eu já vi? — pergunta Balding.

— Entre clipes, GIFs e memes — diz Ali —, formamos uma composição. Como o retrato falado de um suspeito.

— Se serve de consolo — Sara se volta para Shosh —, tenho a sensação de que o personagem de Cuoco meio que mantém o navio flutuando.

— Mas as pessoas acham que eu me pareço com ela?

Sara encolhe os ombros.

— Cabelos diferentes, obviamente.

— Além disso — eu digo —, você é muito mais bonita.

Há momentos em que nossas bocas nos traem, em que nossos cérebros agem por conta própria. Na maioria das vezes, eles ocorrem em momentos de distração — digamos, ao tentar explicar os buracos na trama de um dos filmes mais clássicos de todos os tempos enquanto ouve seus amigos divagarem sobre entregas de livros e sobre o quão vermelha a sua bebida é.

— Obrigada — diz Shosh calmamente.

Na iluminação natalina, o rosto dela é o único que não sorri para mim.

SHOSH
rotas alternativas

O BANCO DE TRÁS DO CARRO de Mavie realmente não foi feito para quatro passageiros, mas em uma tentativa de evitar que alguém se sentasse no colo de outra pessoa, Sara, Yurt, Evan e Shosh se apertaram ali e fizeram funcionar. Na frente, Balding está de DJ, escolhendo uma playlist de rap dos anos 1990 enquanto Mavie navega pelas estradas sinuosas dos subúrbios de Iverton.

Ainda no porão de Ali, quando Mavie se ofereceu para levar todos para casa, Shosh perguntou:

— Você tá bem pra dirigir?

Foi força do hábito, mais do que tudo. Em resposta, Mavie tirou um colar de debaixo da camisa e ergueu uma ficha à meia-luz:

— Seis meses sóbria.

Não tinha passado despercebido a Shosh que a mesma coisa que tirara a vida de sua irmã era a coisa com a qual ela agora contava na ausência de sua irmã. Na prática, ela sabia que havia pessoas que não bebiam, pessoas que não podiam ou não deviam beber. Mas sempre houve uma delimitação clara entre os Phil Lessings e Chris Bonds do mundo — pessoas fracas com mentes fracas — e pessoas como Shosh. Talvez ela bebesse como eles, mas havia uma razão para ela ter parado de dirigir.

Raciocínio: era isso que a tornava diferente — o que a tornava melhor do que os Lessings e os Bonds.

Isso era o que ela sempre havia dito a si mesma.

Mas agora ali estava Mavie. Não havia nada de vistoso em sua sobriedade. Quando ela mostrou sua ficha, seu sorriso estava cheio de orgulho, mas seus olhos mantinham uma faísca constante de... O quê?... Temor? Respeito? Humildade? Fosse o que fosse, parecia grande, puro e, em seu brilho, Shosh reconheceu uma falha fundamental na sua lógica: todo esse tempo, ela confundiu negociação com razão.

Ela gostava de Mavie. Era difícil não gostar. Mas o fato da existência de Mavie provar a fraqueza de Shosh inclinou a balança de seu mundo para mais perto do mundo de Phil Lessing e Chris Bond, e, por isso, Shosh *mal* podia esperar para pular fora do carro.

— Então o que você acha? — Como se sentisse os pensamentos de Shosh, Mavie estava sorrindo para ela no retrovisor. — Sua primeira festinha de fim de ano.

— Foi... muito divertido, na verdade — disse Shosh.

— Você parece surpresa.

— Faz um tempo que não me divirto. Estava começando a esquecer como é. — E talvez em um esforço para combater seu ressentimento anterior, ela sentiu a necessidade de acrescentar: — Ali é ótima.

— Você pensa isso agora — disse Sara. — Espere até ela falar com você sobre o catamarangotango. Aí você vai ver.

Yurt assentiu e, antes que Balding pudesse aumentar o volume, disse:

— É, aí vai ver *mesmo*.

— Não dê ouvidos a eles — disse Evan. — Quer dizer, sim, ela vai falar muito sobre o catamarangotango, mas Ali é a melhor.

Se fosse qualquer outra pessoa, ela não conseguiria ouvir por causa da música no carro. Mas Evan estava a centímetros de distância e contou uma história sobre um garoto do terceiro ano do fundamental que tentou dar uma surra nele.

— Mas Ali não deixou. Ela o derrubou e foi isso. Melhores amigos desde então.

Uma imagem repentina de um campo de futebol, um garoto mais velho parado na frente dela e Stevie surgindo do nada...

— É bom ter alguém assim em sua vida — afirmou Shosh.

Ela observou as estradas desconhecidas pelo restante do caminho para casa, passando por árvores durante a noite.

EVAN
boa noite

Quando paramos na rua de Shosh, eu também saio do carro e digo a Mavie que vou a pé dali.

— Tem certeza? — pergunta ela.

— Sim, não é tão longe. Obrigado pela carona.

Shosh agradece a ela também e, quando o carro desaparece na estrada, olhamos para a casa dela.

— Tá bem frio — diz Shosh, e de repente me sinto bobo por pensar que isso foi uma boa ideia.

— Eu gosto do frio — respondo.

Minha teoria é que, se eu me envergonhar o suficiente, talvez adquira o gosto por isso.

Estamos na varanda dela agora, e Shosh se vira para mim, e imagino uma versão de mim mesmo que a agarra pela mão, a gira, a abaixa tanto que ela pensa que vamos cair, mas não caímos, porque eu sou um dançarino fodão (além de ter *músculos bombados*), e então eu a beijo nos lábios, e...

— Ali é minha melhor amiga — digo, o que combina tanto com algo que *esta* versão de mim diria que eu quero morrer.

— Eu sei.

— Certo. É que... mais cedo, quando eu tava falando do quão ótima ela é... Eu não queria que você tivesse uma ideia errada. Quer dizer, eu a amo, mas não é esse tipo de amor.

Deus, por favor, alguém acabe com o meu sofrimento.

— Tudo bem — diz Shosh.

Por um segundo, nós só ficamos lá, e considero novamente um mundo onde eu teria coragem de me aproximar dela, de ir de cabeça, mas, infelizmente... este não é esse mundo. Em vez disso, no que só posso descrever como uma experiência extracorpórea, observo com horror meu braço direito se erguer e minha mão se estender, palma para o lado, polegar apontado para o céu, e eu daria qualquer coisa para voltar atrás, mas a única coisa pior do que oferecer um aperto de mão a uma garota que você prefere beijar é oferecer um aperto de mão e depois mudar de ideia.

E então, eu faço a única coisa que posso: eu admito a merda que estou fazendo.

Mão estendida, olhos fixos nos dela.

— Obrigado por uma noite adorável, Shosh Bell.

Um segundo de silêncio, uma batida do coração.

Glória das glórias: um sorriso.

Ela se aproxima.

Pega minha mão, gentil, suave, quente.

Segura, e então: para cima e para baixo, lentamente.

Abre a boca, e posso sentir seu hálito: picante, botânico, doce.

— Boa noite, Evan Taft.

Eu não posso prever o futuro. Mas se tivermos histórias para contar, essa vai estar bem no topo da lista. Primeiro beijo? Que nada. Nossa noite foi tão incrível que a gente trocou um aperto de mão.

Estou a meio caminho de casa quando recebo uma mensagem de Shosh. Dada a magia da noite, tenho que ler algumas vezes antes de entender do que ela está falando.

Shosh: Eu não a ouvi hoje

Evan: Nem eu

Shosh: Faz tempo que não a ouço

Evan: Nem eu

Shosh: Eu me pergunto por que

Evan: Eu também.

SHOSH
passado, presente, futuro

A FAMÍLIA BELL SEMPRE PASSAVA um tempo em Elgin durante as férias. Felizmente para todos os envolvidos, o tio Bobby, a tia Helen e a prima Karen passaram o Natal na Flórida (porque é claro que sim), então era apenas Shosh, seus pais e seus amados avós.

O tempo lá podia ser resumido em uma palavra: pijama. As manhãs eram para dormir até tarde, waffles, os famosos enroladinhos de salsicha da Nona; tardes com um livro ao pé da lareira, petiscando numa charcutaria sem fim. À noite, eles comiam mais, liam mais, assistiam a filmes e, considerando a quantidade de neve, a quantidade de comida e a falta de necessidade de estar em qualquer lugar ou fazer qualquer coisa, essas duas semanas deveriam ter voado como um sonho. E, na maioria dos anos, foi isso que aconteceu.

A princípio, Shosh atribuiu a inquietação daquele ano ao óbvio: seu primeiro Natal sem Stevie, dificilmente se poderia esperar que eles fingissem que tudo estava alegre e brilhante. No dia em que chegaram, ela entrou no banheiro e encontrou o pai chorando; pelo menos duas vezes, depois de salpicar canela em um prato de waffles (que era a maneira como Stevie comia waffles), Nona chamou o nome da neta pela casa, e o silêncio retumbante que se seguiu foi um lembrete de sua ausência.

Foi complicado para todos eles. Isso era de se esperar.

Mas alguns dias depois, Shosh não podia ignorar a camada extra de complicação que só se aplicava a ela: *Estou com saudade dele*, pensou.

Shosh não podia acreditar, mas lá estava.

Antes de ela partir, eles fizeram planos de ir ver um filme no ano-novo. De repente, aquilo pareceu a uma eternidade de distância, e Shosh estava ao mesmo tempo com vertigem pela ideia de vê-lo e totalmente perplexa com a intensidade de sua afeição. Ela se viu procurando desculpas para enviar uma mensagem de texto para ele. Por exemplo, o meme que ela encontrou com uma citação comumente atribuída a Nietzsche, que dizia *"E aqueles que foram vistos dançando foram considerados loucos por aqueles que não podiam ouvir a música"*. Obviamente, isso se aplicava à situação deles com Nightbird e, obviamente, era algo de que Evan deveria ser informado.

Já viu isso?, escreveu ela, junto com a citação atribuída a Nietzsche.

Evan: Uau. É como se ele estivesse falando da gente.

Shosh: Né???

Evan: Muito ninja

Shosh: Não, muito Nietzsche ♥

Evan: BOA

Shosh: E isso não chega nem perto

Então, após alguma (muita) ponderação, ela enviou isto: **De qualquer forma, vi a citação e ela me fez pensar em nós.**

EVAN
nós

Três letras, uma sílaba, arrebatador.

SHOSH
no brilho tranquilo

Ela estava acabada. Não dava para negar. Mas nenhuma quantidade de saudade pode acelerar o tempo, então ela procurou maneiras de manter a mente ocupada.

Desde que percebeu que havia roubado acidentalmente os versos de Nightbird, ela hesitava em revisitar o projeto das poesias com as cabanas. Mas ao olhar para o último post da conta da Noruega — uma casinha branca no meio de um vasto bosque nevado, o sol nascendo no horizonte —, ela pensou em quanto tempo fazia desde que ela ouvira as músicas: *Que diabos*.

A cama dela na casa dos avós não estava alinhada com a janela, mas havia uma cadeira confortável ao lado dela, que serviria como sua base poética de operações. Ela se sentou, começou a digitar e, em pouco tempo, tinha isto:

> ela foi para a cama convencida de que a noite nunca terminaria
> e acordou para descobrir que o sol provou que ela estava errada novamente

Quando a sra. Clark deu a ela o ultimato — "faça alguma coisa ou pare de me ligar" —, Shosh escolheu a poesia pelo simples fato de parecer algo totalmente novo. Mas quanto mais ela escrevia, mais familiar aquilo parecia, até que ela percebeu o porquê: poemas eram canções escondidas.

Ela postou o **dístico da cabana n.º 8**, depois desceu as escadas para a cozinha, onde um pacote com 12 latinhas de Coca-Cola Diet a encarava da geladeira. Shosh abriu uma, tomou um gole. Ela quase tinha esquecido como era o gosto puro.

— Tudo bem, então — disse ela, pegando mais três latas e voltando para o quarto.

Crepúsculo.

Bosques nevados.

Uma cabana de madeira ao lado de um rio caudaloso.

o chamado do sono, eu ouço agora, alto como é longo o dia
e o rio corre, aquele estrondo suave, a favorita canção de inverno ouvia

Céus cinzentos no horizonte.
Uma cabana preta à beira-mar.
Grama verde crescendo bem no telhado.

mantenha suas telhas, ladrilhos e corrugado plástico
coloquei meu quintal no meu telhado, parece fantástico

Um pequeno lago cheio de lâmpadas à luz de velas.
Centro do quadro, uma cabana amarela.
Montanha nevada atrás.
Redemoinhos de néon acima, a aurora enlouquecida.

com uma esperança trêmula, no brilho tranquilizante
levantamos um copo para o passado distante

Na manhã seguinte, Shosh acordou tarde.
Quatro latas vazias de Coca-Cola Diet no chão.
Cabeça limpa, alma cheia.
Quatro mensagens em seu telefone.
A primeira, de Ruth Hamish:

> Minha amiga tá *arrasando* no Insta! Uma
>   Emily Dickinson moderna, adorei

Era bonitinho e tudo mais, mas foram as próximas três mensagens que a deixaram flutuando durante o restante do dia.

> **Evan:** Ei. Uau. Então. Você é uma escritora. Bom saber.
> Além disso, isso pode ser exagerado, e se
> for, eu realmente peço desculpas, mas
> não posso deixar de dizer isso
> Estou com saudade

Mais rápido do que jamais havia digitado qualquer coisa, e sem interesse em parecer tímida ou legal, ela respondeu: Eu também.

EVAN
tudo é possível e tudo é perfeito

Aí acontece! O dia tão esperado finalmente chegou — o dia que vou encontrar Shosh para ir ao cinema depois de duas semanas — e mamãe me disse que pegou um turno extra no restaurante.

— Hoje?

— Neil não está se sentindo muito bem. — Ela dá de ombros como se sua decisão não estivesse arruinando minha vida. — Achei que o dinheiro extra viria a calhar.

Ainda estamos nas férias de fim de ano; nós três estamos comendo cereal, assistindo a um dos desenhos favoritos de Will, uma joia animada chamada *The Octonauts*, sobre animais antropomórficos que habitam uma sede submarina deliciosamente aconchegante e partem em várias aventuras aquáticas.

— Quem é Neil? — pergunto.

— Ah. Só um amigo do trabalho.

Um amigo do trabalho. Ela usou essa mesma frase ao discutir sua biópsia, como um "amigo do trabalho" lhe deu uma carona e depois a deixou descansar na casa dele. A maioria dos filhos provavelmente não quer pensar no namoro de suas mães — e não é como se eu estivesse apaixonado pela ideia, mas ninguém no mundo merece ser mais feliz do que minha mãe. Se ela tem um ou dois Neil do lado, estou ótimo com isso, desde que eles não fiquem doentes em momentos inoportunos e estraguem tudo.

— Shellington é o meu favorito — diz Will, totalmente encantado com o episódio.

— É ele que tem sotaque escocês? — pergunta mamãe.

Will assente.

— Além disso, ele sabe tudo. Tá vendo?

No episódio, Shellington está explicando que uma certa criatura marinha é, na verdade, duas criaturas *separadas*: um caranguejo com um ouriço-do-mar preso nas costas.

— Então você precisa que eu fique com Will — eu digo.

— Se estiver tudo bem. — Mamãe aponta para a tela. — Qual é mesmo o nome dele?
— Esse é o Capitão Barnacles — diz Will. — Ele é o chefe.
— Mãe?
— Ah, eu gosto do Barnacles — diz mamãe. — Aquele outro, Kwazii, ele é grande demais para suas calças.
— *Mãe.*
Ela olha para mim.
— O que foi?
— Não posso.
— Não pode o quê?
— Ficar aqui esta noite. Eu tenho um...
Sentindo o que estou prestes a dizer, ela sorri, inclina a cabeça, e sei que estou acabado.
— Deixa pra lá — eu digo.
— Você tem um... compromisso?
— Não é nada.
— Uma apresentação?
— Will, você pode aumentar o volume? — pergunto.
Mamãe se inclina.
— Desculpe. Eu deveria ter perguntado para você primeiro.
— Tudo bem.
— Você pode trazer ela aqui? Ou ele? — Ela continua me encarando, curiosa. — Ou eles! Quem quer que seja. Quem quer que seja, é mais do que bem-vindo para vir aqui hoje.
— Obrigado, mãe. Vamos apenas remarcar. Não é grande coisa.
No episódio, o caranguejo e o ouriço-do-mar tentam seguir seus próprios caminhos, mas acontece que o caranguejo precisa do ouriço para se proteger e o ouriço precisa do caranguejo para se alimentar.
— Isso se chama *simbiose* — afirma Will. Depois, com a boca cheia: — Eles não podem sobreviver separados.
Eu que o diga.

Evan: Oi. Então...
Aparentemente, minha mãe pegou um turno extra
no trabalho esta noite e não me contou
Eu tenho que ficar em casa com Will.
Sinto muito por avisar de última hora.
Podemos remarcar para amanhã?

        Shosh: O QUÊ?
        VOCÊ MORREU PRA MIM
        Brincadeira
        Sem problema. Quer dizer, que pena, mas eu entendo!

Evan: Obrigado 🖤

        Shosh: Então, o que vocês vão fazer hoje?

Evan: O mais provável é ver E.T. pela bilionésima vez
Que merda
(Mas não de verdade)

        Shosh: Legal!
        Esse é um daqueles clássicos que eu nunca vi

Evan: O quê?

        Shosh: E.T.

Evan: Desculpe, pensei que você tinha
dito que nunca viu E.T.

        Shosh: Eu não vi

Evan: Desculpe, pensei que você tinha
dito que nunca tinha visto

        Shosh: Você não tem ideia da minha
        capacidade para isso
        Eu vou aguentar mais que você

Evan: Justo
Que tal você vir aqui em casa, então?

        Shosh: Depende

Evan: Do quê?

        Shosh: Vai ter pipoca?

No minuto em que Shosh entra pela porta, Will está totalmente agitado.

Ele insiste em lhe dar um tour pelo lugar, como se nossa casa fosse Downton, e ele fosse Carson, fazendo uma apresentação formal de cada quarto. Depois do tour, ele diz:

— Veja isso — e então dá uma cambalhota muito básica na sala de estar, seguida por (o que deve ser, com certeza, nossa, apenas uma *tentativa de*) algum novo passo de dança. É tudo totalmente desanimador, e não posso deixar de me perguntar se a maioria das crianças é compelida a exibir suas habilidades mais mundanas ou se só Will faz isso.

— Isto é para você — diz ele, entregando a Shosh um chapéu decorativo de ano-novo.

— Obrigada, gentil senhor — e Shosh o coloca, toda sorrisos, então se vira para mim. — Como estou?

De verdade, ela está *fantástica*, mesmo com o chapéu bobo, mas dou um tempo, fico tranquilo, apoio o queixo na mão e aceno devagar, como um estilista avaliando uma modelo de passarela.

— Em uma palavra? — Eu jogo as duas mãos no ar. — Fabulosa.

Will nos leva até sua estação de arte na sala de estar, onde nos dá uma de suas tarefas favoritas: fazer o que você faz de melhor.

— Tudo o que você precisa fazer — diz ele — é pensar no que faz melhor. Faça. E então todos mostramos uns aos outros o que fizemos. Se você vai desenhar, porém, deve saber que Evan é o melhor desenhista.

Shosh sorri para mim, e eu murmuro algo como:

— Nada a ver — tentando esconder o quanto estou satisfeito.

— Tudo bem, meninos... — Shosh pega uma caneta, um pedaço de papel e se vira para o canto. — Valendo!

Pela próxima meia hora, trabalhamos em nossos projetos em segredo. Enquanto isso, Will continua sua exibição do mundano, contando piadas inventadas sobre peidos e histórias que não chegam a lugar algum. Meu instinto é dizer a ele para relaxar, mas Shosh está adorando. Mesmo no canto, trabalhando arduamente em sua "melhor coisa", seus sorrisos são como uma lâmpada na sala, e seu riso se transforma em uma risada baixa e fervente que só aumenta a cada piada de mau gosto.

Eu não achava que era possível gostar ainda mais dessa garota, mas vê-la com Will — mais direto ao ponto, vê-lo com *ela*, o quão confortável ele está ao lado dela — está me transformando em um emoji vivo com olhos de coração.

Quando terminamos, Will lê uma história ridícula (mas reconhecidamente hilária) que ele escreveu chamada *O grande arroto de Barry*, a respeito de um menino cujo arroto ganha vida. Quando ele termina, batemos palmas e comemoramos, e ele faz uma profunda reverência, e então é a minha vez.

— Portanto, este é um robô chamado Q2-EV, que é basicamente o primo malvado do C-3PO, especializado em destruição desnecessária.

Shosh pega o papel da minha mão para olhar mais de perto.

— Caramba.

— Eu falei — diz Will.

— Evan, como eu não sabia que você desenhava desse jeito?

Sinto meu rosto esquentar.

— Não é nada.

— Isso aqui parece coisa da *Pixar*. Estou com vergonha de mostrar o meu.

— Tá bom... — falo, pegando o papel de volta. — Vamos lá.

— Sério, não tem nem comparação.

— Você tem que mostrar — diz Will. — São as regras.

Shosh olha para o papel em suas mãos.

— Tá bom. Mas eu tenho que me virar. Não quero que vocês olhem para mim.

— Sério? — Eu sorrio para ela. — Você não se apresenta na frente de centenas de pessoas?

— Acredite em mim. É *muito* mais fácil do que isso aqui.

Ela se vira, pigarreia, e não sei o que eu estava esperando, mas quando ela começa a cantar, a princípio, acho que Nightbird surgiu na sala. A música é nova, desconhecida, mas sua voz tem uma qualidade etérea semelhante, subindo e descendo como ondas em câmera lenta. Will e eu olhamos um para o outro, depois para a nuca dela enquanto Shosh canta.

A voz dela é do tipo que te faz reavaliar do que o ser humano é capaz: se a gente canta assim, o que *não* podemos fazer?

Quando o choque diminui, reconheço algumas das letras de suas postagens de dísticos das cabanas. Parece uma transformação inevitável, como se os poemas fossem canções o tempo todo. Ela canta rios correndo e esperanças trêmulas, e me pego sentindo algo novo, algo mais do que uma paixão, diferente do amor: sou grato por conhecê-la.

— Isso foi *muuuuuito*... uau — diz Will quando ela se vira. — Eu não sabia que dava para fazer isso.

Eu sinto que estou encarando ela, embora também não me importe que esteja encarando.

— Você é incrível — digo, e ela sorri, de olhos baixos, quando percebo o que acabei de dizer. — Quer dizer, *isso* foi incrível.

— Obrigada — responde Shosh, e a sala de repente parece mais leve, elétrica, cheia de energia cinética, como se tudo fosse possível e tudo fosse perfeito.

E então Will estende a mão para o pulso dela, coloca um dedo em sua tatuagem e efetivamente mata essa energia com uma única e inocente pergunta:

— Ele está se sentindo sozinho sem o Rã?

SHOSH
filme na casa da família Taft

Esta noite foi provavelmente o recorde de mais minutos consecutivos sem Shosh pensar na irmã. Aquela casa, aquela família: Shosh se sentia como ela mesma. E era difícil saber o que era mais chocante: ser puxada de volta para a dura realidade da morte de Stevie ou ser puxada para lá por uma criança.

Não que ele pretendesse fazer isso.

Ela jogou água no rosto, olhou-se no espelho do banheiro.

Will foi a primeira pessoa na Terra a identificar corretamente sua tatuagem, não como *um* sapo, mas como *o* Sapo.

Ele está se sentindo sozinho sem o Rã?

— Sim — sussurrou ela para o reflexo.

De volta à sala de estar, Evan e Will esperavam com pipoca, as luzes apagadas, *E.T.* prontinho para começar na tela. Will estava sentado em um pufe no chão, olhando para os pés.

— Sinto muito por te magoar. Sobre Rã e Sapo.

Evan estava no sofá com um sorriso nervoso; ficou claro que eles conversaram na ausência dela. Ela atravessou a sala, sentou-se no chão ao lado de Will, puxou os joelhos até o queixo.

— A questão é que minha irmã e eu adoramos Rã e Sapo.

— Eu também — respondeu Will.

— Eles são os melhores, certo? Qual é a sua história favorita?

— Hum... "A pipa".

— Essa é boa. Ele com certeza mostrou para aqueles pássaros, né?

— Eles não podiam voar tão alto quanto a pipa dele.

— Não chegavam nem perto. Nossa favorita era "Sozinho".

Will assentiu.

— Essa faz o Evan chorar.

No sofá, Evan pigarreou.

— Quer dizer, não era, tipo, todo dia.

Shosh sorriu, segurando as lágrimas.

— Todas as histórias do Rã e do Sapo me fazem chorar. Especialmente agora.

— Por que agora?

O aquecedor ligou, pequenas partículas de poeira de uma saída de ventilação próxima lançadas no ar, iluminadas pelo brilho azul da televisão, e Shosh teve um vislumbre repentino de sua mãe invadindo seu quarto pela manhã, abrindo as cortinas com um floreio, lançando poeira em todos os lugares. Ela podia vê-las agora do jeito que as via então, uma espécie de dança de gravidade zero, toda iluminada pelo sol da manhã — e Shosh tentou se lembrar da última vez que sua mãe a acordara assim.

— Quando éramos pequenas, sempre que uma de nós não conseguia dormir, minha irmã e eu recitávamos "Sozinho" de novo e de novo. Fazíamos isso juntas, em voz alta, até que uma de nós finalmente adormecia. Mas sempre era eu que dormia primeiro, deixando-a recitar "Sozinho" sozinha. Não sei por que isso nunca me ocorreu... — Ela engoliu em seco, olhou diretamente para Will. — A minha irmã morreu. Então eu choro muito agora.

Will se mexeu no pufe até estar perto o suficiente para descansar a cabeça no ombro dela.

— "Rã e Sapo comeram sanduíches úmidos sem chá gelado" — disse ele.

Shosh enxugou os olhos e sorriu, apoiando a cabeça na de Will.

— "Eles eram dois bons amigos sentados sozinhos juntos".

Assistir a *E.T.* com Will e Evan era como confirmar a existência de magia no universo. Havia uma ligação clara entre eles, e, embora tivessem o cuidado de não interromper — não houve recitação de falas ou passagens, sem exclamações ridículas como *Ah, essa parte é ótima* —, era impossível esconder o quão próximos os dois eram do filme. Isso estava claro em seus sorrisos enquanto assistiam, na maneira como suas reações antecipavam levemente cada momento, nos olhares que trocavam durante uma cena especialmente significativa. Shosh conhecia melhor do que ninguém a intimidade compartilhada da história, quando todos os participantes estão vulneráveis e dispostos.

Ela só ousou interromper uma vez, e apenas para mencionar como E.T. estava em um dos filmes da segunda trilogia de *Star Wars*, momento em que Evan riu e Will fingiu que ela não tinha dito nada.

— Estou falando sério — disse ela.

Will pausou o filme.

— Do que você tá falando?

Shosh abriu o YouTube no celular e, quando encontrou o que estava procurando — uma cena bem rápida de *A ameaça fantasma* —, virou a tela para a gente. Enquanto o rosto de Will mudava da suspeita para a alegria, ela explicou a tradição do Dia de Ação de Graças de sua família de assistir a todos os filmes de *Star Wars*, como cada cena estava arraigada em seu cérebro, e só então ocorreu a ela que eles tinham pulado a tradição aquele ano.

Apesar de todo o trauma associado à perda, ninguém falou sobre a realidade de longo prazo: o luto era a morte causada por mil cortes de papel. Um terremoto com intensidade dez na escala Richter seguido por uma vida inteira de pequenos tremores.

— Não acredito que a gente não sabia disso — disse Will, parecendo devidamente impressionado com a exibição de conhecimentos cinematográficos dela.

Evan sorriu.

— Você percebe que isso a catapulta para um status lendário, certo?

— Sinto-me honrada — disse ela, e, quando voltaram ao filme, Shosh não pôde deixar de notar que ela estava mais perto de Evan no sofá, embora não pudesse dizer se tinha sido ela quem se sentara mais perto dele ou o contrário. Não que isso importasse. As luzes estavam apagadas e Evan estava perto o suficiente para que ela pudesse sentir o calor emanando de seu corpo. No escuro, suas mãos se tornaram tanto uma bússola quanto um destino: o que eles estavam tentando alcançar e o caminho para chegar lá. Embora não tenham exatamente estendido a mão um para o outro, o movimento mais parecido com o crescimento de ervas daninhas selvagens, quando finalmente se tocaram, parecia inevitável, uma continuação do aperto de mão da noite da festinha de fim de ano, como se a mão dela tivesse gravado na memória a de Evan. A mão dele estava um pouco suada, ou talvez fosse a dela, e com Will tão perto, foi uma festa só para as mãos, o que, tudo bem, ótimo, mas fez Shosh querer estender o convite para outras partes do corpo também.

Quando o filme acabou, eles soltaram as mãos, se afastaram um pouco, nada para ver aqui.

— Então? — perguntou Will. — O que você achou?

— Incrível — disse Shosh.

— É?

— Uma verdadeira obra-prima. Eu tenho uma pergunta, no entanto.

— Ah, não — disse Evan.

Shosh chutou o pé dele.

— Não é uma *crítica*. Só uma pergunta sincera.

— Ok — disse Will, como se a desafiasse.

— Então, certo, eles conseguiram mandar o E.T. de volta pra casa. Mas agora Elliott não tem ninguém. Então, acho que minha pergunta é: e o Elliott?

Uma pausa significativa, e então Will se virou para seu irmão com a intensidade de uma leoa rondando a presa.

— Evan, você deveria se casar com ela.

— Certo. — Evan levantou-se abruptamente e bateu palmas. — Diga boa noite pra nossa convidada, é hora de dormir.

Will abraçou Shosh; suas palavras sussurradas a pegaram desprevenida. Naquela noite e nos dias seguintes, ela pensou em como não merecia aquelas palavras, em como não as cumpriu e em como poderia cumpri-las.

— Meu coração brilha para você — disse Will.

E os dois subiram as escadas: um deles o garoto por quem ela estava se apaixonando, o outro o garoto por quem ela estava determinada a resolver sua vida.

EVAN
ela é um Tarantino

— Alguma coisa tá diferente — diz Maya, e eu me pergunto o que ela vê.

Euforia, obviamente. Era impossível manter Shosh em segredo.

Decisão, provavelmente. Na noite passada, depois de saber sobre o significado de Rã e Sapo, voltei e verifiquei nossa primeira troca de mensagens, aquela que encerrei com tanta eficiência: *Eu também. É bom não passar por isso sozinha,* ela tinha escrito. E eu respondi: *Eu sempre prefiro estar sozinho junto,* citando involuntariamente a piada interna mais carregada que ela teve com a irmã.

Frustração, definitivamente. Depois de finalmente fazer Will adormecer, desci as escadas para encontrar mamãe de volta do trabalho, falando com Shosh. É claro que minha mãe mandou algo como "Não liguem pra mim, finjam que não estou aqui", e então fingiu entrar furtivamente em seu quarto, como se para provar o quão ela *não estava lá,* mas, nossa, ela estava lá, sim, muito, *completamente.*

— O que está diferente? — insiste Maya.

— Nada. Eu... não é nada.

— Evan.

— Eu conheci uma garota — eu digo, e antes que perceba, estou contando a Maya tudo sobre Shosh, como nos conhecemos no parque (omito as músicas, é claro), quem ela é, como eu me sinto quando estou com ela. — É como se eu fosse mais eu mesmo com ela. É como se eu fosse a minha versão mais eu possível.

— Mais até do que com Ali?

— Não, isso sempre foi... Sempre senti isso com Ali, mas é diferente. Não sei. Com Ali é difícil de explicar, mas fácil de viver, sabe? Com Shosh, é fácil explicar...

— Você está apaixonado.

— Já falei muita coisa aqui, né? Todo o tipo de coisas que eu *penso* que são, ou coisas que *quero* que sejam, mas não tenho certeza do que quero dizer, ou não tenho certeza se *devo* dizer algo diferente...

— Você pode ser honesto, Evan.

— Ela é *descolada demais* pra mim.
— Shosh é.
— Ela é um filme do Tarantino. Eu sou Judd Apatow no melhor dos casos. Então tudo bem, não sou um nada, mas também não sou, você sabe, um *autor*.
— Eu gosto de Judd Apatow.
— O lance é que ela não *age* como se fosse descolada demais pra mim, o que só faz ela ser ainda *mais* descolada. E nem vamos falar sobre como ela é bonita, ok?
— Ok.
— Nem toque nesse assunto.
— Eu não vou tocar.
— Seja qual for a escala desatualizada e misógina que pessoas idiotas usam para descrever a beleza, Shosh supera.
— Ok.
— Ela é o que a *Vogue* quer ser. Ela é platina, ou sei lá o quê, em um mundo de latão escovado. E não estou falando só de aparência. A "pessoa" dela é impressionante, o que eu sei que parece brega, mas é verdade. Além disso, ela sabe cantar, você sabia disso?

Maya, sorrindo, balança a cabeça.

— Bem, ela sabe cantar. E tem a voz de um anjo. Além disso, ela ama Will, e adivinhe?
— Will a ama?
— Will a ama! E Ali também, e minha mãe, e... — Eu suspiro como um dirigível murchando.
...
...
— Tá tudo bem, Evan.
— Eu não quero falar isso ainda.
— E tudo bem, também.
...
...
— Podemos revisitar esse assunto sempre que você quiser — diz Maya.
— Ok.
...
...
— Evan?
— O quê?
— E quanto a Headlands?

Quando considero a teoria do século XVII de que os pássaros migravam para a Lua, penso menos no cientista que a concebeu e mais nas pessoas que acreditaram nele: os mineiros e pescadores, os ferreiros e fazendeiros, pessoas passando seus dias com todos os tipos de considerações que não são para onde os pássaros vão no inverno. É de se admirar, então, que o pouco tempo que eles podiam dedicar ao assunto não os fizesse acreditar na explicação mais *provável*, mas, sim, na mais *interessante*? É de se admirar que alguém com uma vida extremamente comum tenha ânsia de provar nem que seja um pouquinho do extraordinário?

— Perdi o prazo.

Maya é a primeira a quem conto. Achei que seria melhor dar a notícia a ela primeiro, antes de mamãe ou Ali.

— Passou — digo, encolhendo os ombros, como se para provar essa merda: *vê se eu ligo?* — Então é isso.

Sou o mineiro, o pescador, o ferreiro e o fazendeiro.

Eu sou a vida comum. Shosh é minha explicação improvável.

— Bem, então... — Maya se levanta, coloca as mãos nos bolsos. — Acabou o tempo.

— O quê? — Eu olho para o relógio. — Só passaram vinte minutos.

Ela dá de ombros. *Vê se eu ligo?*

— Então é isso, como dizem.

— Ok, entendi o que você está fazendo. Está tentando dar uma de *Gênio indomável* pra cima de mim.

— Você já mencionou o conceito de atrofia aqui, Evan. O que você acha que isso é?

— Eu não vou morder a isca.

— Tudo em todos os lugares está tentando desmoronar. Não há nada que você possa fazer sobre isso.

— Se quer tanto ir para o Alasca, você que deveria ir.

— Então você não *quer* mais ir — diz ela. — Você não quer ir para o Alasca. Você não quer fazer parte desse programa e por *isso* deixou o prazo passar?

— Você ainda não entendeu. Eu *não posso* ir.

— Se você decidir passar o resto de sua vida esperando que coisas ruins aconteçam, adivinhe? Isso é exatamente o que você vai fazer.

SHOSH
a vista favorita dela

De certa forma, a foto era como muitas antes dela: uma vista do topo da montanha, quilômetros de floresta branca sem fim espalhados à frente; um amontoado de cabanas em primeiro plano, todas cobertas de neve; no horizonte, o sol, seja se pondo ou nascendo, uma majestosa exibição de beleza.

De certa forma, era bem diferente das outras fotos que ela tinha usado: nessa havia uma pessoa, enrolada em um cobertor, olhando para a paisagem. E apesar de toda a beleza majestosa na frente deles, a pessoa era o ponto focal da foto.

no vasto cosmos (ainda em expansão)
ali, de pé, você é minha favorita visão

Abaixo, ela digitou **dístico da cabana n.º 22** e postou.

Então, com o estômago embrulhado, ela mandou a postagem para Evan, junto com uma mensagem: **Escrevi um pra você.**

EVAN
o tesão invade

ALI LEVA APROXIMADAMENTE 15 SEGUNDOS para responder ao print que enviei a ela. Sua primeira dezena de textos não são nada além de emojis de berinjela, seguidos de palmas, seguidos de foguinho, seguidos de mais berinjelas e depois...

Ali: Ela te quer

Evan: Como isso é possível?

Ali: O universo é vasto, tá ligado?
Quando você vai ver ela de novo?

Evan: Esta noite, vamos ao Discount

Ali: QUE CLASSE

Evan: IDEIA DELA

Ali: Então
Vocês vão,
sabe...

Evan: Eu quero

Ali: Certo

Evan: Eu gostaria muito

Ali: Com certeza

Evan: Meio que parece que vai rolar

Ali: Parece mesmo

> **Evan:** Mas esse dístico...
> Aumenta as apostas

Ali: Entre outras coisas
(emojis de berinjela)

> **Evan:** Eu gosto dela de verdade

Ali: É o que parece. Ela é muita areia
para o seu caminhãozinho

> **Evan:** Obviamente

Ali: Dito isto, três pontos dignos de nota...
1 — Você não se dá valor o suficiente.
Você é engraçado de um jeito nerd, o que
às vezes não deixa de ser fofo
2 — Você é inteligente e tem um cabelo lindo
e deveria se lembrar dessas coisas
3 — Porque eu te conheço, sei que chegará um momento
em que você vai se convencer de que ela não gosta
de você. Nesse momento, lembre-se de que...
Ela te escreveu um poema
Ninguém faz isso por alguém que não quer pegar

> **Evan:** Você já escreveu um poema pra mim

Ali: Foi diferente
Ao ler isso, você consegue ver o tesão invadindo

> **Evan:** Eu sinto isso

Ali: Apenas lembre-se do que eu disse, vai ficar tudo bem

> **Evan:** Certo. Eu tenho um cabelo lindo.

Ali: Além do lance de ser um nerd espertinho e fofo.

Shosh me fala que "arrumou um carro" para nossa ida ao cinema no Discount e que eu deveria estar na frente da minha casa às seis da tarde. Digo a ela que posso dirigir, mas ela não quer saber disso e, às seis horas, um carro para na garagem e Shosh sai do banco de trás.

— Ei, cara.

— Oi.

Tem uma garota na escola que usa a mesma camisa do Bowie todos os dias e, embora Shosh não esteja nesse nível, ela usa o mesmo casaco, as mesmas botas e o cabelo sempre bagunçado. Ela é deslumbrante, é isso, e já estou provando que o segundo ponto de Ali está correto: não tem como Shosh estar a fim de mim.

E ainda assim, quando ela me abraça, continua segurando minha mão.

— Will fez isso pra você — digo, entregando a ela uma flor recortada de papel amarelo, um limpador de cachimbo verde servindo de haste, e ela sorri como um sol nascente, coloca a flor de papel atrás da orelha, e eu morro.

Enquanto vamos em direção ao carro, pergunto se ela pegou um Uber e ela diz:

— Mais ou menos. — E então, se sentando no banco de trás: — Evan, esta é minha amiga...

— Ruth?

SHOSH
mãos

Era difícil saber se o filme realmente era uma droga ou se as circunstâncias o transformaram em uma porcaria.

A sala não estava lotada, mas as pessoas estavam espalhadas por toda parte; Shosh e Evan tiveram que se sentar no meio de uma fileira e, embora suas mãos fizessem o máximo, Shosh estava pronta para mais do que mãos.

Na saída, ela mandou uma mensagem para Ruth, que disse que chegaria em um piscar de olhos.

— Então, você paga a ela? — perguntou Evan enquanto esperavam na frente.

— Ah, com certeza. Quer dizer, ela me diz para não fazer isso, mas só somos amigas por causa do trabalho dela, então...

Shosh checou o telefone, guardou-o, afastou o cabelo do rosto apenas para que o vento o soprasse de volta.

— Ainda não consigo acreditar que vocês dois se conhecem.

— Ah. Nós não nos conhecemos de fato.

— Você que está perdendo, então. Ela é brilhante.

Evan parecia inseguro, mas mudou de assunto.

— Will está morrendo de ciúmes por eu sair com você hoje à noite.

— Cara — disse ela. — Aquele garoto.

— Eu sei.

— Ele é como...

— Eu sei.

— ... o melhor de verdade.

Mais vento, mais cabelo no rosto; ela desistiu, baforou nas mãos para mantê-las aquecidas, olhou para Evan enquanto ele desviava o olhar.

Sentiu seus olhos nela enquanto ela desviava o olhar.

As pessoas estavam por toda parte, entrando e saindo do cinema, e no meio disso tudo, Shosh e Evan se entreolharam ao mesmo tempo.

Vento. Cabelo.

A princípio, sorrisos.

Então, sem sorrisos.

Isso, pensou ela, aproximando-se com uma urgência repentina.

Ele sentiu aquilo? Ela esperava que sim, realmente esperava.

Ela agarrou a mão dele, inclinou-se para contar a Evan, só que quando ela abriu a boca, de repente pareceu aquele momento entre dormir e acordar. E ela se perguntou o que ela queria dizer a ele.

NOVA YORK
· 1988 ·

NA MANHÃ DEPOIS QUE Siggy ouviu pela primeira vez a Voz, ele se convenceu de que era um sonho. É o que eu ganho por comer chocolate tarde da noite, pensou ele, jogando o resto do chocolate no lixo. Era dezembro, um frio amargo no ar; na noite passada, Siggy tinha adormecido envolto em colchas, então, quando a Voz o acordou, ele estava suando dentro do pijama.

Dois anos após ter se formado na faculdade, e com o dinheiro da bolsa chegando ao fim, Siggy estava escrevendo um musical original em um apartamento de um quarto sem elevador em Brooklyn Heights. E embora ele geralmente não fosse avesso à ideia de um poder superior (ele nunca tinha visto um bebê e deixado de pensar que era um milagre), a vontade de acreditar não era crença em si. Talvez alguns atribuíssem a voz a Deus, mas Siggy permaneceu, como sempre, cético.

Os amigos de Everett o chamavam de "o crente", um apelido que usava com honra. Todo domingo, ele batia ponto na Igreja Episcopal de Santo Agostinho; o livro que estava sempre ao lado de sua cama era O Livro de Oração Comum e, embora não pudesse provar sua fé, nunca lhe ocorrera tentar. Em seu último ano na NYU, Everett estudou história da arte e morou em um alojamento no East Village. Quando não estava ocupado com a igreja ou a faculdade, gostava de encerrar o dia trabalhando em uma paixão silenciosa: quebra-cabeças.

Recentemente, ele adquiriu uma série de pontes americanas de mil peças. Depois de completar a Golden Gate e a Mackinac, ele foi para a sua amada Ponte do Brooklyn. A pintura sempre seria seu primeiro amor, mas os quebra-cabeças ofereciam algo que a arte não podia: um final decisivo. Em média, ele levava dez dias para completar um quebra-cabeça de mil peças, mas ele estava entrando em sua terceira semana consecutiva na Ponte do Brooklyn sem fim à vista. O problema era que toda a paleta era de um cinza desbotado. Céu, estrada, água — fora as luzes da cidade e um pequeno pássaro no canto, Everett mal conseguia distinguir uma peça da outra.

— Você vai sair assim? — perguntou seu colega de quarto uma noite, enquanto Everett colocava um casaco e um gorro. Já passava da meia-noite, o vento do inverno uivava pelo beco atrás do prédio.

— Esse quebra-cabeça me deixou vesgo — disse Everett. — Preciso caminhar.

Seis quarteirões depois, quando percebeu para onde seus pés o estavam levando, não pôde deixar de sorrir.

Não era o chocolate.

A Voz visitou Siggy todas as noites durante duas semanas e sempre com o mesmo comando: *"LEVANTE."* Determinado a descobrir a fonte da Voz, ele tentou ficar acordado, mas quando ela chegava, não havia nada para ver, apenas um pássaro esvoaçando no parapeito da janela. Seus dias eram cheios de dores de cabeça e cochilos involuntários; sua música sofria, ele mal comia e, por baixo de tudo, sentia um pavor ansioso enquanto a hora de dormir se aproximava.

Uma noite, em uma tentativa desesperada de escapar, ele saiu do apartamento e vagou pelas ruas do Brooklyn, seguindo cuidadosamente rotas familiares até que, por fim, parou no meio da Ponte do Brooklyn, encarando o East River.

— Oi.

Siggy não era um nova-iorquino nativo; nascido e criado em Tromsø, se alguém fala com você, pelo menos você reconhece a existência daquela pessoa. Mas quando terminou seu primeiro ano de faculdade em Nova York, ele entendeu o acordo tácito de todos os nova-iorquinos: a todo custo, olhos fixos à frente.

— Você tá bem, cara?

As regras eram claras e inabaláveis, o que significava que esse cara era um assaltante ou, pior ainda, um turista. Mas quando Siggy se virou para repreendê-lo, tudo o que saiu foi:

— Ah.

A noite tomou um rumo agradável, e, antes que Siggy percebesse, eles estavam conversando sobre o musical que ele estava escrevendo.

— É uma história de amor parisiense do século XIX — disse ele, corando.

— Romântico — disse Everett.

— Na época da cólera.

— Ah. Um romance trágico, então.

— Existe algum outro tipo?

Everett sorriu.

— Acho que sim.

Sete anos mais tarde, em 1995, Siggy e Everett contarão essa história em sua despedida de solteiro conjunta. Siggy dirá que foi amor à primeira vista, como em um verdadeiro conto de fadas. Everett vai balançar a cabeça.

— Você deveria fazer doutorado em história revisionista — ele dirá, e então vai contar uma versão que soa menos como um conto de fadas e mais como uma intervenção.

— Você estava com aquele olhar, Sig. Eu estava com medo por você.

E embora suas memórias daquela noite sejam diferentes de maneiras sutis, há uma troca que os dois lembram perfeitamente:

— Eu não durmo direito há semanas — disse Siggy naquela primeira noite, com os olhos no East River.

Quando Everett perguntou o motivo, Siggy respondeu que ele nunca acreditaria nele.

— Adivinha como meus amigos me chamam? — disse Everett.

Em seu funeral conjunto em 2006, a mãe de Everett contará a história em meio às lágrimas, como seu filho conheceu o amor de sua vida porque não conseguia terminar um quebra-cabeça. A irmã de Siggy dirá como foi uma sorte seu irmão não conseguir dormir, como algumas pessoas estão destinadas a se encontrar. E na primeira fileira da Igreja Episcopal de Santo Agostinho, uma menina de seis anos chamada Birdie vai olhar para os dois caixões, sabendo que seus pais estão lá dentro, que sofreram um acidente em uma montanha fria no país onde papai tinha nascido.

Sentada ali, ela tentará entender a escala do tempo: os segundos que alguém leva para morrer; a eternidade de estar morto.

A história deles era conhecida por todos que os conheciam. Mas as únicas pessoas que sabiam sobre a Voz eram Everett e Siggy.

— Eu ouço uma Voz — disse Siggy a Everett naquela primeira noite na ponte. — Ela diz a mesma palavra repetidas vezes.

— O que ela diz? — perguntou Everett.

Dezoito anos depois, durante o elogio fúnebre de sua tia, Birdie vai se levantar e gritar: *"LEVANTE!"*

PARTE
·SEIS·
OPUS

EVAN
azul

O quarto de Shosh é uma bagunça institucional: é uma bagunça há tanto tempo que nem parece mais uma bagunça.

— Gosto que você tenha cabelo comprido — diz ela, puxando delicadamente algumas mechas do meu cabelo.

— Meus amigos são obcecados pelo seu — afirmo.

— Sério? Está sempre um desastre.

Quando subimos a escada pela primeira vez, ela me mostrou como sua cama se alinhava com a janela e disse que muitas vezes se sentava ali, metade para dentro, metade para fora. Está muito frio para abrir a janela esta noite, mas isso não nos impediu de nos deitarmos na cama. Não tenho certeza de como acabamos assim — a minha cabeça no colo de Shosh —, mas não me importo nem um pouco.

— Você ouviu Nightbird ultimamente? — pergunta ela.

— Não. E você?

— Não, desde aquela noite no parque. É engraçado, mas quando penso nas músicas agora, é como se fossem formas em uma nuvem que ninguém mais notou. À vista de todos, mas apenas se você soubesse onde procurar.

— Você soa como ela, sabe? Quando você canta.

Ela não diz nada por um minuto, apenas passa lentamente as mãos pelo meu cabelo; quando finalmente fala, sua voz soa fina, e posso dizer que o que ela vai falar é importante.

— Stevie costumava dizer que a gente sempre volta para a música. Você pode deixá-la de lado por um tempo. Pode pensar que a esqueceu, mas quando você estiver pronto, ela também estará. — Silêncio por um segundo, e então: — Sinto falta disso.

— De música?

— De música. De atuar. Tudo isso. A única coisa mais cansativa do que desistir é fingir que não sinto falta.

— Então não desista.

— Você parece a sra. Clark.

— A professora de teatro?

Shosh faz que sim com a cabeça.

— Mas ela só é nove anos mais velha que eu. Além disso, passamos todos os momentos do dia juntas nos últimos quatro anos, então ela é basicamente da família. Ela ajudou muito no processo de inscrição na USC e continua tentando me convencer a me *re*inscrever, mas... essa parte da minha vida acabou.

Se meu tempo com Maya me ensinou alguma coisa, foi até que ponto uma pessoa pode acreditar que algo é verdade quando não é. Em todas as tempestades que já tive, eu estava convencido de que estava morrendo. Metade das coisas que eu disse no consultório de Maya se provaram falsas, mas, quando eu as disse, acreditava nelas inequivocamente. Eu ouço o mesmo agora na voz de Shosh. Ela não está sendo dramática ou procurando compaixão ou compreensão. Ela está afirmando o que para ela é uma verdade muito simples.

— Quando Stevie foi para a faculdade, o primeiro ano foi devastador. Éramos tão próximas que era apenas uma questão de tempo até que eu me juntasse a ela em Loyola. Então a atuação ganhou vida própria, e todo mundo ficou, tipo, *Nova York ou Los Angeles*, mas pra mim estava ótimo ir pra Chicago. Loyola tem uma boa faculdade de teatro. Uma noite ao telefone, Stevie ficou muito quieta. Disse que não fazia sentido, só porque ela era mais velha e podia escolher primeiro, que *eu* deveria ir atrás *dela*. E foi isso. A partir de então, onde quer que eu fosse para a faculdade, ela viria comigo. Em algum momento nos ocorreu que ela teria que pedir transferência durante o último ano, a menos que se formasse mais cedo... mas você sabe o que precisa fazer para se formar mais cedo?

Eu não digo nada; não é bem uma pergunta.

— Ela estava a caminho das aulas de verão quando a picape a acertou — diz Shosh. — Ela estava naquela estrada naquele momento por minha causa. Meu sonho, minha ambição.

Eu quero dizer a Shosh que não é culpa dela. E quase o faço, mas então penso em todas as vezes que ouvi essas palavras quando papai foi embora e como elas soaram vazias. E penso em todas as vezes que Maya poderia ter me respondido com alguma solução mecânica, mas, em vez disso, escolheu me encontrar onde eu estava.

Eu quero que as minhas palavras contem. Eu quero encontrar Shosh onde ela está.

Então conto a ela sobre o câncer de mamãe, sobre Headlands e como, embora fosse meu único sonho, nem me inscrevi porque isso significaria deixar mamãe e Will para trás.

— Não é a mesma coisa, eu sei. Mas eu tenho um sonho e não posso ir atrás dele.

Quando termino, Shosh espera um minuto; percebo que ela quer que suas palavras contem também.

— Sinto muito por sua mãe — diz ela.

— Eu acho que ela está bem agora. Mas pode voltar, sabe? E se isso acontecer, eu simplesmente... não consigo imaginar não estar aqui.

Gentilmente, Shosh move minha cabeça, puxa um laptop de uma pilha de travesseiros.

— Tenho lido muito Emily Dickinson nos últimos tempos — diz ela, abrindo o computador e mexendo no mouse. — *"Porque eu não pude parar para a Morte, ela gentilmente parou para mim. Na carruagem só cabíamos nós e a imortalidade."* Ruth me apresentou. Ela era obcecada pela morte e pela imortalidade...

— Ruth?

— Emily. O que faz sentido quando você lê sobre todos na vida dela que morreram jovens. Quando você está cercado pela morte, é difícil não pensar em viver para sempre.

— Eu tenho um respeito saudável pela minha própria mortalidade. A ideia de que a morte leva tudo de você até não sobrar nada... — Minha voz falha quando percebo o quão insensível meu comentário é devido à discussão em torno de Stevie. — Merda. Desculpe.

— Tá tudo bem. Mas só pra você saber, não acho que você esteja certo sobre isso.

— Ah, é?

— Sim. Não sei. O que você acha que acontece?

Engraçado como uma pergunta pode mudar dependendo de quem está perguntando. Já pensei nisso antes, obviamente. Só que agora estou pensando em algo diferente.

— Eu ouvi uma teoria uma vez sobre a cor azul. Estou reduzindo muito, mas a essência é, quando você olha para a literatura, a palavra *azul* não aparece por séculos. Não está em nenhum texto ou livro antigo. Sempre que Homero descreve o oceano, ele usa o vinho como comparação. É como uma coisa que existe, mas até onde se sabe, ou as pessoas não conseguiam ver a cor azul ou não tinham uma palavra para isso. Então eu penso, talvez tivéssemos que evoluir para ver isso? Mas se for verdade, não é como se todo mundo na Terra acordasse um dia e *bum*, havia azul. O que significa que houve um período na história em que algumas pessoas podiam ver azul e outras, não. E os que podiam acreditavam que a cor existia, não é? Estava bem ali. Mas para quem não podia, era menos uma cor, mais um conceito. Uma ideia, tipo... amor verdadeiro. Você acredita nisso ou não. Talvez a vida após a morte seja assim.

Sinto o ritmo da respiração de Shosh e poderia ficar aqui para sempre com as mãos dela no meu cabelo.

— Eu sei que Stevie não está aqui — diz ela. — Mas ela não é nada. E ela não está em lugar nenhum.

Quando peço mais poemas de Dickinson, ela lê alguns de seus favoritos, incluindo um que me faz pensar se os antigos escritores tinham seus próprios Nightbirds:

"Esperança" é a coisa com penas...
Que, empoleirada na alma,
Canta a melodia sem palavras...
E nunca para...

Depois de recitar esse, Shosh dá de ombros, o que me faz derreter, e então nossa respiração acelera, o ar fica elétrico.

Não sei quem se move primeiro.

Eu me sento; ela silenciosamente desliga o computador, desliza-o para o lado, e agora suas mãos estão na minha nuca, seus olhos como fogo suave.

Eu me inclino para a frente, nossas testas se tocam, galáxias colidem — assim como passados e futuros —, todas as nossas ideias, sonhos e medos se tornaram uma coisa só.

— Estou uma confusão — sussurra ela, e posso sentir o cheiro de seus lábios, mas espero.

Olho para baixo, inclino-me, só um pouco.

As palavras dela podem dizer *vá devagar*, podem querer dizer *não*, então espero.

Depois encaro seus olhos e sorrio.

SHOSH
azul verdadeiro

— Ninguém é perfeito — disse ele.
— Alguns corpos são mais perfeitos do que outros — disse ela.
Shosh piscou, um silêncio lento. E quando eles se beijaram, foi vulcânico e molecular, febril, uma maravilha ao mesmo tempo antiga e nova.
— Eu senti sua falta — afirmou ela, e o beijo explodiu, foram muitos beijos, porque ela estava certa, não fazia sentido, mas ela estava certa.
Um leve empurrão, e ela estava em cima dele agora, e o tempo não era nada, oceanos e anos não eram nada, havia apenas Shosh e Evan, suas bocas e línguas querendo vencer as mãos. Ele sentiu aquilo? Ela esperava que sim. Ela o beijou com mais força para lhe mostrar, mais profundamente agora, o cabelo caindo no rosto dele como as primeiras folhas do outono, os quadris se movendo para a frente, para trás, lentamente para a frente e para trás, e então ela parou — sentou-se ereta —, tirou a camisa e caiu de volta sobre ele, beijando-o na testa, beijando-o no pescoço, na bochecha, no olho.
— Eu acredito no azul — sussurrou ela enquanto o beijava.

EVAN
a coisa em si

— Então, no contexto mais amplo de Chelsea nos anos 1950, quando Mila Henry escreve sobre "sair do robô", do que achamos que ela realmente está falando?

Não me lembro de já ter ficado tão distraído na aula do sr. Hambright. O que tenho certeza de que não tem nada a ver com os eventos da noite passada.

— Claramente, ela queria dizer *foda-se o patriarcado* — diz uma estudante do segundo ano chamada Laura cujos níveis de sede me forçam a acreditar que ela nunca foi saciada. — E, tipo, pá. Caiu atirando.

Hambright assente e continua no seu modo de sempre:

— Definitivamente é uma resposta, Laura. Obrigado.

Mais tarde, vinte minutos de um ensaio *molezinha* sobre Mila Henry, Hambright para na minha mesa e lê por cima do meu ombro enquanto escrevo.

— Hum.

Eu baixo minha caneta.

— Posso ajudar?

— É sua opinião que o livro *June First* foi em grande parte impulsionado pelo conflito de Mila Henry, um conflito emocional e financeiro, como mãe e dona de casa?

Yurt, atrás de mim:

— Essa é a sua opinião, cara?

— Não — digo. — Minha opinião é que *June First* só *existe* por causa do conflito de Mila Henry, um conflito emocional e financeiro, como uma mãe *solteira*.

— Ela era casada com Huston.

— Ah, por favor. Ele nunca estava por perto. Ela fazia tudo sozinha.

— Hum... Então, por que fazer isso? — pergunta ele.

Não posso deixar de sentir que ele está brincando comigo.

— Por que fazer o quê?

— Ao que tudo indica, seu primeiro livro foi um fracasso. Ninguém leu, ninguém parecia se importar. Não havia pressão iminente, nem preocupações contratuais...

— Não se tratava de *vender*. Ela tinha que escrever o livro. Havia valor no processo, na coisa em si. Não apenas no que essa coisa pode se tornar.

Hambright parece considerar, balançando a cabeça lentamente, e então:

— Sua mãe me disse que você perdeu o prazo de Headlands.

Eu engasgo com minha própria saliva, então meio que casualmente olho ao redor da sala para ver quem está ouvindo. (Literalmente todo mundo está.)

— Desistiu de Glacier Bay? — pergunta Hambright.

— Ah, sim. Não. Quer dizer, decidi não ir.

— Isso é ruim. Eu achei que o programa combinava com você. Bem, eu adoraria ler as redações que você escreveu.

Silêncio absoluto na sala.

— Eu não escrevi as redações.

— Por que não?

— Eu te disse, decidi não ir. Qual seria o ponto?

Como um jogador de xadrez de classe mundial, Hambright nunca revela o que está fazendo enquanto o faz. Você só vai na onda, tudo normal, e então *bum*: você está no fundo de um buraco que nunca soube que cavou.

— Eu imaginei que o objetivo de uma redação — diz ele, calmamente — era a própria redação, Evan. Valor na coisa em si, né? Não apenas o que essa coisa pode se tornar.

SHOSH
preparar, apontar, cozinhar

O QUE OS VENTOS DO INVERNO ROUBARAM — calor, frescor, o zumbido da vida —, os ventos da primavera traziam de volta em abundância. Como se o próprio ar tomasse um rumo diferente na primavera, trabalhando *com* a natureza em vez de contra ela. Por mais que Shosh amasse o inverno, por mais que se sentisse mais confortável do que em qualquer outra estação, não havia como negar a alegria de um bom degelo.

A primavera ainda não tinha chegado. Mas parada na frente da janela, ela quase podia ouvi-la chegando. Certamente, podia sentir o cheiro.

Ou talvez fosse só o bolo.

— Giuseppe faz isso parecer tão *fácil* — falou o pai dela.

Shosh deu as costas para a janela da cozinha para encontrá-lo agachado na frente do forno, olhando para dentro como se desejasse que um bolo perfeito surgisse.

— Ele faz tudo parecer fácil — disse ela, pegando uma lata de Coca Diet da geladeira. — É por isso que ele vai ganhar.

— *Jürgen até o fim!* —gritou sua mãe da sala de estar.

— Por favor — disse o pai. — Crystelle está ficando cada vez melhor.

A origem da última obsessão de sua família repousava diretamente sobre os ombros de seu pai. Alguém em seu trabalho mencionou como eles ficaram viciados em *The Great British Baking Show*, e naquela noite, quando ele ligou a TV, Shosh se jogou no sofá com toda a intenção de zombar do programa e de seu pai por assistir àquilo. Três episódios depois, ela se sentia cerca de 400% mais relaxada do que quando entrara na sala. Em algum momento, sua mãe se juntou a eles, e agora eles falavam toda uma outra língua, cheia de massa crua e bolos solados, especialistas repentinos em coisas das quais nunca tinham ouvido falar antes. Era um bom programa; Shosh não podia negar. Mas a qualidade do programa tinha pouco a ver com o que os compelia a assistir juntos com tanta regularidade, assim como o motivo de assar um bolo tinha pouco a ver com a qualidade.

Cozinhar nunca foi um passatempo da família Bell. E como eles nunca cozinharam como uma família de quatro pessoas, era o passatempo perfeito para uma família de três.

— Como é mesmo o nome disso? — perguntou Shosh, olhando para o bolo confuso que seu pai tinha acabado de tirar do forno.

— Amarena Cherry Gugelhupf — respondeu o pai, consultando a receita impressa.

— Parece bem Gugelhupfy.

— Talvez *muito* Gugelhupfy.

— Bem, quanto de Gugelhupf deveria ter?

— Sei lá. — O pai sorriu para ela. — Talvez devêssemos procurar no Gugel.

Ela o saudou com a lata, torcendo, e o sorriso dele mudou, se aprofundou. Como um vento de primavera, trazia calor, frescor, o zumbido da vida.

Gentilmente, ele colocou ambas as mãos em seus ombros e beijou sua testa.

— Nós vamos ficar bem — sussurrou ele.

Mais tarde naquela noite, depois de comer um bolo medíocre e ver quatro episódios extraordinários do programa britânico, eles arrastaram suas pernas cheias de açúcar escada acima para dormir. De pijama, Shosh escovou os dentes e, quando saiu do banheiro para o corredor, viu algo que não via havia meses: a porta do quarto de Stevie estava entreaberta, um fio de luz saindo lá de dentro. De meias, Shosh rastejou pelo corredor, espiou pela fresta. Lá dentro, sua mãe estava tirando coisas do armário de Stevie, colocando-as na cama ao lado de uma caixa aberta. Enquanto trabalhava, cantarolava baixinho algo vagamente familiar, algo de quando as meninas eram pequenas; apoiado na cama ao lado da caixa estava o velho ukulele de Stevie, como se tivesse sido tocado no dia anterior.

Shosh sorriu e seguiu para o seu quarto. Lá dentro, ela fechou a porta, prestou atenção...

Nada. Nada de Nightbird. Apenas o som de um bom degelo. Como arrancar as tábuas de um velho poço ou estender um cobertor em uma nesga de luz do sol.

Sem pensar muito, ela pegou o telefone e mandou uma mensagem para Evan: **Talvez estejamos errados. Talvez esteja tudo bem em estar bem**.

Ela jogou o telefone na cama, abriu o laptop e redigiu um e-mail para um escritório com o qual não entrava em contato havia meses.

EVAN
a rainha do gelo

Tenho que ler o e-mail cinco vezes antes de compreendê-lo completamente. Mesmo assim, não tenho certeza se entendi. Atordoado, vou até a cozinha — onde mamãe está preparando caçarola de taco para a semana — e mostro a tela do celular.

— O que houve? — pergunta ela, secando as mãos no avental.
— Alguém largou Headlands. Tem uma vaga.
— Espera aí... — Mamãe pega o celular. — Pensei que você tivesse perdido o prazo.

Conto a ela como Hambright me incitou a escrever a redação de qualquer maneira, então eu fiz. E como Shosh tinha enviado uma mensagem do nada que me fez pensar que eu deveria ir em frente e enviar a redação, então eu fiz isso também.

— Foi uma inscrição tardia. Eu nem achei que eles iam ler.
— Querido... isto é uma carta de *aceite*.
— Tipo isso. Eles têm uma estranha... contingência.

Mas é tarde demais. Minha mãe está chorando, cobrindo a boca com a mão enquanto relê o e-mail, e desejo mais do que tudo que pudesse ser real.

— Mãe...

Agora ela está me envolvendo em seus braços.

— Estou tão orgulhosa de você.
— Eu não vou.

Ela se afasta, estuda meu rosto.

— Se você não for, não vou falar com você por um ano.
— Tá bom...
— Esqueça Glacier Bay, eu vou ser a mãe glacial. Você *vai*.
— Você acha mesmo... Você acha que só porque você não me deixa ir às consultas eu não sei de nada? Você acha que não li todos os artigos que encontrei, não memorizei todas as postagens dos blogs, não pesquiso tudo no Google? Você acha que eu não sei que trinta por cento das sobreviventes do câncer de mama sofrem com metástase?

— Posso te dizer o seguinte: *100%* dos meus filhos que não aproveitarem a oportunidade de realizar um sonho quando ele está bem diante deles vão ficar de castigo pelo resto da vida.

— Você nunca vai estar *curada*, mãe. Sempre há uma chance do câncer voltar e, se isso acontecer, tenho que estar aqui.

— Certo, agora escute. Escute bem. Se você decidir ser pai, será o melhor que já existiu. Muito melhor que o seu, ok? — No andar de cima, ouvimos Will reencenando a cena da bicicleta de *E.T.*, correndo pelo quarto como se estivesse sendo perseguido por policiais de terno. — Vocês vão ver filmes, *fazer* filmes, montar LEGOs, e em vez das Noites de Manos, será as Noites do Papai, e você vai desejar que seja assim pra sempre. Você verá seu filho crescer e vai ficar muito orgulhoso, mesmo que parte de você fique triste porque as coisas estão mudando. Seu filho vai crescer e mudar da melhor maneira, e talvez então você entenda o que sinto agora. Que a única coisa pior do que ver seu filho sair pela porta é vê-lo fechá-la silenciosamente.

Estamos nos abraçando agora, nós dois chorando, ouvindo o lindo barulho de Will lá em cima.

— Você *não vai* interromper sua vida por mim — diz ela em meu ombro, e acho que abraçar sua mãe é a melhor maneira de viajar no tempo; os lugares onde você esteve, as pessoas que você conheceu, está tudo lá. — Agora diga: *Tá bom, mamãe*.

— Tá bom, mamãe.

— *Rainha do gelo*, tô te falando.

— Vou ignorar essa óbvia piada de *Frozen*.

Mamãe ri, enxuga os olhos com as costas da mão e só agora, com o delineador borrado em seu rosto, percebo que ela está usando maquiagem.

— Você vai sair?

Ela murmura algo sobre um "encontro com um amigo do trabalho", volta para o fogão, continua preparando a caçarola. Ao observá-la, não posso deixar de me perguntar se ela teve um Glacier Bay quando era mais jovem. Não posso deixar de me perguntar se foi uma porta aberta que ela fechou silenciosamente.

— Mãe.

— Sim, querido?

— Se existe alguém neste mundo que te faz feliz...

Ela fica imóvel, mas não se vira.

— ... Eu adoraria conhecer essa pessoa.

Um "Ok" sussurrado, como uma porta se abrindo suavemente.

SHOSH
mensagens de lugares intermediários

A ÚNICA COISA QUE FALTAVA na festa do Oscar de Mavie era gim.

O tema da festa era Era de Ouro de Hollywood, todos vestidos com esmero, principalmente no estilo dos anos 1920. O grupo principal da festinha de fim de ano de Ali estava ali, junto com vários rostos que Shosh não reconheceu, ou mal reconheceu, de seus tempos de colégio. Havia telas por toda parte: um projetor na parede do porão, uma tela plana na sala e outra na cozinha; no quintal dos fundos, uma TV pendurada sobre uma banheira de hidromassagem; havia até um iPad no banheiro, para que ninguém perdesse nem um minuto da transmissão do Oscar. A festa tinha de tudo.

Menos gim.

Os martínis estavam rotulados como "tônica e flor de sabugueiro", seja lá o que fosse.

Shosh disse a si mesma que não sentia falta de beber, mas sentia — e muito. As garrafas em sua casa eram a manifestação de conforto, uma verdade que ela não havia percebido até que aquelas garrafas se foram.

— Sapatos na porta! — Mavie ficou como uma sentinela no espaçoso hall, abordando a todos quando eles entraram. Aparentemente, havia uma nogueira causando problemas no jardim da frente. — Vocês não vão trazer nozes daquela nogueira velha pra minha casa. Meus pais nunca vão me deixar em paz.

— Ei, *Nogueira Velha* era meu apelido na escola — disse Balding.

Mavie revirou os olhos.

— Você ainda está na escola, nerd.

Balding levantou sua garrafa para algum horizonte imaginário.

— Lá vai a Nogueira Velha, é o que diziam.

— Para, ninguém falava isso.

— Algumas pessoas falavam.

Mavie virou-se para Shosh.

— O Evan vem?

Shosh deu um golinho no seu martíni sem gim.

— A mãe dele saiu mais tarde do trabalho, mas ele deve estar a caminho.

— É melhor ele se apressar se não quiser perder a votação — disse Mavie. — Eu não dou mole pra atrasados.

— Ei, *Atrasada Molenga* era meu apelido na escola — disse Balding.

— Ai, meu, por que você é tão chata?

Mavie poderia fingir o quanto quisesse, revirando os olhos e agindo com irritação, mas pela maneira como envolvia o pescoço de Balding com os braços, beijando-a na boca como se fossem as duas únicas pessoas na Terra, ficou claro que o tipo de grosseria e sagacidade cafona de Balding era exatamente a tampa da panela de Mavie.

Sara e Ali chegaram juntas e, com a precisão de um relógio, Yurt chegou logo depois. Cerca de meia dúzia de outros entraram (retirando os sapatos obedientemente) antes de Evan finalmente chegar, cabelo penteado para trás, terno e gravata ajustados, parecendo muito com o Gatsby de Leo DiCaprio. Shosh sentiu-se de repente com calor, sua boca repentinamente seca, seu corpo inteiro de repente, de repente...

— Oi — disse ele, parado na porta.

Ela abriu a boca, mas não saiu nada.

— Caramba, moleque — disse Balding.

Sara bateu palmas lentamente.

— Mandou bem, Cervantes.

— *Sapatos* — disse Mavie.

Depois de tirar os sapatos, Evan foi até Shosh.

— Você está... assim... — foi tudo o que ele conseguiu dizer, e ela fingiu não estar satisfeita, em seu vestido curto de melindrosa, faixa brilhante na cabeça e olhos esfumados, mas foi bom não ser a única na festa que não conseguia encontrar as palavras certas.

Ela deu um girinho, e então outro, apoiando-se no peito dele.

— Você é muito atraente, garoto, não há dúvida — disse ela, fazendo a sua melhor impressão de Katharine Hepburn, fumando um cigarro invisível. — O garoto fica na foto, viu?

Evan sorriu.

— Você vai fazer isso a noite toda, não é?

— E como! — Ela ficou na ponta dos pés, beijou a testa dele, depois os lábios, depois bagunçou o cabelo dele, e Evan ficou ali parado sorrindo, sempre o elegante Gatsby, e ela se perguntou como diabos iria dizer a ele que estava indo embora.

— Ei, é aquela mina lá. Que fez *Hamilton*.

— Ah, meu Deus, é ela mesmo.

— Cara, não é ela, *não*.
— É, sim, com certeza.
— Não tem jeito de ser aquela mina do *Hamilton*.
— Phillipa Soo — disse Shosh, bebendo sua mistura de tônica e flor de sabugueiro. — De Libertyville, Illinois. Julliard, turma de 2012. Tem um cachorro chamado Billie. E um talento incrível. — Shosh olhou em volta, encontrou todos olhando para ela. — É ela.
— *Falei* que era ela.
— Não *parece*.
— Você tá falando que ela não parece com *ela mesma*?
A sala continuou brigando até que a próxima categoria veio — Melhor Atriz Coadjuvante — e Balding falou:
— Shosh, por que você não tá nesse palco?
— O quê? — Shosh manteve os olhos na tela, desejando que o momento passasse. — Para com isso.
— Só estou dizendo o que todos nós estamos pensando. Nós vimos suas apresentações. — Balding apontou para a tela, onde os indicados esperavam com a respiração suspensa enquanto o envelope era aberto. — Você tem o que eles têm.
— É verdade — disse Ali, e de repente a sala estava cheia de cabeças balançando nervosamente.
Além de Evan, ela não tinha pensado muito sobre essas pessoas saberem quem ela era antes de conhecê-los. Mas saber sobre uma pessoa era diferente de conhecê-la.
— Você acha que vai atuar de novo? — perguntou Sara.
— Qual é, pessoal — disse Evan.
— Tudo bem. — Shosh pôs a mão em sua perna e sorriu para ele, esperando que Evan pudesse ver sua gratidão... assim como seu pedido de desculpas pelo que estava por vir. — Sim — respondeu para a sala. — Vou atuar de novo.
— É sério?
Ela assentiu.
— Na verdade, mandei um e-mail para a reitoria de admissões da USC há alguns dias. A sra. Clark, minha professora de teatro, também está falando com eles. Os prazos já passaram, mas considerando o que aconteceu, as circunstâncias no verão passado... Ele disse que precisa conversar com algumas pessoas, mas a sra. Clark falou que está "cautelosamente otimista". Então veremos, eu acho...
A fala de Shosh foi interrompida por uma explosão de aplausos. Yurt correu para a cozinha, voltou com uma bandeja de "shots da Shosh", que

acabou sendo algum tipo de bebida não alcoólica envelhecida em carvalho, então, quando Mavie lhe informou que ela iria para a UCLA no próximo ano — "Los Angeles ou nada!" —, eles brindaram com outra rodada. Shosh precisou se segurar para não agarrar Evan pela mão, puxá-lo para o quarto mais próximo e fazer o que queria com ele. Só para clarear a cabeça, para se sentir segura com o que sabia.

— Acho que essa é uma hora tão boa quanto outra qualquer — disse Yurt. — Não entrei na Duke. — Houve um murmurinho de "sinto muito" e consolos, e então o rosto de Yurt se iluminou. — Então eu vou pra Wake Forest. Consegui minha aprovação ontem.

A sala irrompeu em aplausos mais uma vez. Mais brindes sem gim, vivas e congratulações, e, de repente — do nada —, Sara atravessou a sala em um borrão, jogou os braços em volta do pescoço de Yurt e o jogou contra a parede, onde os dois começaram a se beijar pelos próximos trinta segundos ou mais.

— Eiiiiiii! — disseram todos, enquanto Ali levantava uma garrafa de sidra espumante sobre a cabeça e, por fim, quando Sara se afastou, ela limpou a boca, olhou em volta e disse:

— Ok, então.

Ao que Yurt replicou:

— Ok, então.

Às vezes, uma sala assume a personalidade das pessoas que a habitam. À medida que cada um deles voltava a seus assentos, prestando atenção à TV novamente, eles tentavam lembrar por que se importavam tanto com o Oscar em primeiro lugar. Tendo provado o doce néctar das boas-novas, a sala estava faminta por mais e, assim, uma expectativa silenciosa recaiu sobre eles enquanto a sala esperava para ser alimentada.

— Devo receber notícias de Georgetown em algumas semanas — disse Ali, um esforço valioso, mas nutritivamente insuficiente.

Cabeças assentindo por toda a sala, palavras silenciosas de encorajamento, um apetite crescente.

E porque todos sabiam que Evan havia perdido o prazo de Headlands, ele afirmou calmamente:

— Bem, estou indo para o Alasca.

O espírito de comemoração foi ainda mais jubiloso.

— Eiiiiiii! — disseram todos novamente, vivas e parabéns, e no meio de tudo, Evan e Shosh se encontraram.

Ela deu outro girinho.

— Você está indo longe, garoto — uma tentativa fraca de aliviar o clima, enquanto a interpretação literal afundou.

— Você também, ao que parece.

Na ponta dos pés novamente, ela beijou seus lábios, descansou a cabeça em seu peito.

— E como — falou baixinho, e eles ficaram assim, a sala comemorando vorazmente ao redor.

Mais tarde, durante a categorias técnicas ("Alguém consegue diferenciar *edição* de som e *mixagem* de som?", perguntou Sara), Evan se levantou para ir ao banheiro, mas quando voltou, chamou a atenção de Shosh e acenou com a cabeça para a porta dos fundos. Eles pisaram no quintal juntos, e ela pensou que poderia morar naquela fração de segundo entre a multidão tagarela e a quietude silenciosa.

Do lado de fora, o que começou como uma chuva leve tornou-se uma névoa ainda mais leve.

— Oi.
— Oi.
— Não queria passar a noite inteira sem conversar — disse Evan.

Em meio à névoa, o quintal parecia grande, como uma daquelas velhas mansões inglesas com arbustos bem-cuidados e pequenos caminhos entre os jardins.

— A Mavie tá bem de grana, né? — disse Shosh.
— É. A mãe dela tem um daqueles empregos no mercado financeiro que ficam ainda mais confusos depois que ela explica. — Evan pigarreou. — Ela te disse que vai para a UCLA, certo?

Shosh acenou com a cabeça, e Evan disse que estava feliz por ela conhecer alguém por lá, mas suas palavras eram vazias.

— Eu estava para te contar — disse Shosh.
— Eu também.
— O problema é que, antes de te conhecer, não tenho certeza se teria coragem de me candidatar novamente.
— Nem eu.

Lá dentro, os sons da festa pareciam distantes, arrogantes, como se mostrassem a eles que tipo de diversão alegre eles *poderiam* estar tendo. Em vez disso, eles observam um jardim enevoado que de repente parecia totalmente simbólico demais.

— A USC ainda pode dar errado — afirmou ela.
— Não vai.
— Mas pode.

— Ah, eu sei. Mas com certeza não vai. E eu não quero que dê errado, Shosh.

Ela descansou a cabeça no ombro dele; de perto, ela podia sentir o cheiro dele, não de colônia, mas o cheiro de sua casa, de seu cabelo, seu cheirinho de Evan.

— É como se tivéssemos nos encontrado nesse estranho período intermediário da vida — disse ela. — Só que você geralmente não se apega às coisas intermediárias, então não há protocolo para o que vem a seguir.

A lógica era enlouquecedora: ao conseguirem finalmente o que queriam — e ajudando o outro a fazer o mesmo —, eles colocariam seu futuro juntos em risco.

— Shosh.

— Sim?

Mas não havia mais nada a dizer. Então eles ficaram na névoa, desejando que houvesse.

EVAN
tempo encapsulado

Restavam sete Noites de Manos.

Não que alguém esteja contando.

Quando contei pela primeira vez a Will a notícia de minha partida iminente, ele se enfiou no quarto por dias. Tentei contar com cuidado, mas seis meses podem ser uma vida inteira quando você tem sete anos.

Eu o observo agora pela janela da cozinha; ele está lendo um livro debaixo da macieira, bem perto do local onde enterramos a cápsula do tempo tantos anos atrás. Ele se levanta, limpa grama e terra da calça jeans, então fala consigo mesmo enquanto caminha pelo quintal, e tento adivinhar qual cena ele está reencenando de *E.T.*, que, por acaso, está pronto para começar assim que o cara da pizzaria Jet's chegar com a pizza.

Parte do meu acordo com Will: até que eu vá para o Alasca, é pizza e *E.T.* toda terça à noite. Mamãe aprovou delivery *e breadsticks*.

Não posso fingir que estou chateado, isso mostra o quanto não estou chateado.

Em um esforço para parar de ficar tanto em cima do meu irmão, decido esperar pela pizza lá fora. Na varanda, abro meu celular em um e-mail que reli tantas vezes que basicamente sei de cor...

"Headlands nunca aceitou uma inscrição tardia, pois isso seria contra nosso código de comunidade e responsabilidade. No entanto, na mesma manhã em que nos deparamos com uma vaga inesperada, recebemos sua redação incrivelmente comovente, 'Telefone Minha Casa'. Nossa equipe considera uma ampla gama de fatores ao selecionar os candidatos, e, embora o destino certamente não esteja entre eles, o instinto está. E assim, fico feliz em dizer que decidimos aceitar sua inscrição e estender o convite para o programa deste ano sob uma condição..."

Eu segui o conselho de Ali sobre o tema da redação — *considere o seu livro ou filme favorito e explique por que ele afeta você* — e escrevi a respeito de *E.T.* Minha frase de abertura foi: "Meu irmão mais novo e eu não assistimos a *E.T.*, nós falamos essa língua." Escrevi sobre a linguagem do cinema, como o amor mútuo por uma coisa fortalece o vínculo entre aqueles que a amam. Argumentei que os filmes eram inertes; eles não tinham influência na vida dos seus espectadores. Mas quando as pessoas se sentavam para assistir a um filme juntas, elas entravam no melhor tipo de contrato: a busca comum por uma história. E às vezes, escrevi, essa busca os conectava para sempre.

Ou algo assim.

Na verdade, eu não sei ao certo o que falei. Eu estava em um frenesi febril naquele dia e acabei escrevendo a redação direto no formulário on-line. Na parte inferior da página, quando vi o local para fazer upload de "materiais suplementares", o frenesi febril continuou quando peguei meu bloco de desenho e desenhei a cabeça de Will saindo de uma caixa gigante de geladeira (na época em que ela era a nave espacial do E.T.). Desenhei o quarto dele do jeito que sempre vou me lembrar: uma bagunça de bichos de pelúcia, conjuntos de LEGO, Minions espalhados e bonecos de *Star Wars*. E desenhei as palavras escritas na parede, palavras que acabaram sendo o título da minha redação: *Telefone Minha Casa*.

É na última parte do e-mail de aceitação que não consigo parar de pensar.

"Enquanto você estiver aqui, além de sua participação nas atividades do currículo regular, solicitaremos que você faça um desenho por dia. O tema pode ser de sua escolha, mas adoraríamos ver alguns desenhos da paisagem local. Chame de residência artística. Sem dúvida, a primeira de muitas."

Não é a primeira vez que alguém se refere a mim como artista. Mas é a primeira vez que considero a possibilidade de que eles possam estar certos.

De volta em casa, caixa de pizza na mão, estou arrumando o jantar na mesinha de centro quando ouço: não um grito ou berro, mas um lamento vindo do quintal. Saio correndo pela porta dos fundos, vejo Will sob a macieira novamente, só que agora ele está imundo, o rosto coberto de lama e lágrimas, e quando vejo o que ele tem no colo, sinto um nó se formar na minha garganta.

— Will — digo, e porque eu preciso de tempo para me recuperar do baque, eu ando em direção a ele lentamente.

— Oi, Evan.

Ele olha para mim através de lágrimas e luz pura.

— Oi, mano.

Em seu colo, a cápsula do tempo enferrujada.

— Eu desenterrei — diz ele.
— Tô vendo.
Ele limpa o nariz, o que apenas espalha o ranho pelo rosto.
— Por que todo mundo vai embora?
Respire...
Só respire.
Preciso me sentir vivo.
Eu caio de joelhos, seguro sua cabeça contra meu peito e balanço com ele para a frente e para trás e o embalo enquanto ele chora.
— Você era apenas um bebê quando plantamos esta macieira. Começou a apodrecer quase imediatamente. Algo no solo, talvez não tenhamos regado o suficiente, quem sabe. Eu lembro que papai ficou tão *frustrado*. Ele costumava ficar naquela janela e olhar pra cá, apenas olhando pra ela, reclamando que não estava crescendo direito. Mas ele nunca fez nada para tentar resolver o problema. Eu nunca o entendi, mesmo naquela época.
Gentilmente, coloco dois dedos sob o queixo de Will, levanto seu rostinho para o meu.
— Papai foi embora — falo. — Talvez eu tenha que partir, mas *nunca* irei embora. Sempre vou estar bem aqui.
Nós nos abraçamos em silêncio por um tempo, e quando as lágrimas terminam, no conforto cansado que se segue, enterramos novamente a cápsula do tempo sem abri-la.

Na manhã seguinte, na escola, estou conversando com Sara no corredor quando Ali chega.
— Ei, pessoal, tenho uma piada pra vocês. O que um Hoya disse para o outro?
— Quê...?
Seu sorriso está extravasando pelos cantos, e quando finalmente estoura, nós também, todos enlouquecendo ali mesmo no corredor até que um professor nos olha de soslaio quando passa.
— Não acredito que sou um Hoya — diz Ali.
— O que é um Hoya? — pergunta Sara.
— Não sei. Mas eu sou um. Além disso, ei, não vamos dar muita importância a isso, ok?
Sara e eu concordamos sinceramente em não fazer nada até que Ali tenha se afastado o suficiente, momento em que pesquisamos no Google a pergunta mais crucial:
— O Chili's aceita reservas?

SHOSH
Ali Pilgrim, não sei o que é um Hoya

O RECEPCIONISTA OLHOU EVAN dos pés à cabeça.
— Sério? — indagou.
— Sim — respondeu Evan. — Somos um grupo grande, então achei que seria inteligente.
— Ok. — Ele consultou um caderno espiral no suporte. — É que ninguém nunca ligou antes.
— Bem, o Chili's não aceita reservas.
Balding semicerrou os olhos.
— Você tentou fazer uma reserva no Chili's?
— Cara... — Yurt deu um tapinha no ombro de Evan. — Você não conhece o Chili's?
— Pois é, cara — disse Sara. (Desde o beijo roubado na festa do Oscar, *ela* sempre estava atrás *dele*.)
— Eu achei fofo — afirmou Shosh, com o que Mavie concordou, momento em que Evan disse:
— Não é *fofo*. É o dia especial de Ali. Eu queria ter certeza de que haveria espaço para todo mundo.
O recepcionista, que estava ouvindo aquela pequena discussão, deu meia-volta lentamente em direção ao salão quase vazio.
Uma tosse distante...
O tilintar do vidro...
— Acho que podemos acomodar seu grupo — disse ele, pegando uma pilha de cardápios e fazendo sinal para que o seguissem.
— Espere... o que todo mundo está carregando? — perguntou Ali.
Todo mundo, menos ela, estava carregando sacolas de presentes.
— Por favor, não me digam que vocês trouxeram presentes.
— Não trouxemos presentes — disse Evan.
Shosh pegou a mão dele enquanto caminhavam pelo restaurante. Ela se sentiu um pouco melosa, em parte devido à recente demonstração de perfeccionismo dele — uma qualidade que ela achou surpreendentemente adorável —, em parte porque o futuro dos dois estava tão incerto, mas

principalmente por conta da lembrança da última vez em que ela estivera ali, quando acidentalmente esbarrou nele e em Will no corredor do banheiro. Talvez não fosse o seu melhor momento, mas havia algo de atraente nisso, algo de afetuoso em retornar aos primeiros lugares de uma história compartilhada.

Sem maiores cerimônias, o recepcionista desejou "a mais adorável das experiências gastronômicas" para eles e desapareceu.

— Só eu que achei ou aquele cara amou a gente? — perguntou Ali.

Depois que a garçonete se aproximou (não era o garçom da última vez que Shosh fora ali, graças a Deus) e todos fizeram os pedidos, Evan se levantou e bateu com a colher no copo.

— Como todos sabem, estamos aqui esta noite para celebrar a incomparável Ali Pilgrim.

— Viva! Viva!

— Ela é incomparável!

Evan tropeçou no discurso que havia preparado, mal chegando ao fim sem chorar, e, quando terminou, todos ergueram seus copos para Ali. E como cada um deles havia sido instruído por Evan com antecedência, foi nesse momento que todos colocaram suas sacolas na mesa.

— O que está acontecendo? — perguntou Ali.

Evan fez sinal para Shosh começar; ela se levantou, olhou diretamente para Ali e limpou a garganta.

— Tenho que admitir, eu estava muito nervosa para conhecê-la. Mas você tem sido tão gentil comigo, exatamente tão incrível quanto todos disseram que você seria, e me sinto sortuda por contar com você como amiga. Ali Pilgrim, não sei o que é um Hoya, mas humildemente apresento a você esta garrafa de vodca baratinha — Shosh pegou uma garrafa de vodca da sacola e... — e este suco de caixinha vermelho como Coisas Que Podem Ser Hoyas. Que seu copo transborde com Bebida Vermelha em Georgetown.

A mesa aplaudiu quando Ali se levantou e abraçou Shosh.

— Balding, você é a próxima — disse Evan.

Balding se levantou, e desde o momento em que começou a falar, ficou claro que ela estava à beira das lágrimas. Ela contou uma história da época em que estava no oitavo ano, depois de se assumir gay para a família e para os amigos, quando alguém escreveu xingamentos horríveis para ela nas paredes do banheiro da escola, chamando-a de todos os tipos de nomes. Ela então enfiou a mão na bolsa e tirou uma lata de tinta e um pincel, e logo em seguida Ali e Balding explodiram em lágrimas.

— Ali Pilgrim, não sei o que é um Hoya — e agora elas riam em meio às lágrimas —, mas humildemente apresento a você esta lata de tinta e este pincel como Coisas Que Podem Ser Hoyas. — Um momento enquanto Balding enxugava os olhos. — Assim como você fez comigo, se alguém encher o seu saco em Georgetown... pinte por cima.

Não foi o último abraço choroso da noite. A sacola de Mavie tinha um único cartão dentro.

— Ali Pilgrim, não sei o que é um Hoya — disse ela —, mas humildemente apresento a você esta receita de biscoito de chocolate da minha avó, que há anos você me pedia, como uma Coisa Que Pode Ser Hoya.

Sara puxou uma fotografia autografada e emoldurada de Daniel Levy.

— Humildemente apresento a você esta fotografia autografada de David Rose como uma Coisa Que Pode Ser Hoya.

A sacola de Yurt estava cheia de DVDs.

— Humildemente apresento a você todas as temporadas de *Arquivo X*, e também ambos os filmes, como Coisas Que Podem Ser Hoyas. Eu sei que está tudo nas plataformas de *streaming*, mas as coisas saem do ar o tempo todo e a verdade *sempre* está lá fora.

Quando foi a vez de Evan, já tendo feito um discurso, ele disse:

— Não sei o que é um Hoya, Ali Pilgrim, mas humildemente apresento a você os seguintes itens como Coisas Que Podem Ser Hoyas. Primeiro — ele puxou um cachecol de tricô —, minha mãe nunca me deixou ir com ela ao hospital, então eu não fazia ideia, mas aparentemente havia muitas salas de espera e ela usou o tempo para fazer isto pra você.

Quando ele segurou o cachecol de ponta a ponta, lia-se: Taft honorária.

Bem quando parecia que Ali estava parando de chorar, ela provou que todos estavam errados. Enxugando os olhos, ela pegou o cachecol e o enrolou no pescoço.

— Segundo — disse Evan, e quando ele puxou uma pequena pilha de páginas grampeadas, todos sabiam imediatamente que *aquele* era o verdadeiro prêmio.

— Uma história em quadrinhos original de Will Taft com o título *Oh Boy-a, é um Hoya...*

— Mentira.

— Ah, sim. E, por último, meu presente pra você... Esse vai ter que esperar. Só depois de comermos.

— É um catamarangotango, não é?

— Você não vai querer saber.

— É um catamarangotango.

— Como isso funcionaria?

Quando a comida chegou, todos se prepararam para jantar, e Shosh sentiu algo que ela não conseguia nomear. Era *satisfação*? Felicidade no momento presente, mesmo que com um pouco de medo do futuro? Fosse o que fosse, ela queria continuar sentindo.

— Com licença. — Ela acenou para a garçonete, que tinha idade suficiente para querer provar sua juventude e cujos olhos se demoraram na mesa a noite toda com um certo desejo. Shosh baixou a voz, apenas uma conversa brincalhona entre as meninas. — Posso pegar uma Margarita Tropical Sunrise? A maior, por favor?

Com uma piscadela e um aceno de cabeça, a garçonete desapareceu.

EVAN
crianças em parques

AO CONTRÁRIO DO WILLOW SEED, este parque é bastante moderno: novos equipamentos, quadra de basquete, pavilhão com churrasqueiras. Estaciono na rua e, embora nenhum de nós tenha vindo aqui desde o ano passado — aquela fatídica noite da festa de Heather —, quando Ali e eu saímos do carro, sabemos exatamente para onde estamos indo.

— Como você está se sentindo? — indaga Ali.

— Estou no auge da minha vida. Por que a pergunta?

— Apenas me certificando de que seu estômago não está socando sua garganta pelo pau.

No local perto dos arbustos, eu olho para a árvore onde tudo começou: é menor do que lembro, e não há um pássaro à vista.

— Então — eu digo. — Você provavelmente está se perguntando por que estamos aqui.

— A nostalgia não é um motivo?

Eu aponto para o chão, onde um arbusto recém-plantado fica escondido entre os maiores.

— Ali Pilgrim, eu não sei o que é um Hoya, mas humildemente apresento a você esta groselha alpina como uma Coisa Que Pode Ser Um Hoya.

— O quê?

Ali se abaixa para inspecionar a plantinha cercada por terra fresca.

— Mamãe e eu a plantamos esta tarde. A groselha alpina é um arbusto muito resistente.

— Ah, é?

— É o que diz o jardineiro do Lowe's. Se sobreviver ao primeiro inverno, supostamente, vai viver pra sempre.

— Bem, isso é bom.

— Vamos chamar ela de "Ali".

Ninguém abraça tão forte quanto Ali, ou com tanto barulho.

— Obrigada pelo arbusto — agradece ela.

E eu respondo:

— De nada.

E mesmo que uma planta pareça uma maneira tola de agradecer a alguém por toda uma vida de amizade, de que outra forma uma pessoa deveria mostrar gratidão por tal coisa? Você sabe, Ali? Por favor, diga que sim, porque senão este abraço e este arbusto são tudo o que tenho.

— Ninguém realmente nos entende, não é? — afirmo.

— Não. Mas isso meio que funciona pra mim.

Ali senta-se um pouco com seu arbusto homônimo, apresentando-o às coisas da vida que valem a pena conhecer:

— Então, no fim da sétima temporada, Duchovny *sai da série*. Eu não preciso dizer a você que depois disso a série ficou uma bosta.

Por fim, voltamos para o carro e, do nada, Ali pergunta se estou apaixonado por Shosh, e eu digo:

— Eu acho que... sim? É, sim, eu definitivamente estou.

Ela sorri.

— Eu ia bater em você se você dissesse não.

— Isso é bastante antiesportivo.

— Você sabe que eu não gosto de mentiras.

Eu digo:

— Certo.

Mas, na verdade, estou me perguntando se algum dia terei outro amigo que me conheça melhor do que eu mesmo.

Entramos no carro; giro a chave na ignição.

— Então... — diz ela.

— Sim.

— Vocês dois estão fodidos, praticamente.

— Esse é o resumo e também a história inteira.

Ali acena com a cabeça.

— Você poderia ir para Los Angeles?

Nem preciso responder. Não apenas Shosh não me convidou, mas mesmo que ela tivesse, eu já tenho uma Los Angeles, e ela se chama Glacier Bay.

— O que você vai fazer? — pergunta Ali.

— De verdade?

— Sim.

— Não tenho ideia.

SHOSH
a pior cena de todos os filmes

O CÉREBRO DELA era um sol sempre nascendo.

E era por isso.

Para se sentir assim. O desapego disso.

Não só sentir tudo, mas sentir a *maior parte* de tudo.

Era por isso que ela sentia falta.

— Estou preocupada com você, garota.

Pela janela, muitos carros passando, toda essa gente, quem era essa gente?

— Você é boa demais para este mundo, Ruth Hamish.

— Olha, eu só vou te levar pra casa, ok?

— *Não*. Por favor, não faça isso.

— Shosh. Querida. Você pode fazer qualquer coisa parecer boa, mas o *desespero* não funciona para ninguém.

— Não estou desesperada.

— A última vez que verifiquei, aparecer na casa de um garoto depois da meia-noite, bêbada, é a definição de desespero.

Em algum nível, ela sabia que Ruth estava certa. Mas o sol em seu cérebro estava tão brilhante que sua verdade abafava todas as outras.

No final, Ruth concordou em ficar cinco minutos na casa de Evan, mas ela insistiu em esperar no carro e levar Shosh direto para casa depois.

— E *não* toque a campainha — disse Ruth. — Se você acordar aquela criancinha, a mãe dele vai vir atrás de você.

Ela estava prestes a começar a jogar pedras na janela do andar de cima quando Evan finalmente respondeu a mensagem. Já tô descendo.

Só quando ele abriu a porta de calça de pijama, cabelo para todo lado, esfregando os olhos, Shosh percebeu que o sol de Ruth brilhava mais que o dela: ela deveria ter ouvido a amiga.

— Tá tudo bem? — perguntou Evan.

Shosh apontou para o rosto dele.

— Uma pergunta razoável de um garoto razoável.

Evan olhou por cima do ombro, então se juntou a ela na varanda, fechando a porta com cuidado atrás dele.

— Estou terminando com você — disse ela.

— Shosh...

Ela deu um tapinha no ombro dele como se o estivesse nomeando cavaleiro.

— Eu termino com vossa mercê.

— Você está bêbada.

— Não... o bastante.

— Como chegou aqui?

Ela acenou em direção à rua, onde Ruth, claramente preocupada, estava parada ao lado do carro.

— Aonde você foi depois do Chili's? — indagou Evan.

— Aonde *você* foi depois do Chili's?

— Levei Ali no parque. Você sabe. Nós conversamos sobre isso.

— Certo, menino do parque. Bom, eu levei Sara e Yurt a um bar.

— Ok.

— Eu costumava ir a bares. Conheço aqueles que deixam a gente entrar. — Ela o cutucou no ombro. — Então, viu? Você não sabe tudo sobre mim.

Essa era a parte que ela sempre esquecia. A parte que aparecia do outro lado da necessidade. A parte de si mesma que ela perdia quando desapegava. E talvez ela tenha sentido tudo por um tempo, mas tudo inclui *tudo*, mesmo as partes que uma pessoa não foi feita para sentir.

O sol que nascia era o mesmo sol que se punha.

Ela sempre se esquecia disso.

— Você precisa ir pra casa, Shosh.

— É como aquelas cenas nos filmes de animais. Esses filmes *sempre* têm uma cena dessas no final. Algum cachorro que precisa ser solto ou, sei lá... a porra de um cavalo que precisa ser selvagem, mas é um *animal*, Evan. Ele não *entende*. Tudo o que ele sabe é que ama seu dono, e então acontece *aquela cena* em que o dono tem que gritar com o cachorro para fazê-lo fugir. E devemos pensar que é nobre, porque de que outra forma o animal pode ser livre? Mas não é nobre, é apenas *mesquinho*.

Um soluço profundo borbulhou do nada, e Shosh estava chorando agora. Evan estendeu a mão, colocou os braços em volta dela, e eles se abraçaram na varanda.

— Ah, meu Deus, o que há de errado comigo?

— Tá tudo bem — disse Evan.

— Sinto muito.

— Tudo bem.

Ele a guiou escada abaixo, em direção ao carro.

— Eu não quero terminar — disse ela.

— Nem eu — sussurrou ele, acenando para Ruth enquanto eles se aproximavam.

— Nossa, não acredito que ia jogar pedras na sua janela. E eu te chamei de cachorro.

— Ok, isso... não foi assim que eu interpretei a história.

Evan a ajudou a se sentar no banco de trás do carro de Ruth, onde ela baixou o vidro e continuou se desculpando.

— Sinto muuuuito, Evan.

Ele fez um cafuné gentil na cabeça dela, então se virou para Ruth.

— Você vai levá-la pra casa?

— Os patos de uma perna só nadam em círculos?

Evan semicerrou os olhos.

— Não sei.

— Bem, nadam. E vou levar, sim.

— Obrigado. Ei... para a namorada do filho da namorada do meu pai, você até que é legal.

Shosh riu, olhos semicerrados, queixo apoiado na janela aberta.

— Foram *muitas* palavras, só pra você saber.

Ruth sorriu para Evan.

— Podemos ser amigos, Evan Taft. Só não vá se apaixonar por mim.

— Ah, meu Deus — disse Shosh. — Ninguém está me *ouvindo*.

Evan a ignorou e sorriu para Ruth.

— Se eu me apaixonasse por você, isso faria de mim o namorado da namorada do filho da namorada do meu pai.

— Muito presunçoso da sua parte, Eve. Quem disse que eu retribuiria?

— Ei! — exclamou Shosh. — Eu *exijo* ser levada a *sério*.

Ruth virou-se para Shosh, abaixou-se e começou a fechar a janela.

— Bem, você provavelmente deveria parar de falar, então.

Indignada e decidida a mostrar pra eles, Shosh deu um tapa no vidro que subia e estava prestes a gritar mais, mas seu sol estava quase totalmente posto, e ela se sentia muito cansada, cansada o suficiente para adormecer ali mesmo no banco de trás do carro de Ruth...

No final da manhã seguinte, depois de três comprimidos de Tylenol, duas xícaras de café e uma hora inteira olhando para o nada, Shosh pegou o telefone e ligou para alguém para quem ela só havia mandado mensagens, mas pensou em ligar várias vezes.

— Oi, Sho.
— Oi, Mavie. Você tem um segundo? Eu tenho umas perguntas.

EVAN
orgulhoso feliz triste amor

Estou sentado na mesma posição há duas horas, quando finalmente chega a mensagem da mamãe: Quase em casa, voz de exclamação, ponto-final, desculpe se isso for esquisito coração sorridente
— Evan.
— Desculpa — coloco meu celular de lado.
— Tá tudo bem — diz Will. — O livro diz que devo ser paciente com modelos de primeira viagem. — Ele fica com uma expressão no rosto como se algo tivesse acabado de lhe ocorrer. — Você já fez isso antes?
— Não. Primeira vez.
Ele balança a cabeça como um profissional cansado do mundo.
— Sim, dá pra ver.
Ontem Will chegou em casa da escola com uma ideia. Em uma aula de arte, falavam sobre como, antes da fotografia, as pessoas pintavam seus retratos para amigos, família, posteridade, o que quer que fosse. E ele pensou que, com a minha partida iminente, ele gostaria de um retrato meu. "Para me lembrar de você", disse ele, como se meus seis meses no Alasca fossem o equivalente a ser lançado ao espaço indefinidamente. Infelizmente, ele estava falando sério, e eu topei, e aqui estamos nós.
— Talvez um dia eu seja um artista tão bom quanto você — diz ele.
Antes que eu possa descobrir o que dizer sobre isso, meu telefone vibra novamente, e não é que eu não tenha medo da ira de William, o artista em ascensão, mas preciso saber a situação de mamãe imediatamente.
— Ei, mano? Podemos fazer uma pausa para ir ao banheiro?
Will coloca o alarme no relógio.
— Dois minutos.
No banheiro, tranco a porta, mas quando pego o telefone, a mensagem não é de mamãe.

Shosh: Oi. Olá. Bom dia.
Eu realmente sinto muito por ontem à noite
Não que isso compense, mas eu quero que você saiba

> Por mais clichê que possa parecer
> Acho que tenho um problema
> Estou recebendo ajuda
> E eu realmente sinto muito

Antes que consiga responder, minha mãe escreve:

> ESTAMOS AQUI. Na garagem. O W suspeita de algo????

Com a mente sobrecarregada, respondo à mamãe:

> Ele não tem ideia!! Um minuto, já vamos sair.

Volto para a conversa com Shosh, releio as mensagens, e é um daqueles momentos em que a língua falha. Estou orgulhoso, sim, mas essa palavra implica alguma medida de propriedade sobre a coisa, da qual não posso reivindicar nenhuma. Estou feliz que ela está trabalhando nisso, mas também triste que isso é algo que ela tem que resolver, e ainda por cima, mesmo que não tenhamos dito tecnicamente *eu te amo*, por alguma razão, nunca quis dizer a ela tanto quanto agora.

Orgulhoso feliz triste amor.

Precisamos de uma palavra para isso.

Em vez disso, releio todas as sete mensagens dela, digo a Shosh que aceito suas desculpas e estou aqui para o que ela precisar.

De volta ao quarto de Will, ele está sentado em um banquinho com as pernas cruzadas, o queixo apoiado nas mãos, estudando seu esboço como um artista parisiense no Louvre.

— Pronto? — pergunta.

— Na verdade, você pode sair comigo por um segundo? Preciso te mostrar uma coisa.

— O que é?

— Você vai ver — afirmo, e ele fica com um olhar intenso de curiosidade, como se talvez pudesse resolver o mistério do que está esperando lá fora antes de chegarmos lá.

Descemos as escadas num piscar de olhos, e quando ele começa a se dirigir para a porta dos fundos, eu digo:

— Na porta da frente, na verdade — e agora ele está *seriamente* curioso.

Eu saio primeiro, me posiciono para poder ver seu rosto. E, no segundo em que ele sai, ele se ilumina como a Estrela Polar, sua expressão é uma combinação de choque, alegria e confusão, e me pergunto quantas vezes a língua vai me decepcionar hoje.

O cachorro se parece com a foto no site do abrigo. Ele é de tamanho médio, marrom-escuro, uma mistura de *hound*, e, de cara, você pode ver como é brincalhão.

— O que achou? — indaga mamãe, toda sorridente, tentando ao máximo manter o cachorro preso na coleira, mas ele está pulando em toda parte.

Will só fica parado na varanda, olhando em choque, alegria e confusão.

— Posso ficar com ele? — pergunta, sem saber que está se juntando a um clube frequentado por crianças em todo o universo conhecido.

— Ele é seu! Bem... nosso. — Mamãe se aproxima da varanda, puxando o cachorro com cuidado. — O nome dele é Abraham Lincoln, mas ele é novinho, então nos disseram que provavelmente poderíamos mudar se você quiser.

Há momentos na vida que nenhum de nós merece: casamentos, partos, amantes reunidos depois de anos separados. Mas acho que os momentos desmerecidos mais espetaculares se esgueiram pela porta dos fundos quando menos esperamos.

O momento em que Will e o cachorro se encontram é uma imagem que ficará gravada em meu cérebro pelo resto da vida, uma visão de duas almas errantes encontrando o caminho uma para a outra. Enquanto eles rolam juntos no chão, cada um se perdendo na alegria do outro, mamãe e eu nos olhamos, e ela sorri, e eu sei que nossa família vai ficar bem.

Will chama o cachorro de Elliott.

OSLO
· 2109 ·

A VIDA DE EIVIN PODIA SER dividida de duas maneiras: dedicação a um gato siberiano excessivamente carente chamado Yuri e dedicação a um trabalho que exigia mais horas por dia do que o ronronante Yuri teria preferido. Mas Eivin não se sentia solitário, ou, pelo menos, ele achava que não. Ele estava, simplesmente, entediado com todos que conhecia. Ele saía para encontros, apenas para sua mente vagar para a pilha de livros de arte esperando ao lado de sua cama, o banho quente que ele tomaria mais tarde naquela noite, e não tinha certeza do que era mais triste: ir para casa sozinho quase todas as noites ou ficar feliz com isso.

Se a juventude fosse uma escada, Eivin estaria agarrado ao degrau mais baixo. Ele estava em uma idade em que o casamento de um amigo se tornava o casamento de cinco amigos, e sua vida de repente parecia uma celebração do amor de outras pessoas. Quando essa temporada terminou, veio a temporada de bebês, famílias crescendo em ninhadas, e, em pouco tempo, a vida de seus amigos foi preenchida com a promessa do futuro; nessa linha do tempo, Eivin era história.

Na maior parte do tempo, ele gostava de pintar. Só para ele, nada muito dedicado. Noites de céu aberto eram raras, mas quando as estrelas apareciam, Eivin levava seu cavalete para o pátio dos fundos e ali, enquanto Yuri ronronava, ele pintava o céu estrelado. E às vezes — ocasionalmente — Eivin se perguntava se havia perdido sua chance de amar.

Quando era criança, Søl só sonhava com o espaço. Quando adolescente, ela estudou só o espaço, e, quando chegou à idade adulta, se comprometeu com o treinamento rigoroso para cosmonauta na Agência Espacial Norueguesa, a NOSA. Seu desejo por viagens interestelares era tão intenso que ela raramente considerava com atenção seus companheiros humanos e achava inútil a premissa básica do amor. Mas agora — cem dias de um voo solo de trezentos dias a bordo da estação espacial norueguesa *Nima II* — o que começou como uma rachadura em sua psique se tornou um abismo que ela não podia mais ignorar: Søl sentia-se terrivelmente sozinha. Quando não estava fazendo pesquisas biológicas, dormindo, comendo, fazendo exercícios, ela passava o tempo na janela da estação, cantando músicas de sua infância só para ouvir o som de uma voz humana. Enquanto cantava, ela olhava para o vácuo frio do espaço e aquela esfera azul rodopiante que ela tanto desejava deixar, e às vezes — ocasionalmente — Søl se perguntava se havia perdido sua chance de amar.

Tudo conta uma história. O mundo fala de movimento e mistério: velozes através do cosmos, nos sentimos estagnados; cercados de pessoas, nos sentimos entediados; somos apenas subtramas fugazes na trama do universo.
Mas até mesmo as subtramas têm uma história para contar.
Em seu centésimo primeiro dia sozinha no espaço, Søl estava cantando em sua janela quando viu algo estranho: uma sequência de luzes flutuando pela extensão do espaço, dispostas na forma de um enorme hexágono. A princípio, ela pensou que fosse um truque de luz, o nascer do sol orbital brincando com sua visão, mas não, ali estava, um hexágono imponente, cada lâmpada pulsando lentamente em um ritmo sincronizado enquanto voava pelo espaço — escurecendo, então brilhando; escurecendo, então brilhando — *como asas batendo*, ela pensou. Seu melhor palpite era que o hexágono tinha algo entre trinta e cinquenta metros de altura, mais ou menos um prédio de dez a 15 andares. Mais tarde, o óbvio ocorreria a ela: que ela deveria ter agarrado a câmera a bordo *imediatamente*, mas, por enquanto, tudo o que ela podia fazer era encarar, maravilhada.
À medida que Søl ficava mesmerizada pelo espaço, Eivin estava no banheiro do trabalho, estudando seus olhos no espelho. Ele já havia tido enxaquecas antes, mas isto era novidade: minutos antes, uma aura apareceu em seu campo de visão. A dor era mínima, mas a aura era extremamente incômoda — ele mal conseguia enxergar com o olho esquerdo.
Ele jogou água no rosto e, confiando que a dor de cabeça acabaria se resolvendo, voltou para sua cadeira, onde ouviu o bipe de uma holografia chegando da *Nima II*.
Søl esperou ao lado da câmera holográfica a bordo, desesperada que alguém no controle da missão da NOSA pudesse confirmar o que ela tinha visto. Quando um controlador finalmente atendeu, ela descreveu o hexágono de luzes em detalhes e, quando terminou, o controlador pediu calmamente que ela repetisse a história.
De sua mesa em Oslo, Eivin ouvia em silêncio, atordoado, enquanto a cosmonauta em órbita baixa da Terra descrevia perfeitamente sua aura atual.
Tudo conta uma história. Algumas usam mecânicas simples: *isto* se conecta com *aquilo* que faz *a outra coisa*. Mas as histórias são máquinas

notoriamente pouco confiáveis, e quando os superiores da NOSA pediram que Søl provasse o que tinha visto, ela não conseguiu, nem o isto *ou* o aquilo. Quanto às máquinas do Controle de Missão, nenhuma delas havia captado a presença do suposto "hexágono de luzes" e, portanto, com nada além da palavra de um único cosmonauta — cuja estabilidade mental estava agora firmemente em questão —, o relato foi desconsiderado como inverificável. A própria Søl poderia ter questionado o que tinha visto, não fosse por três palavras que ouviu do Controle de Missão naquele dia:

— *Jeg tror deg* — Eivin havia dito, baixinho, firme, decidido.

"Acredito em você."

Nos duzentos dias seguintes, o controlador e a cosmonauta conversaram sempre que puderam. Ela era um pouco mais velha, sempre soube o que queria; ele era mais novo, só sabia o que não queria. Søl contava as horas entre as transmissões; ele era sua ligação com a realidade, a única pessoa com quem ela ansiava por uma conexão. Nos dias de folga, Eivin inventava desculpas para vir trabalhar; ela era a única pessoa cuja companhia ele preferia à de um bom livro num banho morno.

De seu pátio à noite, com Yuri em seus calcanhares, Eivin trabalhou em uma série de pinturas intituladas *Eu vou te encontrar*. Eram todas variações de um tema: a *Nima II* voando pelo espaço, o rosto de Søl espiando por uma pequena janela, como se procurasse por Eivin na vasta extensão do cosmos. E nesses momentos, a mente de Eivin vagava pelos corredores de seus possíveis futuros juntos: os filhos, os anos, os Yuris. Ele os imaginou em festas, contando a história de como eles se conheceram. *Nosso amor estava escrito nas estrelas*, diriam eles, e seus amigos os considerariam as pessoas mais felizes do mundo.

Da janela da *Nima II*, Søl olhou para aquela esfera azul rodopiante e pensou nele lá embaixo, acreditando nela. Ela cantou canções do passado, as portas pelas quais cada um deles tinha passado até encontrarem um ao outro, e por razões que ela não sabia explicar — se pelo brilho azul-escuro do planeta ou pela ideia de acreditar no absurdo — uma frase oca soou como um sino em sua cabeça:

— *Jeg tror på blå* — cantou ela repetidamente.

"Eu acredito no azul."

PARTE
•SETE•
CODA

SHOSH
feliz adversário

DE ACORDO COM CHARLIE, o tema do seu quarto aniversário era "que a *forta* esteja com você", o que era ao mesmo tempo adorável e confuso: adorável porque o ceceio dele fazia *força* virar "forta" e ele fazia questão de informar a cada convidado que chegava, em tom abafado e urgente, qual era o tema, como se os balões da Estrela da Morte, serpentinas de sabre de luz e bolo do C-3PO não os tivessem alertado; e confuso porque não tinha ninguém forte ali. A mãe dele tentou explicar a graça, mas Charlie não entendeu.

O negócio de aniversários — e de *Star Wars* — não era brincadeira.

Quando Shosh chegou naquela manhã, Charlie correu para abraçá-la.

— É meu *adversário*, Thoth — disse ele, queixo para baixo, sobrancelhas franzidas.

— Eu *sei* — respondeu Shosh, fazendo o possível para igualar a solenidade dele. — É por isso que eu trouxe isso para você.

Ela estendeu um presente de tamanho médio; a urgência se transformou em alegria quando Charlie pegou a caixa, virou-se e correu para a sala de estar.

Shosh tirou o casaco, pendurou-o em uma prateleira e encontrou a sra. Clark na cozinha com uma série de crianças com olhos inocentes e pais com olhos cansados, nenhum dos quais ela conhecia. Por um momento fugaz, ela desejou sua garrafa de confiança. Mas ela era uma pessoa diferente agora, ou pelo menos tentava ser. Consequentemente, participando de uma festa de "adversário" para uma criança que provavelmente poderia dar um salto mortal antes de pronunciar seu nome corretamente.

— Você veio! — exclamou a sra. Clark, envolvendo Shosh no mais legítimo dos abraços. E assim, o grupo, composto principalmente por amigos da vizinhança e famílias da pré-escola de Charlie, deu as boas-vindas a ela. Isso a lembrou da festinha de fim de ano de Ali: amizade por propriedade transitiva. Todos aqui amavam Charlie e a sra. Clark, então todos aqui se amavam.

Durante a maior parte da festa, Shosh ficou sozinha, feliz por estar lá. A certa altura, a sra. Clark puxou um violão do nada e o entregou a Shosh, que fingiu não ter previsto isso. Na verdade, ela havia preparado uma coisinha: um remix de "Feliz aniversário" com a melodia de "A marcha imperial" que agradou a plateia.

— De novo! Mais uma vez, tia Thoth!

E então Shosh tocou de novo, e as crianças enlouqueceram.

Mais tarde, depois que o bolo foi cortado e servido, Shosh se viu sozinha no canto da cozinha com a sra. Clark. Ela teve um flashback do dia na delegacia de polícia, dela fazendo uma ligação de vídeo com a sra. Clark e Charlie enquanto eles cozinhavam juntos naquele mesmo lugar. Na época, ela ansiava por fazer parte de sua pequena e linda família, e só agora lhe ocorreu que, de certa forma, ela fazia.

— Obrigada — agradeceu, se perguntando como retribuir àquela mulher que mudara sua vida em um nível elementar. — Por tudo.

A sra. Clark se virou da movimentada cozinha para Shosh.

— Você vai arrasar, garota. Mal posso esperar para ver.

Depois do bolo, chegou a hora dos presentes, um anúncio que disparou as crianças como um canhão de confete. Enquanto Charlie desembrulhava as caixas e abria as sacolas, a sra. Clark se sentou ao lado dele, lendo cada etiqueta em voz alta para que Charlie soubesse a quem agradecer. Shosh estava perto da parte de trás da multidão, com o rosto dolorido de tanto sorrir.

— Vamos ver... — disse a sra. Clark quando chegaram ao presente que Shosh havia trazido. — Este é da tia Shosh.

Antes mesmo de abrir, Charlie disse:

— Obrigado, tia Thoth — e a sala riu.

Enquanto desembrulhava a caixa, Shosh continuou sorrindo para conter as lágrimas que ela sabia que venceriam eventualmente.

— O primeiro é meio estranho — disse ela, e assim que Charlie puxou o disco, a sra. Clark colocou a mão na boca.

— O que é isso? — perguntou Charlie, entregando para a mãe.

A sra. Clark sorriu e engoliu em seco.

— É um disco, querido. De uma banda chamada Beach Boys.

Mas a atenção de Charlie foi atraída pelo segundo presente na caixa.

— Um violão! — exclamou, puxando o ukulele da caixa.

Stevie nunca aprendera a tocar, não de verdade. Mas isso não a impediu de estar sempre com o ukulele. Shosh ainda podia vê-la, sentada na beira da cama, dedilhando os mesmos acordes tristes repetidamente, cantando com todo o coração.

— Era da minha irmã — disse Shosh, e mesmo que o presente fosse para Charlie, ela estava olhando para a sra. Clark: professora, amiga, poeta. As duas estavam chorando e, antes que a sra. Clark tivesse a chance de perguntar, Shosh disse: — Uma coisa sobre ela: ela *amava* música.

EVAN
folie à deux

Maya diz que está orgulhosa de mim.

— Pelo quê?

— É sério? Você não tem uma tempestade há meses. Você está se formando no ensino médio, aproveitando o ano sabático no Alasca. Olha, parte do meu trabalho é ajudar as pessoas a reconhecer quando as coisas não estão bem, mas há muito valor em reconhecer quando as coisas estão bem.

A verdade é que vou sentir falta de Maya. Ela diz que estará aqui quando eu voltar, e temos seis ligações agendadas — uma para cada mês que estarei fora —, embora elas provavelmente sejam intercambiáveis até que eu tenha uma ideia melhor de como será minha grade horária em Headlands. Mas não posso negar a qualidade da minha vida agora em comparação com o que era antes de chegar aqui.

Opinião: se terapia fosse algo mandatório, o universo estaria incrivelmente melhor.

Ela pergunta sobre mamãe, e eu a atualizo sobre o tratamento hormonal. Sim, há ondas de calor e mudanças de humor, mas, no geral, as coisas estão boas.

— Eu acho que a questão agora é apenas... e se ele voltar?

Maya diz que às vezes sentir medo é uma ração lógica, desde que não controle a nossa vida.

— Isso é tudo — ela não insiste no assunto. E penso como vou sentir falta dessa taquigrafia, frases inteiras em um único aceno de cabeça.

Eu conto a ela sobre Elliott, como ele é difícil, mas vale a pena, como segue Will pela casa inteira, os dois completamente inseparáveis. Conversamos sobre mamãe e Neil, como é meio estranho tê-lo por perto, mas legal também. Ele ajuda com Elliott, constrói LEGOs com Will e, o mais importante, faz mamãe sorrir de um jeito que eu não via havia anos, se é que sorriu assim alguma vez.

— Você acha que ela o ama? — pergunta Maya.

— Se assim for, ela não é a única Taft apaixonada.

Maya sorri.

— O filme de Tarantino?
— Sim, mas agora que a conheço melhor, isso não parece certo. Acho que ela é mais uma Sofia Coppola.
— E a dona Coppola sente o mesmo por você?
— Acho que sim. Nós não... sabe... *falamos*, mas...
— Você sente que sim.
— Não consigo decidir se foi sorte ou azar termos nos encontrado quando nos encontramos. A gente precisava um do outro. E parte das pessoas que nos tornamos, a minha versão que decidiu dar outra chance ao Alasca e a de Shosh que decidiu se inscrever novamente na USC, só nos tornamos essas pessoas por causa um do outro. Então, de certa forma, o próprio amor que nos uniu agora conspirou para nos separar.
— Seis meses. — Maya estala os dedos. — Vai acabar antes que vocês se deem conta.
— Certo, mas, tipo... ela vai ser uma *estrela* de cinema. Tipo, isso é certo. E eu sei que isso soa meio sei lá, mas quando a conhece, você sabe. Ela irradia uma energia de outro mundo. Todos sentem isso.
— E daí?
— Então eu vou pra Hollywood, recém-saído da rústica Glacier Bay, e me casar com uma estrela de cinema?
— Bem, imagino que vai haver alguns passos no meio.
— Estou falando sério — afirmo.
— Então vamos falar sério. Você me disse que a ama.
— Sim.
— Você acha que ela te ama?
— Sim, mas não pode ser tão fácil.
— Mas e se for?
— Não pode ser.
— Mas e se for?
— Então o que eu faço?
— Você falou com ela?
— Não pode ser tão fácil.
— Sim, mas o que estou propondo é... — Maya se inclina para a frente — mas e se for?

O parque Willow Seed parece diferente no meio da primavera. Ainda tem o aspecto minimalista a seu favor, mas é de alguma forma menos aconchegante, como se os balanços e escorregadores fossem projetados para serem cobertos de neve. Fora isso, o lugar parece incompleto.

— Talvez tenhamos ficado temporariamente insanos — sugere Shosh.
— Ao mesmo tempo?
— Não parece muito provável, né?
— Além disso, ouvimos os mesmos versos. Difícil imaginar dois estranhos compartilhando uma alucinação específica.

Assim como naquela noite fatídica no inverno passado — depois de perseguir Nightbird para este parque, até nos encontrarmos —, nós nos deitamos de costas no gira-gira, girando em círculos lentos, olhos no céu. É a época do ano em que as tardes quentes se transformam em noites frescas, o ar agradável, as estrelas brilhantes, mesmo que nosso humor seja tudo menos isso.

Shosh canta um refrão de uma das canções de Nightbird: *Do Sena ao mar, sua voz está em mim. Na loucura de dois, eu vou te encontrar.* Depois, baixinho, fala:

— *Folie à deux.*
— *Folie...?*
— *...à deux* — repete Shosh. — É uma condição. Psicose compartilhada. Mas acho que acontece principalmente dentro de famílias, ou pessoas que já se conhecem. Eles transferem a ilusão. Não tenho certeza de como sei disso.

Psicose compartilhada pode explicar algumas coisas, mas ainda não parece certo. Conversamos um pouco sobre como Nightbird pode ser francesa: além de *folie à deux*, há a referência ao Sena, bem como um certo verso em "Division Street" que me fez corar.

— *Je t'aime, je t'aime, je t'aime* — canta Shosh, a tradução pairando como um prêmio no ar.

Respiro fundo, solto o ar.

— Eu continuo voltando a isto: nós ouvimos a mesma letra, a mesma melodia. Compartilhado, sim. Mas uma ilusão? Eu não aceito.

— Talvez — Shosh vira de lado, descansa a cabeça no meu ombro — a gente devesse parar de questionar. Talvez seja o suficiente que ela tenha nos conduzido um ao outro.

— Bem a tempo de dizer adeus.

— Despedidas são um presente, Evan. Nunca fique triste por ouvir um adeus. — Ela inclina a cabeça, os lábios tão perto da minha orelha agora que posso sentir cada expiração. — De qualquer forma, encontrar-se a tempo de dizer adeus significa que nos encontramos a tempo de dizer olá.

Eu poderia viver mil vidas e nunca encontrar alguém que veja o mundo como Shosh Bell. Os centímetros entre nós ficam elétricos, e não é o nosso último beijo, mas é o nosso beijo de despedida, cheio de todas as coisas que não sabemos como dizer, todas as estradas possíveis que temos muito medo de nomear. E não sei se Maya está certa — não sei se estar com Shosh é tão simples quanto amá-la, mas se é assim que termina, quero fazer valer a pena.

    Você entende, Shosh? Por favor, diga que sim. Por favor, diga que você vê o nosso valor, não apenas o que podemos nos tornar.

SHOSH
loucura de dois

Ele sentiu aquilo? Ele sentiu o quanto ela sentiria falta dele? Ela esperava que sim, mas só para ter certeza...

Ela o beijou mais profundamente, mais devagar, para mostrar a ele. E a sensação do ser dele, do corpo dele contra o dela, tornou-se novamente antigo e novo, e como explicar que por mais que ela sentisse falta dele, não era nada comparado ao quanto ela *já* sentia falta dele? Ela não tinha respostas, estava cansada de procurar e, na falta de razão, ofereceu o que pôde: beijou-o até que se perdessem um no outro, até que fosse impossível uma alma distinguir a outra.

QUATRO MESES ·DEPOIS·

SHOSH
Los Angeles

Shosh estava dobrando roupas, ouvindo um podcast chamado *Dead Eyes*, quando seu telefone começou a tocar como um hóspede insistente na recepção de um hotel. O podcast — que era a tentativa de um homem de obter respostas de Tom Hanks ou uma exploração do fracasso nas artes — havia se tornado uma obsessão ultimamente. Com a intenção de não interromper o episódio, ela deixou o telefone tocar até que não pudesse mais.

Kendra: PESSOAL. A banda de Josh vai tocar na noite de microfone aberto na sala kibitz esta noite

Court: 😂😃🖤💀💀

Ross: NOSSA, que horas?

Kendra: Começa às 10, mas vamos chegar antes

Roo: Tô dentro!!

Court: Vai ser hilário
E por hilário, quero dizer "divertido"????

Kendra: A banda se chama Big Spicy
Galera, não é como se eles *não* esperassem risadas

Roo: Como sanduíche de atum e queijo do Canter, nossa

Ross: Este sanduíche é VIDA

Kendra: NOSSAAAA, sanduíche de atum, quão bom pode ser isso aí?

Roo: SACRILÉGIO

Court: Voto para tirar a Kendra do grupo

Kendra: Eu ia ser a motorista da
rodada, maaaaaaaaaaaaas

Court: DEIXA PRA LÁ

Ross: Pode ficar!

Kendra: 👻 👻 👻 👻
OK, todo mundo vai de Uber pra lá e
eu levo vocês na volta
Podemos ver o que está acontecendo em outro lugar

Court: Kibitz às 10?

Kendra: Kibitz às 10!

Roo: Holla

Kendra: Você vai, Sho?

Uma rápida pesquisa no Google e Shosh estava olhando para um boteco com um pequeno palco e mesas, um menu completo de coquetéis em exibição. O Kibitz Room ostentava uma grande história de artistas ao longo dos anos, de Joni Mitchell a Guns N' Roses; parecia estar ligado a uma *delicatéssen* chamada Canter's, cujo sanduíche de atum com queijo era, sem dúvida, um ponto alto.

Ela releu as mensagens do grupo, os dedos pairando sobre a tela, considerando...

— *Merda*.

De volta às mensagens, ela abriu uma conversa diferente e digitou:

Isso é muuuito complicado

Segundos depois, o telefone dela tocou. Ela atendeu:
— Oi.
— Onde você está? — perguntou Mavie.
— Meu quarto. Dobrando roupa.
— *Dead Eyes*?
— É *muito* bom.
— Te falei.

— Me lembra um pouco o *Mystery Show*, que descanse em paz.
— Starlee Kine é um patrimônio nacional.
— Ela tava nesse. — Shosh pigarreou. — Você lembra que ontem, durante o almoço, mencionei o meu grupo de teatro?
— Da aula introdutória?
— Sim, então nós temos um grupo de mensagens, e todos eles vão para um show hoje à noite, e eu estou tipo... não sei se consigo?
— Você deve evitar lugares com os quais não consegue lidar.
— Certo, mas, tipo... como eu sei com o que posso lidar?
— Levei um tempo para descobrir como socializar sem beber. Então, pra mim, qualquer coisa que lembre uma rave está fora dos limites. Em toda a cena da música eletrônica, eu entro pensando que sou foda e acordo dois dias depois na cidade vizinha. Não posso fazer isso. Mas pessoas diferentes têm parâmetros diferentes.
— Certo.
— Qual é o lance desse lugar? — perguntou Mavie.
— É tipo... uma *delicatéssen*?
— Como é?
— Mas tem um bar, e um palco...
— Ah, tá falando do Canter's?
— Sim! Espera... você já foi?
— Que coisa, né? Em um mês na UCLA e a primeira coisa que aprendi foi onde comer. Olha, se você quiser ir hoje à noite, posso lidar com o Canter's, sem problemas.
— Você viria junto?
— Felizmente pra você, as *delicatéssens* não lembram nem um pouco uma rave. Além disso, está a uns vinte minutos de distância, e eu poderia *matar* por um sanduíche de atum com queijo agora mesmo.

O Kibitz Room era exatamente como anunciado: um boteco, mas elegante, com fotos de estrelas do rock nas paredes e um mural no palco com o icônico logotipo da língua dos Rolling Stones atacando o logotipo alado do Aerosmith. Havia bancos de couro e letreiros de néon da Budweiser, e era estranho não beber em um bar, mas com Mavie por perto, Shosh se sentia bem.

O grupo ocupou uma das mesas mais próximas do palco; eles comeram, beberam (refrigerantes para Mavie e Shosh) e aplaudiram vigorosamente bandas que eram muito amadoras. Em pouco tempo, foi a vez de Big Spicy Beefs tocar. Para combinar com a noite, a banda também foi exatamente como anunciado: ruim pra caralho. Mas eles se divertiram com isso, e o restante do bar também, e quando o show acabou, a banda se juntou a eles na mesa. O baixista, um garoto de 1,80 metro chamado Seth — cujo apelido era Seth Altão —, se interessou rapidamente por Shosh.

— Você é como uma versão mais bonita daquela garota musicista em *New Girl*.

Shosh estava familiarizada com o protótipo Seth Altão, uma produto de linha de montagem que exigia pouca imaginação. Havia aproximadamente um bilhão de Seths Altões em circulação.

— Zooey Deschanel — disse ela.

Ele deu uma longa golada.

— É de onde você é?

Olhando para ele, tudo o que ela podia ver eram cotovelos e joelhos.

— Sim. Eu sou de Zooey Deschanel.

— Irado — disse ele.

Seu reino por uma cerveja.

Do outro lado da mesa, falava-se de alguma boate nova em Echo Park.

— Ouvi dizer que é foda — Josh estava dizendo, e antes que a próxima banda terminasse o show, o grupo estava de saco cheio do Kibitz, pronto para sair.

Enquanto a banda reunia suas coisas, Mavie procurou o novo local em seu telefone.

— Putz. Se você quiser ir, está por sua conta.

— É algo que lembra uma rave?

— Uma *senhora* rave, ao que parece.

Seja pelo nível atual de cafeína no sangue (Coca Diet, como se descobriu, era *muito* melhor na versão de máquina), a alegria do tempo passado com Mavie ou o desejo de se distanciar de pessoas cujas extremidades eram tão definidas a ponto de exigir que fossem incluídas em seu nome, Shosh não precisou pensar duas vezes.

— Vão na frente — disse ela ao grupo. — Mavie e eu vamos ficar e conversar. Somente as garotas de Illinois.

— Tem certeza? — perguntou Kendra.

Seth Altão inclinou seu torso muito alto sobre a mesa.

— Você deveria vir. Todo mundo diz que é iradaço.

— Tenho certeza — disse Shosh, que então começou a sorver sua Coca Diet.

Depois que eles saíram, Mavie disse:

— Você acha que Seth queria que você fosse?

— Eu só queria saber o que ele estava pensando, sabe?

Elas riram e assistiram ao músico seguinte — o primeiro artista solo da noite — afinar seu violão.

— Mas ele era bonitinho — disse Mavie.

Shosh bufou.

— Todos os dois metros e meio dele.

Havia algo no aceno de cabeça de Mavie, como se ela não estivesse concordando com Shosh, mas, sim, consolando-a.

— O quê? — Shosh sinalizou para a garçonete e apontou para o copo vazio. — Você acha que eu deveria sair com o Seth Altão?

— Não sei. — Mavie largou o telefone. — Deixa pra lá. Sou a última pessoa a dar conselhos sobre namoro.

— Como está Balding?

— Balding é... amável. E irritante. Ela é irritantemente adorável.

— Ok.

— Nas primeiras duas semanas, fingimos que estava tudo bem. Fazíamos ligação de vídeo todas as noites. Ela estava toda *as árvores, as montanhas, o xarope de bordo*, e eu brincava sobre a poluição ou o trânsito, porque piadas são o que você faz quando a verdade é difícil, mas quero dizer: *Vermont?* Continuo pensando que vou terminar tudo, mas então ela diz algo sobre as melhores práticas para fazer o sanduíche de manteiga de amendoim perfeito e é como... não posso desistir dela, sabe? Seria mais fácil se ela fosse chata, mesmo que só um pouquinho.

— Balding não é chata — disse Shosh.

— Nem um pouquinho.

Ser visto e sentir-se visto não eram a mesma coisa. Desde que ela havia se mudado, conhecendo novas pessoas, tentando se encontrar em um lugar tão lotado que ela mal conseguia respirar, Shosh vinha pensando muito sobre a diferença entre as duas coisas. Durante toda a sua vida, as pessoas a viram: do palco aos corredores, seu cabelo, suas roupas, enfiando carros em piscinas ou apenas sentada a uma mesa, assistindo a bandas medíocres. Algumas pessoas passaram a vida inteira sem nunca serem vistas, e Shosh teve o cuidado de nunca reclamar de ter o problema oposto, sabendo o quão privilegiada ela era por não ser invisível. Mas, no final, tudo se resumia a se sentir visto.

As palavras de Mavie criaram raízes, encontraram solo fértil no coração de Shosh e, pela primeira vez desde que tinha deixado Illinois — desde que havia se despedido de Evan —, ela *se sentiu* vista.

No palco, tendo finalmente afinado sua guitarra e ajustado os níveis, o próximo artista se aproximou do microfone.

— Esse cara parece muito nervoso — disse Mavie, e Shosh estava prestes a dizer a ela o quanto ela apreciava sua vinda naquela noite, o quão feliz ela estava por ambas terem desembarcado em Los Angeles, quando ela ouviu...

A música era tão frágil quanto ela lembrava, esvoaçante e arejada, um bilhão de partículas de poeira à luz do sol, só que algo estava diferente, algo estava errado.

— Não sei dizer se gosto disso — disse Mavie, olhando para o palco, e quando Shosh se virou, o tempo ficou mais devagar até parar, como se ela tivesse acordado de um sonho para encontrar outro esperando por ela.

— *Me considere um tolo ou me perca para sempre* — cantou o homem no palco, e Shosh o ouviu em transe — *Não me importo se você poderia, eu me importo se você deveria* —, ouvindo ao vivo pela primeira vez uma música que já tinha ouvido muitas vezes antes — *Você tem sangue em suas mãos, um pássaro seria melhor* —, e ela se perguntou que outras coisas irreais poderiam se tornar reais. — *Escrevi em uma canção, um livro, uma carta.*

— Shosh... tá tudo bem?

— Sim — disse ela, mas Shosh não conseguia parar de olhar, ouvir...

Eu sou uma pintura torta de um desconhecido lugar
Com mãos construídas para seu rosto emoldurar
Existe um lugar que gostamos de ir
Onde segredos se escondem em árvores de neve

A respiração vira fumaça, o interior quer sair
Sufoque um grito, sussurre, não grite
Do Sena ao mar, sua voz está em mim
Na loucura de dois, eu vou te encontrar

Sem querer, Shosh havia construído um retrato de Nightbird em sua cabeça: uma mulher jovem em roupas brancas esvoaçantes, longos cabelos loiros, provavelmente cantando descalça à beira de um rio ou no topo de uma montanha coberta de neve, algum ambiente místico adequado a uma mulher cuja voz quebrava as leis da física. E agora aqui estava aquele homem — quarenta e poucos anos, provavelmente, branco, barbudo, usando camiseta de flanela — cantando aquelas mesmas canções nos fundos de um bar conhecido em todo o mundo por um sanduíche de atum.

Surreal não era o bastante; era bem irreal.

Quando a música terminou, ele se apresentou como Neon Imposter. Ela tinha visto muitas mãos inquietas e espasmos nervosos ao longo dos anos — o palco tinha um jeito de corroer a confiança de pessoas confiantes —, mas ela não conseguia se lembrar da última vez que vira alguém tão totalmente desconfortável sob os holofotes.

— A próxima eu normalmente toco no piano — murmurou ele. — Então... tenha paciência comigo se estiver um pouco fora de tom. — E sua mente continuou a se dobrar sobre si mesma enquanto ele começava a música que Shosh ouvia com mais frequência:

— *Por favor, não pergunte por que eu nunca tento.*

A iluminação na sala diminuiu, o mural no palco se iluminou e a maneira como o Neon Imposter estava posicionado, o logotipo alado do Aerosmith na parede logo atrás dele, parecia que de repente ele tinha asas gigantescas.

A única coisa que ela queria mais do que uma bebida agora era falar com Evan.

— Eu não entendo — disse Mavie.
— Somos duas.
— Ok, mas eu tenho aula de manhã.
— Vai ser só um minuto. Prometo.

Aquela parte de Fairfax era a clássica Los Angeles: ruas ladeadas por palmeiras, tráfego e vida noturna por toda parte, e ela sabia que era bobagem, mas Shosh preferia Los Angeles depois que o sol se punha, o cenário sombrio de Hollywood (mesmo em partes da cidade que não eram muito Hollywood).

Ela e Mavie estavam paradas na calçada do lado de fora do Kibitz Room esperando pelo Neon Imposter por meia hora, e quando Shosh estava prestes a desistir, lá estava ele, com o violão na mão, saindo do prédio.

— Estou aqui se precisar de mim — disse Mavie, pegando seu telefone, recuando para o fundo.

E Shosh se viu cara a cara com a manifestação barbuda de uma voz que ela uma vez chamou de fantasma.

Ele estava com o telefone na mão, olhando para cima e para baixo na rua, claramente esperando uma carona.

— Oi — disse ela.

Ele se virou, sorriu.

— Oi.

— Desculpe, eu... — Ela ficou lá, lutando para encontrar as palavras. — Eu queria saber onde você conseguiu suas músicas?

— Onde eu consegui...?

— É, tipo. Onde você as ouviu? Antes de começar a tocá-las.

— Elas são originais. Eu não as ouvi em lugar algum. Eu as escrevi.

Ele olhou para o telefone e depois para a rua novamente.

— Sei que isso soa estranho pra cacete. E eu não estou, tipo, tentando denunciar você. Não vou contar a ninguém, mas — Shosh se inclinou, sorriu um pouco, como se estivesse dividindo um segredo — nós dois sabemos que você não escreveu essas músicas.

E assim, o ar murchou, e com ele seu tom amigável.

— Ok. Isso está estranho agora.

— Eu conheço essas músicas, cara. Eu já as ouvi antes. Poderia cantá-las para você.

— *Legal* — disse ele, a palavra cheia de sarcasmo.

Shosh sentiu sua chance se esvaindo.

— Olha, vamos começar de novo. Posso te pagar um café ou algo assim?

— Isso foi divertido e tal, mas já vou.

Nesse momento, um carro parou. Ele abriu a porta de trás, enfiou o violão e entrou logo depois.

— Espere...

Mas ele a ignorou, e quando o carro desapareceu na noite, Shosh sentiu-se derreter no cenário arenoso de Hollywood, desejando estar em outro lugar, em algum lugar frio, em algum lugar ao norte.

EVAN
Glacier Bay

Nada a respeito deste lugar é o que eu pensei que seria.

Na internet, fotos de florestas sem fim e montanhas cobertas de neve são a própria imagem da serenidade. Na realidade, florestas sem fim e montanhas cobertas de neve são lindas, sim, mas é uma beleza mais parecida com compartilhar um galinheiro com um elefante adulto: selvagem, cativante, potencialmente muito perigoso.

Eu li o primeiro parágrafo do site com tanta frequência que o decorei: *Headlands oferece uma experiência educacional imersiva na qual os alunos vivem juntos por seis meses, concentrando-se nos estudos, autogovernança democrática, vida comunitária, exploração da natureza e trabalho no campus. Seja remando em fiordes gelados, construindo galinheiros, participando de cursos acadêmicos rigorosos, removendo neve ou fazendo linguiça, os alunos de nosso programa aprenderão a importância da independência, sim, mas também a interdependência entre ecossistemas naturais e os produzidos pelo homem.*

Sem objeções, realmente, exceto que eles deixaram de fora a parte em que você fica deitado na cama todas as noites, convencido de que seus músculos devem ter passado pelo moedor de linguiça junto com a carne. O Alasca é mais selvagem, duro, úmido, maior e mais bonito do que eu poderia imaginar. E estou adorando.

— Você está bem, Eve?

— Sim. Apenas esperando que meu corpo recupere sua corporeidade. E você?

— Da próxima vez que disserem "excursão opcional", lembre-me de optar por não participar.

Eu nunca conheci ninguém mais orgulhoso de onde veio (interior do Kentucky), do que acredita (socialismo democrático), de como soa (uma pessoa do interior do Kentucky) ou o que quer ser (presidente, tipo, dos Estados Unidos) do que Reese Jones. No quarto ano do fundamental, quando mamãe perguntou por que eu estava indo mal em matemática e eu respondi que era porque matemática era chata, ela disse: "Não existem matérias chatas, apenas professores chatos." Quando chegamos aqui, ninguém tinha certeza do que fazer com Reese, mas acho que, a essa altura, ele poderia sugerir uma tarde estudando matemática e todos nós iríamos topar ansiosamente.

É tarde para os padrões de Headlands — depois das nove da noite —, mas tendo acabado de voltar para o dormitório após uma excursão de dois dias na selva, principalmente em caiaques, imagino que o resto do grupo esteja muito como Reese e eu no momento: acabado, dolorido, exausto demais para dormir.

No beliche acima de mim, Reese escuta música em seu telefone. Estou deitado de costas, folheando meu bloco de desenho. Quando cheguei aqui, fiquei tão fascinado pela paisagem que tudo que consegui desenhar foram montanhas e lagos, vida selvagem e plantas que não conseguia nomear. Depois, mudei para retratos de Will, mamãe, Ali, Shosh, como se as almas daqueles que eu amava estivessem presas dentro do meu lápis, e cabia a mim desenhá-las.

Acontece que eles não são as únicas almas desesperadas para escapar.

Há alguns dias, novas imagens surgiram enquanto eu dormia: uma mulher tocando piano com um grande pássaro empoleirado na beirada; dois homens em uma ponte olhando para um rio, um pássaro voando acima deles; o quadro de uma menina com sardas e cabelos esvoaçantes presos por uma faixa alada; e a mais desconcertante: uma mulher nua em uma janela aberta, penas gigantes crescendo em suas costas.

— Os pássaros são a coisa verdadeira — disse Reese uma vez quando viu meus esboços de sonho. — Se não estão caçando, estão voltando para casa. De certa forma, você sempre sabe para onde eles estão indo.

Estranhamente, algo sobre esses sonhos sempre me pareceu inseguro. Como se eu estivesse chegando perto demais de uma verdade que não deveria saber.

De qualquer maneira, Nightbird claramente abriu caminho para o meu subconsciente permanente, então... *viva*.

— Cara — diz Reese. — Você não vai atender?

— O quê?

— Seu celular está vibrando.

Completamente distraído, quando pego meu telefone na mesa de cabeceira, acabo derrubando a foto de Will e Elliott no chão e deixando cair meu bloco de desenho. Por fim, eu levo o telefone para a cama comigo para encontrar uma série de mensagens de Shosh. As primeiras são "oi" e "sinto sua falta", mas o final é difícil: Eu sei que você não tem sinal direito aí, mas pode ligar quando puder? Não é uma emergência, só preciso conversar. 👻 ♥

— Parece que você deveria ligar pra sua namorada — diz Reese, com a cabeça pendurada na beirada do beliche acima do meu.

— Eu ligaria, mas sua mãe está em outro fuso-horário.

Ele joga uma meia suja em mim, e eu jogo um travesseiro nele, é assim mesmo.

— Vou ver se consigo encontrar sinal.

Faço um esforço absurdo para pôr os pés no chão; felizmente, quando caí na cama mais cedo, estava muito cansado para tirar as botas.

— Henry disse que conseguiu um sinal forte perto daquele grande abeto.

— Qual deles? — pergunto.

— Aquele que dá pra ver da janela, perto do fogão a lenha. De frente para a montanha.

Coloquei casaco, gorro, luvas.

— Ela não é minha namorada, a propósito.

Reese dá de ombros com os olhos, uma habilidade que só ele tem.

— Vocês trocam muitas mensagens — diz ele.

— Nós somos amigos.

Ele olha para o meu bloco de desenho, ainda no chão onde caiu, suas páginas abertas em um retrato especialmente caloroso do rosto de Shosh.

— Ahã.

Virando-me para a porta, não posso deixar de sorrir.

— Já volto.

O dormitório é um lugar pequeno de dois andares: quartos com beliches no andar de cima, uma entrada para remover botas sujas de lama e sala de estar no andar de baixo; todo o ambiente é aquecido por um fogão a lenha, que nos revezamos para ficar perto durante a noite.

Desço as escadas e saio para o ar frio da noite.

Às vezes — geralmente durante uma das tarefas mais braçais, como cortar lenha ou plantar couve — olho para cima e vejo o céu, e posso jurar que estou em outro mundo. O Alasca desafia a ideia de que todas as coisas se encaminham para a atrofia. No mínimo, desafia a ideia de que a atrofia é algo negativo. Talvez a atrofia seja necessária; talvez seja o que vem depois dela que conta.

De qualquer maneira, este lugar redefine o significado de "no meio do nada".

A caminho do abeto, teclo o número de Shosh, mas não funciona. Algumas tentativas depois — a montanha à frente, o abeto atrás, minha visão do dormitório completamente bloqueada —, toca e...

— *Oi* — atende ela, e tenho uma vontade repentina de estender os braços pelo telefone e abraçá-la.
— Oi.
— Uau.
— Pois é.
— Parece que foi há...
— Isso.
— Onde você está?
— Estou... do lado de fora. Do lado de um abeto. Olhando para uma montanha.
— O Alasca parece incrível. Espere, não é... tá de dia aí?
— Não nesta época do ano. É noite normal agora.
...
...
— Acabamos de voltar de uma excursão.
— Não dá pra ser mais Alasca do que isso.
— Pensei em você, na verdade. Passamos por uma velha cabana. Lembrei-me de seus dísticos. Você ainda está escrevendo poemas?
— Agora, com as aulas, não tenho tido muito tempo...
— Certo.
...
...
— É bom ouvir sua voz.
— Sim.
...
...
...
— Sabe, não tenho certeza...
— Você está bem?
— Sim, eu só... você já ouviu falar de um músico chamado Neon Imposter?
— Acho que não.
— Nem eu. Mas eu estava em um show com Mavie...
— Como ela está?
— Muito bem. Lidando com todo esse lance de Balding-em-Vermont, mas acho que é bom termos uma à outra agora.
— Então vocês estavam em um show...
— Sim, alguns amigos de amigos estão em uma banda ridícula, mas depois do show deles, veio um outro artista.
— Neon Imposter.

— Isso, mas, Evan... ele é Nightbird.
...
...
...
— Como assim?
— Eu tava falando com a Mavie quando ouvi as músicas. Tipo: *nossas músicas*. Só que elas não estão vindo do nada, estão vindo do palco. Desse cara barbudo de quarenta anos.
...
...
— Não entendi.
— Quando o show acabou, fui confrontá-lo. Digo, de forma educada. Mas eu perguntei a ele sobre as músicas, e ele jura que as escreveu. Ele está no Spotify, Apple, em todos os lugares.
— Mas nós pesquisamos on-line...
— Ele só começou há alguns meses. Sua primeira presença on-line ocorreu bem depois de termos parado de pesquisar. Mesmo agora, é bem mínima, mas, veja só, em vez de fornecer credenciais ou antecedentes, sua biografia apenas diz *"Neon Imposter escreve sobre o que sonha"*.
...
...

Meus olhos estão na montanha, mesmo quando minha mente voa de volta para o dormitório, subindo as escadas, entrando no meu quarto, direto para o bloco de desenho caído no chão.

Posso ver os desenhos agora: a mulher tocando piano; os homens na ponte; a garota com a faixa alada; a mulher na janela, asas brotando de suas costas. E não sei dizer o que é mais perturbador: a especificidade de cada imagem ou a sensação arrepiante de que conheço seus rostos.
...
...
— Eu sei como isso deve parecer, porém não consigo me livrar da sensação de que ela estava lá ontem à noite. No bar.
— Nightbird, você diz.
— Como se aquele cara fosse apenas um canal.
...
...
— As músicas pararam depois que nos reunimos. Quase como...
— Estivesse nos conduzindo um para o outro.
— E agora que estamos separados de novo...

...
...
Não faltam pássaros no Alasca. Este deve ser grande, dada a distância e a hora da noite. Vejo-o pairar sobre a montanha, imagino-o voando pelos confins do espaço, até a Lua, sozinho e adormecido, e é a coisa mais pacífica em que já pensei.

— Shosh.

...
...
...

— Eu também sinto.
— Sério?
— Principalmente quando estamos perto. Tipo... fisicamente perto.
— Eu também. E é como...
— Eu estivesse procurando por você.

...
...
...

O pássaro se foi.
Mas está tudo bem. Eu sei para onde foi.

ARQUIPÉLAGO LOFOTEN
· 2066 ·

Eles observaram da varanda à medida que a gaivota voava pelo fiorde, memórias distantes da juventude flutuando entre eles. Estava frio lá fora, eles estavam agasalhados, então assim se seguiu.

— A esperança é a coisa com penas — disse ele, e ela imaginou essa gaivota voando em gravidade zero até a Lua.

— Você iria para o espaço, se tivesse a chance? — perguntou ela.

Ele considerou.

— Acho que não. E você?

— Acho que eu iria. — E ela se perguntou de onde tinha vindo esse sonho recém-descoberto, se estivera ali o tempo todo. — Acredito que gostaria de ir para o espaço.

Noruega não era um capricho. Era a fantasia sobre a qual eles dançaram durante anos, sobre a qual sussurraram em segredo, sem querer assustá-la. Eles olharam fotos on-line, leram relatos em primeira mão do Reinebringen, da aurora boreal e da noite polar, da vida dentro do Círculo Polar Ártico. "Um dia", eles sempre diziam. E então as dores de cabeça de Shosh. E depois os médicos: emergência, clínico, especialista. Olhos baixos, vozes baixas, todos esses médicos como um jardim de flores murchas. Os resultados se transformaram em consultas, que acabaram se tornando uma percepção: "um dia" não existe; só havia o hoje.

Eles marcaram o sonho. Dez dias em Lofoten. "Um retiro temporário", disseram a amigos, tentando não dizer o que realmente era: uma última aventura.

Ao chegarem, acharam a cabana pequena mas suficiente, aninhada entre montanhas e fiordes, escondida na ruga mais mágica do mundo. Era vermelha, era de madeira, era perfeita. Um paraíso para os caminhantes, um deleite para um pescador, mas eles não tinham ido para *fazer*, tinham vindo para *existir*, e não havia nada melhor do que estarem juntos. Juntos, eles passaram as noites sob as luzes dançantes da aurora boreal, seu brilho verde trêmulo, um arauto da ciência e da maravilha. À tarde, quando alguma majestosa andorinha-do-mar ou gaivota voava baixo, carregando memórias como peixes em seu bico, eles ponderavam sobre seus corpos em silenciosa perplexidade. Eles pensaram: *Certamente os recipientes que carregam tudo o que somos deveriam ser mais duráveis do que isso.*

Infelizmente, todas as coisas se encaminham para a atrofia. E embora a atrofia fosse uma força incontrolável, quando Shosh sorriu para Evan, ele viu o que aquilo era: desafio e aceitação em igual medida.

Ela podia estar morrendo, mas não ficaria amargurada com isso.

No sótão do andar de cima, telas e tintas estavam espalhadas por toda parte, um cavalete montado ao pé de uma enorme janela com vista para o fiorde. Mesmo agora, quando ele a pintava, os contornos de seu corpo ganhavam vida sob seu pincel. Às vezes, ela abria a boca e uma música tranquila saía, mas, principalmente, eles se sentavam no silêncio confortável um do outro. E, no nono dia, enquanto faziam as malas para partir, ela disse:

— Dez dias realmente não são o bastante, né?

E sem pensar duas vezes, ele disse:

— Vou enviar uma mensagem aos proprietários.

Dez dias se tornaram dois meses, e juntos eles testemunharam o sol da meia-noite, quando a luz do dia deixou seu pé teimoso na porta e o sol pairou baixo nas montanhas como um fogo ardente. Pela manhã, eles cumprimentavam seus vizinhos com um amigável "Hej" e, quando Shosh sentia vontade, eles caminhavam até o mercado à tarde. Por fim, dois meses chegaram ao fim, e ela disse:

— Não é tempo o bastante.

E ele disse:

— Vou ligar pra eles.

E daquela vez, no lugar de estender a estadia, eles compraram a cabana imediatamente.

Lofoten era um lar de um jeito que um lar nunca tinha sido um lar. A cidade era frequentemente visitada por pintores e poetas, músicos e escritores, que buscavam a inspiração nórdica nas cores vivas do frio: as selvagens montanhas brancas, as poeirentas luzes verdes do norte e a hora azul da noite polar, aquela época do ano em que o sol nunca estava longe, mas nunca presente, como se estivesse esperando nos bastidores por sua deixa.

— Eu acredito no azul — diziam.

Ali, era difícil não acreditar.

Com o tempo, tendo encontrado seu lar, sentiram o desejo de explorar.

— Tem certeza de que tá disposta? — perguntou ele, e ela respondeu com um olhar que o lembrou do que as pessoas faziam quando estavam vivas: elas viviam.

Eles viram os Domos de Gelo em Tromsø, depois foram para Estocolmo, onde Evan chorou em meia dúzia de museus de arte. Em Oslo, na recém--reformada Agência Espacial Norueguesa, Shosh se imaginou voando entre as estrelas; no Konserthus (uma obra de arte moderna por si só), um concerto para piano mexeu com suas almas de um jeito estranho. Eles avançaram lentamente durante a viagem, levaram as coisas em seu próprio ritmo e, quando, uma noite, Shosh disse:

— Acho que já está bom.

Evan respondeu:

— Vamos voltar pra casa.

No voo de volta para Lofoten, eles avistaram as distantes Ilhas Shetland, e Evan disse:

— Vamos lá depois — sabendo muito bem que não iriam. Pelo menos, não juntos.

Em Lofoten, no caminho de volta do aeroporto para casa, eles pararam em Svolvaer para ver a estátua chamada Esposa do Pescador. Mas foi mais abaixo na costa, ao pé de uma estátua diferente, que eles tiveram uma verdadeira sensação de finalidade, como se tivessem chegado ao fim de uma jornada muito longa.

Com metade do tamanho da Esposa do Pescador, essa estátua representava uma jovem impressionante em roupas esfarrapadas, cabelos longos balançando ao vento do porto. Em uma das mãos ela segurava uma faca; no outra, um pássaro. Havia uma grande placa na base da estátua e, como o norueguês deles ainda era rudimentar, usaram os telefones para traduzir:

> SOLVEIG: FILHA DO SOL
>
> Em 1798, o futuro rei da Noruega casou-se com Désirée Clary, que tinha sido noiva de Napoleão Bonaparte. Conhecida como protetora dos órfãos, a rainha Désirée tinha um interesse especial por uma criança chamada Solveig Bonnevie. Bonnevie mais tarde acabaria na prisão por assassinato, na fortaleza da ilha de Røstlandet, só escapando em 1832, sequestrando um barco para Lofoten. Aqui, a história dá lugar à especulação: alguns pensam que Solveig Bonnevie — comumente conhecida como Sølvi, a Terrível — era nada menos que a filha ilegítima da rainha Désirée e Napoleão Bonaparte.
>
> Retratada aqui com uma faca e um pássaro, mantendo a culpa e a inocência em igual medida, ela representa a dualidade do espírito

de Lofoten: noites polares e sóis da meia-noite; climas frios e lareiras aconchegantes; do fiorde à montanha, paisagens perigosas e estimulantes.

Sølvi, a Terrível, foi vista pela última vez neste exato lugar.

A viagem de volta para a cabana foi tranquila. Era tarde, a aurora boreal em plena exibição. Enquanto Evan dirigia, ele estendeu a mão e pegou a mão dela. Shosh se sentia cansada de uma forma que nunca havia se sentido, como se seus ossos tivessem se dobrado sobre si mesmos. Ela encostou a testa no vidro frio, olhou para as luzes dançantes e viu sua vida fragmentada: as pessoas que ela amou, as pessoas que ela foi. Ela viu sua irmã sentada sozinha em uma pedra no rio, esperando por ela. E Shosh se perguntou o que mais a estaria esperando ali, esperando que fosse algo bonito, esperando que fosse alguma coisa.

— Eu vou te encontrar — sussurrou Evan.

Shosh apertou sua mão, uma coisa se tornou sete, as memórias se multiplicando como as primeiras estrelas da noite. Então ela fechou os olhos e seguiu em frente.

AGRADECIMENTOS

Assim como Evan, costumo evitar falar sobre minha própria terapia. Não por vergonha ou embaraço, mas por propriedade e privacidade. No livro, Evan lamenta aqueles que usam a terapia como uma "medalha de honra", e devo admitir que às vezes também me senti assim. Mas nas sábias palavras de Maya, "Algumas pessoas precisam de um distintivo", então aqui está a verdade: tive épocas em que a ansiedade era uma sombra inabalável, quando os ataques de pânico eram os princípios organizadores pelos quais eu governava minha vida. E, portanto, é apropriado, em um livro (pelo menos em parte) sobre alguém cuja terapeuta o guia em dias sombrios, que eu agradeça a meus próprios terapeutas — bem como a médicos, amigos e familiares — por me guiar durante esses períodos.

Meu segundo lote de gratidão vai para uma mulher que nunca conheci: minha avó Lakie Boggs, que morreu em 1975 após uma batalha de dez anos contra câncer de mama e ossos. As habilidades musicais, o senso de humor e o enorme coração de Lakie vivem em minha própria mãe (uma espécie de reencarnação). Neste livro, a experiência de Mary Taft com o câncer difere drasticamente da experiência de minha avó — passou muito tempo desde 1975 — e assim, embora esse enredo tenha sido inspirado por Lakie, eu precisava de mais do que inspiração para escrevê-lo. Eu precisava de ajuda. Para esse fim, sou eternamente grato a Lauren Thoman e Stephanie Appell, por gentilmente compartilharem suas histórias comigo, por lerem os primeiros rascunhos e por oferecerem uma visão inestimável. Este livro não existiria sem vocês, e eu não poderia estar mais grato. Agradeço também à minha mãe, que nunca se esquiva de compartilhar uma história sobre sua mãe e, ao fazê-lo, compartilha a mulher em si. Eu nunca a conheci. Mas isso não significa que eu não a conheça.

Obrigado ao meu incrível time na Penguin, especialmente minha editora, Dana Leydig, por todos os telefonemas, as sessões de *brainstorming* e pelos gifs de *Schitt's Creek*; o maravilhoso Ken Wright, que nunca falha ao mandar e-mails na hora certa; Theresa Evangelista, que sempre faz os melhores designs de capa; Sam Chivers, cuja ilustração é a combinação perfeita para este livro; Lucia Baez, pelo lindo design do miolo; Marinda Valenti, Jackie Dever, Sola Akinlana e Kaitlin Severini, por suas proezas perspicazes na edição de texto; Lathea Mondesir, Jen Loja, Felicity Vallence, Jenny Bak, Tamar Brazis, Carmela Iaria, Venessa Carson, Emily Romero, Alex Garber, Brianna Lockhart, Christina Colangelo, Ginny Dominguez, Gaby Corzo, Shannon Spann e James Akinaka; Julie Wilson, Todd Jones e todos da Listening Library; e um grande obrigado para o bom pessoal do comercial, muitas vezes os heróis anônimos.

    Agradeço ao meu sempre intrépido agente, Dan Lazar, e a toda turma da Writers House, especialmente: Victoria Doherty-Munro, Cecilia de la Campa, Alessandra Birch e Sofia Bolido. Agradeço à minha editora do Reino Unido, Emma Matthewson, e a todos da Hot Key. E um grande obrigado a Josie Freeman e toda a equipe da CAA.

    Muitos agradecimentos a: Court Stevens, Becky Albertalli e John Corey Whaley, pelas primeiras leituras, *insights* e amizade; a equipe editorial da Salt & Sage Books, especialmente Sachiko Burton, por sua perspicácia, experiência e generosidade; Jasmine Warga, Adam Silvera, Jeff Zentner, Emily Henry, Bri Cavallaro, Justin Reynolds, Silas House, Gwenda Bond, Christopher Row e todos da Lexington Writers Room; Nina LaCour, David Levithan e Steph Perkins, pelas sessões no Zoom durante a pandemia que me mantiveram são; Nathaniel Ian Miller, pelos drinks virtuais de primeira linha; Jen McNely e Brian McNely, por sua ajuda com as seções francesa e norueguesa; Pål Stokka, pela assistência com as traduções para o norueguês, e Alison Kerr, pela assistência com as traduções para o francês; Lauren Redford, por alguns bons conselhos iniciais; meu irmão, AJ, por emprestar sua experiência em alguns momentos importantes; Caroline Reitzes, pelas terminologias teatrais; parceiro criativo de longa data e amigo Trevor Nyman (também conhecido como Frogers), sem o qual as canções do Neon Imposter não existiriam; Ryne Hambright e Ashley Balding, por me deixarem roubar seus nomes perfeitos; e ao bom povo de Lucignano, minha casa longe de casa — especialmente todo o lindo clã Malberti, Simone Brogin e Enrico Battelli no Caffe del Borgo, Anselme Long e Margherita na loja de vinhos — *grazie mille*.

    Agradeço a Julianna Barwick, Sufjan Stevens, Alaskan Tapes e William Basinski, cujas músicas podem ser encontradas pairando em/ao redor/através de/sobre todas as páginas deste livro. Agradeço também a David McCullough e Peter Davidson, cujos livros — *The Greater Journey: Americans in Paris* e *The Idea of North*, respectivamente — tiveram um impacto inicial profundo neste livro.

Em algum momento, ocorreu-me que, embora eu tenha me apaixonado muito jovem, nunca havia escrito uma história de amor verdadeira. Esta foi a minha chance de corrigir isso do meu jeito estranho. Steph, obrigado por ficar comigo naquele parque naquela época, e em um milhão de parques desde então, e por sempre ser você quando era o que eu precisava. Estou perplexo e grato por você continuar a atravessar portas comigo. Eu amo nossa vida (vidas?) juntos.

Este é o segundo livro que dedico (pelo menos parcialmente) ao meu filho, mas é o primeiro em que preciso agradecê-lo pela ajuda. Wingate, obrigado por me ajudar a passar por todas as referências a *Star Wars* e *O estranho mundo de Jack* e por reacender meu amor por *E.T.*, e naquela vez em que nós entramos em um banheiro público e você disse, "Tem um cheiro forte e exaustivo aqui", e por aquele cartão que você fez para mim que dizia, "meu coração brilha para você", e pelo brilhantismo do seu livro *Wingate's Question*, tudo isso é usado neste livro com sua graciosa permissão, e realmente, literalmente, obrigado por tudo. Você é o melhor garoto que conheço e estou muito feliz por você ser meu filho.

Direção editorial
Daniele Cajueiro

Editora responsável
Mariana Rolier

Produção editorial
Adriana Torres
Júlia Ribeiro
Mariana Lucena

Revisão de tradução
Carolina Vaz

Revisão
Perla Serafim

Diagramação
Douglas Kenji Watanabe

Este livro foi impresso em 2025, pela Vozes, para a Livros da Alice.
O papel do miolo é Avena 70g/m² e o da capa é cartão 250g/m².